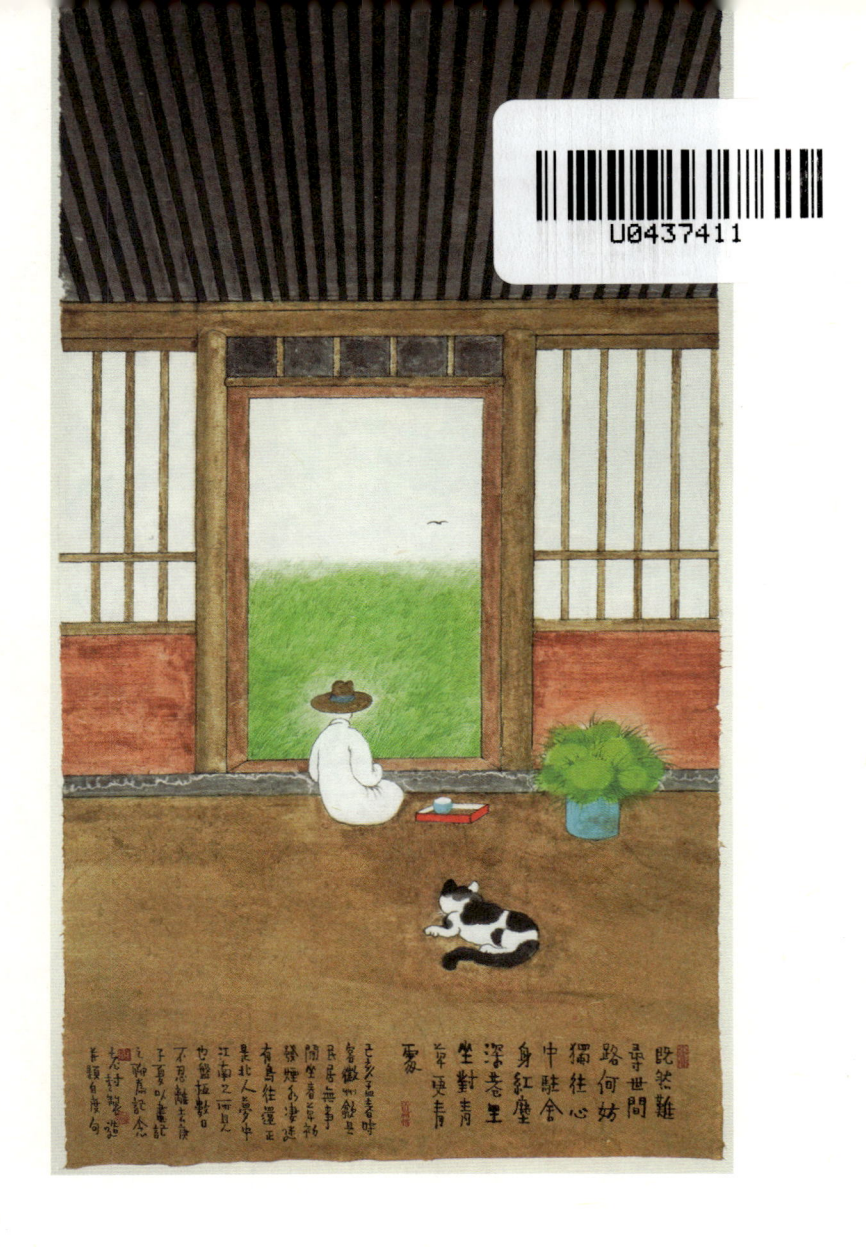

世上有许多事，
尽管看得清清楚楚，却不能说出口。

陈忠实的
短小说

陈忠实的
短小说

凡是怕人知道的事就不该做，
应该做的就不怕人知道。

陈忠实的
短小说

世事你不经它，你就摸不准它。

人往往就是这样，
　一个人的时候是一种样子，
好多人聚到一起时完全变成另外一种样子。

陈忠实的
短小说

陈忠实的短小说

陈忠实 著

湖南文艺出版社
博集天卷

© 中南博集天卷文化传媒有限公司。本书版权受法律保护。未经权利人许可，任何人不得以任何方式使用本书包括正文、插图、封面、版式等任何部分内容，违者将受到法律制裁。

图书在版编目（CIP）数据

陈忠实的短小说 / 陈忠实著. -- 长沙：湖南文艺出版社，2022.1
　　ISBN 978-7-5726-0537-6

Ⅰ. ①陈… Ⅱ. ①陈… Ⅲ. ①中篇小说－小说集－中国－当代②短篇小说－小说集－中国－当代 Ⅳ. ①I247.7

中国版本图书馆CIP数据核字（2022）第000798号

上架建议：名家经典·畅销小说

CHEN ZHONGSHI DE DUAN XIAOSHUO
陈忠实的短小说

作　　者：	陈忠实
出 版 人：	曾赛丰
责任编辑：	刘雪琳
监　　制：	邢越超
策划编辑：	王　维
营销支持：	文刀刀
装　　帧：	梁秋晨
插　　图：	老树画画
内文排版：	百朗文化
出　　版：	湖南文艺出版社
	（长沙市雨花区东二环一段508号　邮编：410014）
网　　址：	www.hnwy.net
印　　刷：	北京天宇万达印刷有限公司
经　　销：	新华书店
开　　本：	875mm×1270mm　1/32
字　　数：	189千字
印　　张：	8
版　　次：	2022年1月第1版
印　　次：	2022年1月第1次印刷
书　　号：	ISBN 978-7-5726-0537-6
定　　价：	56.00元

若有质量问题，请致电质量监督电话：010-59096394
团购电话：010-59320018

目录
Contents

日子 001
世上有许多事,尽管看得清清楚楚,却不能说出口。

腊月的故事 012
人往往就是这样,一个人的时候是一种样子,好多人聚到一起时完全变成另外一种样子。

猫与鼠,也缠绵 037
凡是怕人知道的事就不该做,应该做的就不怕人知道。

李十三推磨 055
世事你不经它,你就摸不准它。

毛茸茸的酸杏儿 072
成熟是胜利,也是悲哀。

山洪 089
　　人狂没好事。

到老白杨树背后去 097
　　我只说从今往后，不说今日以前。

害羞 113
　　能享福也能受罪，能人前也能人后，能站起也能圪蹴得下，才活得坦然。

两个朋友 134
　　朋友之交，宜得删繁就简。

失重 158
　　学好为人。

康家小院 175
　　走累了就回来，别觉得没脸。

关于沙娜 237
　　自信平生无愧事，死后方敢对青天。

日子

一

发源地周边的山势和地形,锁定了滋水向西的流向。那些初来乍到的外地人,在这条清秀的倒淌河面前,常常发生方向性迷乱。

在河堤与流水之间的沙滩上,枯干的茅草上积了一层黄土尘灰,好久好久没有降过雨了。北方早春几乎年年都是这种缺雨多尘的景象。

两架罗筛,用木制三脚架撑住,斜立在掏挖出湿漉漉沙石的大坑里。男人一把镢头一把铁锨,女人也使用一把镢头一把铁锨;男人有两只铁丝编织的铁笼和一根水担,女人也配备着两只铁丝编成的铁笼和一根水担。

铁镢用来刨挖沉积的沙石。

铁锨用来铲起刨挖松散的沙石,抛掷到罗网上。石头从罗网的正面"哗啦啦"响着滚落下来,细沙则透过罗网隔离到罗网的背面。

罗网成为男人和女人劳动成果的关键。

铁丝编织的笼筐是用来装石头的。

水担是用来挑担装着石头的铁笼的。

从罗网上筛落下来的石头堆积多了,用铁锹装进铁笼,用水担的铁钩钩住铁笼的木梁,挑在肩上,走出沙坑,倒在十余米外的干沙滩上。

男人重复着这种劳作工序。

女人也重复着这种劳作工序。

他们重复着的劳动已经十六七年了。

他们仍然劲头十足地重复着这种劳动。

从来不说风霜雨雪什么的。

干旱的冬季和早春时节的滋水是水量最稳定的季节,也是水质最清纯的季节,清纯到可以看见水底卵石上悠悠摆动的絮状水草。水流上架着一道歪歪扭扭的木桥。一个青年男子穿着军大衣在收取过桥费,每人每次五毛。

我常常走过小木桥,走到这一对刨挖着沙石的夫妇跟前。我重新回到乡下的第一天,走到我的滋水河边,就发现了河对面的这一对夫妇。就我目力所及,上游和下游的沙滩上,支着罗网埋头这种劳作的再没有第二个人了。

在我的这一岸的右边河湾里,有一家机械采石场,悬空的输送带上倾泻着石头,发出震耳挠心的响声。

沙坑里,有一个大号热水瓶,红色塑料皮已经褪色,一只多处脱落了搪瓷的搪瓷缸子。

二

早春中午的太阳已见热力,晒得人脸上烫烫的,却很舒服。

"你该到城里找个营生干,"我说,"你是高中生,该当……"

"找过。也干过。干不成。"男人说。

"一家干不成,再换一家嘛!"我说。

"换过不下五家主儿,还是干不成。"女人说。

"工作不合适?没找到合适的?"我问。

"有的干了不给钱,白干了。有的把人当狗使,呼来喝去没个正性。受不了啊!"他说。

"那是个硬熊。想挣人家钱,还不受人家白眼。"她说。

"不是硬熊软熊的事。出力挣钱又不是吃舍饭。"他说。

"凭这话,老陈就能听出来你是个硬熊。"女人说,"他爷是个硬熊。他爸是个硬熊。他还是个不会拐弯的硬熊——种系的事。"

"中国现时啥都不缺,就缺硬熊。"他说。

"弓硬断弦。人硬了……没好下场。"她说。

"这话倒对。俺爷被土匪绑在明柱上,一刀一刀割,割一刀问一声,直到割死也不说银圆在哪面墙缝里藏着。俺爸被斗了三天两夜,不给吃不给喝不准眨眼睡觉直到昏死,还是不承认……我不算硬。"

"你已经硬到只能挖石头咧!你再硬就没活路了。硬熊——"

"噢!好腰——"

我看见男人停住了劳作,一只手叉在腰间,另一只手挂着铁锨木把儿,两眼专注地瞅着河的上方。我转过头,看见木桥上走着一位女子。女子穿一件鲜红的紧身上衣,束腰绷臀,许是恐惧那座窄窄的独板桥,一步一扭,腰扭着,臀也扭着,一个S身段生动地展示在凌水而架的小木桥上。

"腰真好。好腰。"男人欣赏着。

"流氓!"女人骂了一句,又加一句,"流氓!"

那个被男人赞赏着被女人妒忌着的好腰的女子已经走过木桥,坐上男友摩托车的后座,"呜噜噜"响着驰上河堤,眨眼就消失了。

"好腰就是好腰。人家腰好就是腰好。"男人说,"我说人家腰好,咋算流氓?"

"好人就不看女人腰粗腰细腰软腰硬。流氓才贼溜溜眼光看女人腰……"

"哈呀!我当初瞅中你就是你的腰好。"男人嘻嘻哈哈起来,"我当初就是迷上你的好腰才给你写恋爱信的。我先说你是全乡第一腰,后来又说中国第一腰,你当时听得美死了,这会儿却骂我流氓。"

女人羞羞地笑着。

男人顺着话茬说下去。他首先不是被她的脸蛋而是被她的腰迷得无法解脱。他很坦率又不无迷津地悄声对我说,他也搞不清自己为什么偏偏注意女人的腰,一定要娶一个腰好的媳妇,脸蛋嘛,倒在其次,能看过去就行了。

他大声慨叹着,不无讨好女人的意思:"农村太苦太累,再好的腰都给糟践了。"

男人把堆积在罗网下的石子铲进笼里,用水担挑起来,走上沙坑的斜坡,木质水担"吱呀吱呀"响着,把笼里的石头倒在石堆上。折身返回来,再装再挑。

女人对我说:"他见了你话就多了。嘎杂子话也出来了。他跟我在这儿,整响整响不说一句话。猛不丁撂出一句'日他妈的!'我问他你日谁家妈哩。他说,'谁家妈咱也不敢日,干乏了干烦了撒口气嘛!'"

男人朝我笑笑,不辩白也不搭话。

三

"把县委书记逮了。"

"哪个县的县委书记?"

"我妹子那个县的。"

"你怎么知道?"

"我晌午听广播听见的。"

"犯了啥事?"

"说是卖官得了十万。"

我已不太惊奇,淡淡地问:"就这事?还有其他事没有?"

"广播上只说了卖官得钱的事。"男人说,"过年时我到我妹子家去给外甥送灯笼,听人说这书记被'双规'了。当时我还没听过'双规'这名词。我妹家来的亲戚都在说这书记被'双规'的事,瞎事多多了。广播上只说了受贿卖官一件事。"

"老百姓早都传说他的事了?"

"我给你说一件吧。县里开三级干部会,讨论落实全县五年发展规划。书记做报告。报告完了分组讨论,让村、乡、县各部门头头脑脑落实五年计划。书记做完报告没吃饭就坐汽车走了,说是要谈'引资'去了。村上的头头脑脑乡上的头头脑脑县上各部局的头头脑脑都在讨论书记五年计划的报告。谁也没料到,书记钻进城里一家三星宾馆,打麻将。打了三天三夜。第三天后晌回到县里'三干会'上来做总结报告，眼睛都红了肿了，说是跟外商谈'引资'急得睡不着觉……"

"有这种事呀？"

"我妹子那个县的人都当笑话说哩。你想想，报告念完饭都不吃就去打麻将。住在三星宾馆，打得乏了还有小姐给搓背洗澡按摩。听说'双规'时，从他的皮包里搜出来的净是安全套壮阳药。想指望这号书记搞五年计划，能搞个×……"

"你生那个气弄啥？"女人这时开了口。

"我听了生气，说了也生气。我知道生气啥也不顶。"

"那就甭说。"

"广播都说了，我说说怕啥。"

"广播上的人说是挣说的钱哩，你说是白说，没人给你一分钱。"

"你看看这人……"

"书记打麻将，你跟我靠捞石头挣钱；书记不打麻将不搞小姐，咱还是靠掏沙子捞石头过日子。你管人家做啥？"

男人翻翻白眼，一时倒被女人顶得说不上话来。闷了片刻，终于找到一个反驳的话头："你呀你，我说啥事你都觉得没意思。只有……只有我说哪个女人腰好，你就急了躁了。"

"往后你再说谁的腰好我也不理识你了，"女人说，"我只操心自家的日子。"

"你以为我还指望那号书记领咱奔'小康'吗？哈！他能把人领到麻将场里去。"男人说，"我从早到黑、从年头到年尾都守在这沙滩上掏石头，还不是过日子嘛！我当然知道，那个书记打麻将与咱不相干，人家就不打麻将还与咱不相干喀！他被逮了与咱不相干,不逮也不相干喀!"

"咱靠掏挖石头过日子哩!"女人说。

"我早都清白,石头才是咱爷。"男人说。

听着两口子无遮无掩的拌嘴,我心里的感觉真是好极了。男人他妹家所在县的那个浪荡书记,不过是中国反腐风暴中荡除的一片败叶,小巫一个。我更感兴趣的,或者说更令我动心的,或者说最容易引发我心灵深层最敏感的那根神经的,其实是这两口子的拌嘴。

他们两口子拌嘴的话所涉及的内容和范围,我都不大在意。我只是想听一听本世纪第一个春天我的家乡的人怎样说话,一个高考落榜的男人和一个曾经有过好腰的女人组成的近二十年的夫妻现在进行时的拌嘴的话。我也只是到现在终于明白,我频频地走到河滩走过小木桥来到这两口子劳动现场的目的,就在于此,仅在于此。我头一次来到他俩的罗网前是盲目的,两回三回也仍然朦胧含糊,现在变得明白而又单纯了:看这一对中年夫妻日常怎样拌嘴。

"呃!这书记而今在劳改窑的日子可怎么过呀!"男人说。

"你看你这人!老陈你看他这人——就是个这!"女人说,"刚才还气呼呼地骂人家哩,这会儿又操心人家在劳改窑里受苦哩!"

"享惯了福的人呀!前呼后拥的,提包跟脚的,送钱送礼的,洗澡搓背的,问寒问暖的,拉马坠镫的,这会儿全跑得不见人影了。而今在号子里两个蒸馍一碗熬白菜,背砖拉车可怎么受得了?"男人说。

"你是闲(咸)吃萝卜淡操心。"女人说。

"他这阵儿连我都不如。我在这河滩想多干就多干,想少干就少干,不想干了就坐下抽烟喝水,运气好时还能碰见一个腰好的女子过河,还能看上两眼。他这阵儿可惨了,干不动得干,不想干也得干,公安警卫拿着电棍在尻子后头伺候着哩!享惯了福的人再去受苦,那可比没享过福只受过苦的人要难熬得多吧?"

没有人回答他的发问。我没有。他的她也没有。他突然自问自答——

"我说嘛人是个贱货!贱——货!"

…………

太阳沉到西原头的这一瞬,即将沉落下去的短暂的这一瞬,真是奇妙无比景象绚烂的一瞬。泛着嫩黄的杨柳林带在这一瞬里染成橘红了。河岸边刚刚现出绿色的草坨子也被染成橘黄色了。小木桥上的男人和女人被这瞬间的霞光涂抹得模糊了,男女莫辨了。

四

应办了几件公务,再回到滋水河川的时候,小麦已经吐穗了。

我有点急迫地赶回乡下老家来,就是想感受小麦吐穗扬花这个季节的气象。我前五十年,年年都是在乡村度过这个一年中最美好、最动人的季节的。我大约有七八年没有感受小麦吐穗扬花时节滋水河川和白鹿原坡的风姿和韵致了。

太阳又沉下西原的平顶了。河堤和石坝的丁字拐弯的水潭里,有三个半大小子在游泳戏水。我看见对岸的沙滩上支撑着一架罗网。女人正挥动铁锨朝罗网上抛掷着沙石。石头撞击的"唰啦唰啦"的声音时断时续,缺乏热烈,有点单调。

男人呢？

那个尤其喜欢欣赏女人好腰又被嗔骂为流氓兼硬熊的男人呢？

我脱了鞋袜，涉过浅浅的河水。水还是有点凉，河心的石头滑溜溜的。我走到她的罗网前的沙梁上，点燃一支烟。

"那位硬熊呢？"

"没来。"

我便把通常能想到的诸如病啦，走亲戚啦，出门办事啦这些因由一一询问。她只有一个字回答：没。

我就自觉不再发问了。她的脸色不悦。我随即猜想到通常能想到的诸如吵架啦与邻居村人闹仗啦亲戚家里出事啦等等这些令人烦心丧气的事，然而我不敢再问。

她轻轻叹了一口气。

我还是决定发问："咋咧？出什么事了？"

她停住手中的铁锨，重重地深深地吁出一口气："女子考试没考好。"

"就为这事？"我也舒了一口气，"这回没考好，下回再争取考好嘛！"

她苦笑一下："这回考试不是普通考试。是分班考试。考好可进重点班，考得不好就分到普通班里。分到普通班里就没希望咧。"

这是我万万没有料想到的事。

她这时话多了："女子自个儿不敢给她爸说。

"他听了就浑身都软了，连镢头铁锨都举不起来了。

"他在炕上躺了三天了，只喝水不吃饭，整夜整夜不眨眼不睡觉,光叹气不说话。我劝了千句万句,他还是一句不吭。"

"女子在哪儿念书?高中还是初中?"

"县中。念高一。这学期分出重点班。"

我也经历过孩子念书的事。我也能掂出重点班的分量。但我还是没有估计到这样严重的心理挫败。

她伤心地说:"这娃娃也是……平时学得挺好的,考试分数也总排前头,偏偏到分班的节骨眼上,一考就考……

"直到昨日晚上他才说了一句话:'我现在还捞石头做啥!我还捞这石头做啥……'"

"你不是说他是个硬熊吗?这么一点挫折就软塌下来了?"我说。

"他遇见啥事都硬,就是在娃儿们上学念书的事上心太重。他高考考大学差一点分数没上成,指望娃儿们能……

"他常说,只要娃儿们能考大学,他准备把这沙滩翻个个儿……

"他现时说他还捞这石头做啥哩!"

"我去跟他说说话能不能行?"我问。

"你甭去,没用。"

我自然知道一个农民家庭一对农民夫妇对儿女的企盼,一个从柴门土炕走进大学门楼的孩子对于父母的意义。我的心里也沉沉的了。

"他来了!天哪!他自个儿来了!"

我听见女人的叫声,也看见她随着颤颤的叫声涌出的眼泪。

我随即看见他正向这边的沙梁走来。

他的肩头背着罗网,扛着镢头铁锨,另一只肩头挑着担子,两只铁丝编织的笼吊在水担的铁钩上。

他对我淡淡地笑笑。

他开始支撑罗网。

"天都快黑咧，你还来做啥！"她说。

"挖一担算一担嘛。"他说。

我想和他说话，尚未张口，被他示意止住。

"不说了。"他对我说。

女人也想对他说什么，同样被他止住了。

"不说了。"他对她说。

"再不说了。"他对所有人也对自己说。

"不说了。"他又说了一遍。

我坐在沙梁上，心里有点酸酸的。

许久，他都不说话。镢头刨挖沙层在石头上撞击出刺耳的噪声，偶尔迸出一粒火星。

许久，他直起腰来，平静地说：

"大不了给女子在这沙滩上再撑一架罗网咯！"

我的心里猛然一颤。

我看见女人缓缓地丢弃了铁锨。我看着她软软地瘫坐在湿漉漉的沙坑里。我看见她双手捂住眼睛垂下头。我听见一声压抑着的抽泣。

我的眼睛模糊了。

2001年5月12日于原下

腊月的故事

一

这是北方乡村冬天里的一个平淡无奇的早晨。

麻雀在后院的树枝上叽叽啾啾吵成一片。这是冬天里唯一能够听到的鸟叫声。天天早晨都是在麻雀这种热烈的吵闹声中睁开眼睛,郭振谋老汉就感到自身这架运转了大半生的机器开始发动,毫不迟疑地从炕上坐起身来穿衣蹬裤。冬天里天寒地冻,田里和果园里没有什么逼紧的活路,放羊也需等得太阳出来霜花化了之后。他随着麻雀的叫声起来是一种习惯。习惯对一个年过六十的人来说比制度比命令还难以违抗,再那么躺在炕上不仅不是享受而是别扭了。

郭振谋老汉穿着衣服结着裤带的时候,心里渐渐踊跃着一种激情,一种紧张,其实什么急事要事都没有,而那种混杂着紧张情绪的激情却逐渐充溢在整个躯体里。他不奇怪,完全能够把准这种脉象,是年气儿催的。年气儿是看不见说不清的。是期待是期盼,是结束是开始,是抖落是重新披挂?一交上农历腊月,这种年气儿就在乡村潮起了,腊月初五吃"五豆粥",一种掺杂着五种豆子的稀饭;腊月初八吃"腊八面",一种在大米稀饭里下进细面条也拌以炒菜的面食。每一家农户的每一口锅里舀出来的,几乎是一律的饭食。年气儿就是这样日渐一日在乡村的村巷屋院里弥漫着,把男男女女老老少少的血液蒸腾起来。郭振谋老汉准确无误地记着,这个被麻雀吵醒的黎明是腊月十九日,再过四天就是祭祀灶神的日子了。灶神是天帝委派到人间的挂不上"品"位的最小的神,却是最深入基层的神,深入到家家户户。一张木刻拓印的纸神,坐在两只大红公鸡之间,慈善的脸上最显眼的是一撮捋得顺溜的黑胡须,位置就在锅台正前方的墙壁上。灶神的职责是一年四季三百六十五天一天三顿都要观察记录每一家锅里下进去什么舀出来什么,到每年腊月二十三回到天宫向天帝述职,报告农人锅里的稀稠,天帝据此判断人间生灵的日子过得窝逸不窝逸。配贴在灶神左右两边的红纸对联的内容,是传承了不知多少年代的一成不变的"上天言好事,入地降吉祥"。

  郭振谋老汉瞅着已经褪色已经被烟熏得发黑的灶神画像和对联,心里就想着再有三四天时间,这位灶神爷爷就该卸任了,新的一届灶神爷爷也要赴任了。昨日他在集镇的年画地摊上买了一张新的灶神画像,还是木刻拓片古色古香的那种,对联却换了几个字——"上天报实账,入地细观察"。郭振谋老汉问卖画小贩,古人传下来的对联怎么敢胡修乱改?卖画儿小贩说,镇上那个专门印制灶神画像的老板说,去年全镇人均收入只有九百九十块零几毛几分,镇长给县上报的是两千块零几毛几分。村哄镇,镇哄县,一路哄到国务院。得了奖,提了干,明年年尾儿再冒算……

印刷灶神画儿的老板还说，镇长可以胡报冒算，灶神爷回天宫可不敢学镇长的样子，连该下的雨水都误了。卖画小贩说印灶神画儿的老板还说来，这叫对症下药。郭振谋老汉听着，同时就在心里码算自己的年终总收入，其实早都码算过不知多少回了，三代六口之家，统共毛收入也就差不多八千块，人均一千三百多块，在村子里算个中等偏上的家庭。镇长最终报到总理那儿的数字却是两千还零几毛几分。他打趣地对卖画小贩说，咱们明日搭火车上北京找总理，讨要那两千块的缺额去，零头就不说了。俩人哈哈笑着，郭振谋老汉一手交了钱，挑了一张满意的灶神画儿和一副崭新的对联，分手时又撂出一句，咱也得对症下药……郭振谋拴紧裤带结好纽扣，下一步就是茅房了。

老伴还懒在炕上。老伴向来是比郭振谋早起早离炕头的，无奈小孙子的学前班放寒假，每天早晨都搂着奶奶不许离开被窝，她就依着孙子的性儿多享一会儿福。老伴听着老汉开开后门走向后院的脚步声也不在意，早已耳熟能详早已毫不留意，不料，老汉一声惊慌失措的叫声响起："咱的牛哩？"她一把推开孙子，裹上衣裤，奔向后院。

二

女人奔到后院时，还夹着一泡尿，也不觉得排泄的急迫了。她没有看见老汉。老汉不在后院里，也不在牛圈里。牛圈里已经没有牛了。牛槽里残留着牛舌卷舔未尽的草料。牛圈里有一堆新鲜的牛粪。没有了牛的牛圈显现出一种空前的令人腿软的空寂。女人真的双腿发软要瘫坐到地上了。她叫了一声，我的牛哇！两眼一黑就扶住圈墙的墙壁软瘫到地上。

女人的眼睛重新睁开之后，就急匆匆出了牛圈，后院的围墙已经被破开一个大豁口，足以让硕大的牛通过。我的天哪，要拆开这样大的豁口，得费不少时间哩！这墙的砖头是废砖和碎砖，是儿子从一家拆迁的破产工厂当作垃圾弄回来的。要把这些碎砖扒掉，而且不容弄出声响，得花好久时间哩，一家人却都死睡着，一任毛贼从从容容拆墙搬砖，扭锁开门拉牛，真是睡死了哇！

墙外是麦地。一畛麦地那头是一条田间小道，是农人施肥锄草收割麦子公用的一条窄窄的小路。麦苗上落着一层厚厚的霜花，隐隐显现着老汉郭振谋的两行新踩的脚印，牛的蹄印和偷牛贼的脚印似乎看不出来，被霜花遮掩住了，证明牛最迟是在夜半之前被偷的。女人朝茫茫的麦地望去，看见老汉从小路连接大路的拐弯处走过来，他肯定是跟踪搜寻线索去了。

女人看见，老汉站到当面的时候，额头和脸上满是汗水，蒸腾着一缕缕白色的气体，像是火炉上滚开的水壶的壶盖周边冒出的白气。这么冷的天，这么冷的天的清凛大早时分，还出这么大粒子的汗，还冒这么如壶开锅滚一样的气，可见老汉心里鼓着多大的劲，抑或是心里虚弱到啥程度了。"快把汗擦了。你心里甭吃劲儿——咱人最要紧。"女人毕竟是女人。女人毕竟比男人心软。女人最先掂出来人和牛的分量和轻重。女人也毫不含糊地掂出来自己和老汉的轻重和位置。她把自己刚刚发生的两眼发黑软瘫倒地的惨事已经搁置偏旁了，真诚地关心起亲爱而又可怜的老汉了。

"牛是从这麦地里拉走的。没走小路。斜插过这一畛麦地，走到大路上的。当然，贼当然要抄近路，麦地里走起来也没响动。"郭振谋老汉分析判断，"在二狗家麦地里有一泡牛尿，哩哩啦啦尿了有十步长，牛是边走边尿的。当然，贼当然不会让牛停下尿完才赶路的。在大路上，有一堆牛粪，被踢踏得乱七八糟。牛是在那儿被推上拖拉机的，那儿有拖拉机的辙印。牛屎是贼把牛弄上拖拉机时踩踏稀烂的。当然，贼当然只顾尽快把牛弄上拖拉机逃离现场，哪儿还顾得脚上踩着牛屎哩！再说，天也太黑了。"

"咋办呢？"女人说，"这该咋办呢？"

尽管把贼和被偷的牛走过的路径勘察得清清楚楚，尽管把牛尿牛屎和运载拖拉机的辙印分析得头头是道，郭振谋看似一个脑袋清醒且不乏主意的人，然而在老伴问到"咋办呢"的时候，却不自觉地呻吟似的反问或自问了同样一句话：咋办呢？其实他在麦地里追踪牛和贼的线索往来的路途中，已经想到过一个又一个应当采取的紧急措施，然而，当女人向他讨要主意的时候，他却没有说出一条来，而是立即想到了儿子。在他的潜意识里，举凡家庭的重大举措，必须和儿子商量，才能得到肯定或否定以至最后做出决定。他在这个家庭里一言九鼎的时代是从哪年结束的，或者说发生易位的，记不清也说不清，反正早已不可挽救地形成现在这样的家庭格局了。他似乎此刻才想到了儿子。在这样重大的家庭灾难发生时，竟然不见儿子的面，他不可理喻地问老伴："秤砣呢？"

"还睡着。"女人说。

"这大的事都遇下咧，还睡！"

"兴许娃还不知道。"

郭振谋便从后院走进后屋，走过穿堂，又出了后屋的前门，站在院子里，对着前屋的后窗，忍不住就提高了嗓门吼："秤砣！"

"唉。"新屋新窗里传出声音。

"牛被贼偷了！"

"我知道。"

"你知道你还睡着不起来？"

"已经偷走了，我起来迟起来早都没用。"

"嘿……"郭振谋老汉右拳捶打到左掌心里，气急败坏地对女人说，"你听听！你听这话说的！就像偷了隔壁的牛——偷了隔壁的牛也该关心问问情况嘛……"

窗户里传出平静而近乎冷峻的声音："不管咱的牛隔壁的牛，贼偷了就没有了，谁来关心谁怎么关心都不顶啥，牛没有了。"

郭振谋老汉想着，话虽然倒也是这话，事虽然倒也是这事，但似乎一般人都不这样说。然而儿子秤砣就这样说。他平时也就是这样说话说事。这个狗日的什么时候开始这样说话论事，郭振谋记不得了。他的热汗已经晾干，头上的蒸汽也早已偃息，紧张的心和因紧张过度而鼓足着劲的腿脚此刻渐渐松弛，出过汗的皮肤似乎浸了水的冷。他想回到后屋去。儿子一边扣着外套的扣子，一边走过来。

"总得想个办法吧？"老子说，"总不能把牛丢了咱连一句话也不说一步路都不跑吧？"

"我想不出啥办法。"儿子说，"你有啥好办法你说嘛，路由我跑话我也能说。"

"总得去找去寻呀。"

"上哪儿找？"

"牲畜市场。还有……托付亲戚、朋友、熟人，还有你的那么多同学，让他们留心一下，看看谁家槽头新添了牛，咱好暗里去查问。"

"我可以百分之一百告诉你——爸,牛在屠宰场里。在哪一家我估不准,但准在屠宰场里。县上有两家屠宰场,城郊有五家,杀猪杀羊杀牛,还有驴,给西安的大饭店小饭铺送货。凡是送到他们屠宰场的牲畜,一般都是随到随杀,人家连喂牲畜的食槽都不备。屠宰老板根本不问猪呀羊呀牛呀驴呀是从哪条道儿上来的——自养的贩卖的还是偷来的,只是掐一掐肥瘦,以质论价。屠宰场老板更愿意收购那些偷来的牛羊猪驴,贼急于出手,贼没摊本钱可以压价收购嘛!送货的人走进屠宰场的大门,老板一搭眼就能看出来人的牲畜是自养的是倒贩的还是偷来的……现在找到屠宰场,连牛皮也认不出来了,况且人家老板就不准你翻找。"

"狗日的!"老子信下了。

"现在哪里还有偷牛自养的贼呢?"儿子说,"现在的贼也是抓时间抢速度的现代化头脑了。"

郭振谋老汉闷在那儿,打了个冷战。

老伴提议回到屋里去说话。

一家三口回到老两口居住的后屋,毕竟比院子里暖和多了。父子俩在小火炉对面坐下。女人给丈夫和儿子沏茶,弄得玻璃杯叮当响。

"总得给派出所报个案吧?"老子说。

"报也成,不报也没啥。报案和不报案的结果是一样的。"儿子说。

这是郭振谋老汉自己也知晓的事实。村子里时常发生丢羊丢猪丢牛的盗窃事件,邻近的村子也都发生过。被盗的农户主人向派出所报了案,好则来人查看一下,问问情况,在本本上记录记录,在被挖开的围墙上照一照相,然后说等着吧,将来破了其他案子也可能把这件案子带出来。结果是本村和邻村被盗窃的案子一件也没有幸运地被带出来。郭振谋老汉还是忍不住说:"报还是报一下吧!兴许还有运气被牵带出来,赔不赔钱也罢了,让人心里明白一回,是个什么贼。"

"牛已经没咧,明不明心都一样。"儿子说,"光脸贼麻子贼本村贼外路贼,都是贼咯,你弄清哪一个没意思——牛是已经没有咧。"

"你不是有个同学在城里干公安吗?"郭振谋老汉突然想起来这个重要关系,直生气自己到这时候才记起这个重要关系。"让他给派出所说一说,让派出所把这事当个事办。"

"没用。"儿子说,"话当然可以说。可你也想想,一头牛顶多值两千块钱,派出所警察为这个小案得花多少钱?开警车一公斤汽油也要两块多。即便把贼逮住了,两千块钱顶多判几天拘留,又放了。派出所花那么多钱劳那么大神受那么多苦,难道就为给你明个心吗?"

"哈呀!世事真是变得没眉眼了。一头牛两千多块哪!两千多块的牛丢了都不值得报案了。那时候谁家丢一只鸡,偷鸡贼都要上会挨批挨斗的。"郭振谋老汉想到"那时候"话就多了,"那时候,猪在街道上跑鸡也在满街巷跑,生产队的牛夏天晚上不往圈里拴,就在树底下过夜,连个牛毛也没人敢偷。而今倒好,挖墙拉牛不光没人追查,还说你丢的牛折价太少不值得查,真是长见识了。"

"你不是常说'那时候'年年到头不够吃吗?你不是常说你和我妈都被饿下浮肿病了吗?"儿子眼里做出要笑的神气,"你怎么刚丢了一头牛,又想回到生产队里过只挣工分不分钱也吃不饱的日子呢?"

"我没说饿肚子好喀。"郭振谋反驳得意的儿子,"可那时候确实没有这么多贼。"

"这号偷牛偷羊的贼不算啥,小毛贼。"

"哈呀!你的口气倒不小。"

"不是我口气大,是你从年头到年尾只放牛种地啥也不知。我说出那些大贼来把你能吓死——"儿子说,"揣着枪抢银行,票子整捆整捆整箱整箱地弄走,这贼大不大?一个省长一个市长贪污受贿有几千万上亿的,这号贼大不大?你那一头牛值两千元,你掂掂轻重大小吧!"

"再小也是贼嘛!再小也是我养大的牛嘛!"郭振谋心里还是解不开,"总不能说偷牛的贼不是贼嘛!"

"是贼。偷多偷少都是贼。"儿子说,"一个贼偷了一串麻钱,一个贼偷了皇上的金库,当然得先逮那个偷金库银库的贼——你说还去不去派出所报案?"

郭振谋老汉闷下头,抽着烟袋,仍然耿耿于怀,反问儿子:"这就完了?丢了就白丢了,偷了就白偷了?"

"完了。到这儿就完了。再不提这事了。"儿子说,"你不是还要上集卖胡萝卜吗?不能丢了一头牛连年也过不成了。"

郭振谋老汉又闷住头,再说不出什么话了。

"贼也要过年哩!"儿子秤砣说。

三

不管心里自在不自在受活不受活,郭振谋老汉还是听从了儿子秤砣"该弄啥还照样弄啥"的话,骑上自行车上路了,加入明显稠密于往日的人流车流，奔县城去了。

年气儿愈显得浓郁了。冬日里刚刚出山的太阳也泛着温柔的光。郭振谋老汉骑着自行车的速度和姿态，让同时行进的路人感到依旧是个强健的中年人，他自个儿也感觉和十年前骑车子没有多大差别，上下车子一样轻捷自如，腿脚一如既往那样灵便，车后架上驮载百余斤胡萝卜绝不气喘。他特别自信自己的身体，似乎根本没有年逾花甲老之已至的感觉。他的饭量在那儿明摆着，肉饺子可以吃四十几个，羊肉泡馍能泡足三个烧饼，有时比儿子秤砣还要多吃半碗。狗日的秤砣居然屡屡调侃老子，说，爸的肚子是公社化生产队培养出来的肚子，能饿也能撑，胃的伸缩性很大。狗日的念书念不出名堂，把心眼拐到说俏皮话上了。郭振谋骑着自行车在宽阔的柏油马路上行进着，遭遇盗贼造成的两千多块的重大经济损失，渐渐在减压。"贼也要过年哩！"狗日的秤砣怎么就会说出这种实实在在的俏皮话，让人反倒没话可说了。他的双脚踩踏着自行车，心里就一遍又一遍地发出莫可奈何的自慰，就算一回倒霉事咧！财去也许人安哩！让贼也好好过个红火年吧！

"杀羊。"

看着父亲推着自行车走出街门，秤砣回过头对媳妇杏花说。杏花正在扫院，仰起头来，平静地说："你杀。"

"你得帮我压住羊腿。"

"我不敢。我害怕刀子染红。"

"多看几回就不害怕了。"

"我不敢看，也不想看。"

"你倒像是高干家的贵重人儿。"

秤砣说着就走出街门，在街巷里吆喝吼叫来两个帮忙的乡党；又返身回来，从羊栏里牵出一只山羊，走过院子时自言自语着，贼还算是有良心的贼哩！拉了牛还给咱留下羊。秤砣把羊拴到门外土场里的树干上，又返回身来取刀子。秤砣把刀子在掌心掂了两下，就有一种炫耀的快感。这是一把藏刀，真真正正的藏刀；刃不长，把儿也不长，却是浑实实用的一种；把儿上铆嵌着铜钉，闪闪发亮，挂在墙上或佩在腰带上都是很值得观赏的工艺品；然而既能割断羊的脖子，也能割断牛的粗厚的脖颈。这是他的朋友铁蛋送他的。铁蛋在公安局工作，收缴的长刀短刀匕首无数，特意选了这把最实用最精美的刀子送他。

杏花出门倒土的时候，正好遇见最惨烈的那一幕，羊脖子底下射出一道红色的血光，她本能地尖叫一声，扔了盛着垃圾的簸箕，双手捂住了眼睛。那两个帮忙抓着羊腿的小伙子，见状哈哈笑起来。秤砣听见了媳妇的尖叫，瞥一眼立在原地捂着眼睛的杏花，对那两个帮凶说："看看，咱这位真的像是高干院里长大的千金，其实她爸跟我爸一样都是在土里刨食的主儿。"

秤砣把扒过皮开过膛的羊剁开拆卸，两条后腿连接的后臀，自然是一只羊身上最好的肉，分装到两个结实的蛇皮塑料袋子里，扎了口，吊捆在自行车后架的两侧，再把剩余的羊肋羊头和下水交给杏花。杏花只是害怕白刀子进去红刀子出来时涌出的血流，等到活羊变成一堆羊肉的时候，她就安之若素波澜不惊了。杏花说："杀了一只羊，后臀送朋友，自家吃杂碎，真是够义气咧。"秤砣说："哥们儿就是哥们儿。"

秤砣刚跷出街门门槛，就跨上了自行车，奔城里去了。这是每年腊月二十前后必有的一次访友活动。他有两个朋友，两个初中念书时交结的朋友。当秤砣在家庭里说话可以算话的时候，就开始了给两个朋友送羊后腿的礼尚往来。每年春节将至，杀了羊，送两位朋友一人一块羊的后臀。今年虽然丢了一头牛，羊还在，这个约定成规的事不能破也不能中断，照送。

一个从未经见过的温暖的冬天，刚刚过去的三九里竟然下了一场细雨。而这种如丝如缕的细雨通常是九尽以后清明时节的景象。大路两边的麦苗似乎压根儿就没有经过冬蛰，绿莹莹的景色也如同开春返青时的征象。秤砣身上已经发热了，想到即将见到久不谋面的好朋友，心里就有点按捺不住的兴奋。朋友真是一种说不大清白的关系，对父母对妻子不便说不想说的话，在朋友那儿就可以毫无忌讳甚至放浪形骸。他不是那种广交的性子，仅有的这两个朋友就愈交愈显出珍贵甚至神圣。然而，与这两个朋友如何形成朋友为什么会结交至今，他没有认真想过也弄不大准确。在中学一个班的五十多名男女同学里，他们三个人是怎么走到一起的，真是说不清，其实论起性格和脾气，三个人正好是三种差异很大几乎是执拗的性情。决定人与人关系远近的是不是有一种看不见嗅不出的气味？这种气味只有身体和心灵能够感知？因此才决定是排斥还是吸附？反正他和他俩在一起就感到舒畅感到亲近，分别了就会思念，思念起来就觉得溢满愉悦。

城市太漂亮了。两三个月不进城再进城就能看到新的更奇特的景观。秤砣每一次进城都会有一种新奇和随之而发的惊叹，然而从来也没有亲近感，如同看见别家门楼里出出进进的年轻媳妇，越是漂亮越有距离感。秤砣想，这市里的市长其实只是城圈里头的人的市长，据说市长安了亲民电话，谁家的狗叫扰乱休息，谁家的下水道堵塞，哪条巷道的第几根路灯灯泡被打碎了或无缘无故不发光了,都可以直拨市长的亲民电话,问题和困难一般都会在很短的时间里解决。可是自家所在的村子和周围数不清的村子,别说狗叫扰人,即使狼吃了娃娃,也没谁会想到给市长打亲民电话。一头养了整整一年的肥牛丢了,无论父亲母亲杏花和他自个儿,谁会想到打那个亲民电话呢?其实,自己的村子还归属市区管辖,可最终连给派出所报警也免去了。

秤砣走到一幢住宅楼下。铁蛋在这幢新造的住宅楼上有了一套两居室的房子。同为农村孩子的铁蛋已经在城市里有了安铺支锅的一坨住地,站住脚也就扎下了根,再也不是市长鞭长莫及的乡里人了。他敲了门。他还不习惯按那个门铃的按钮。门开了,铁蛋媳妇开了门,一身松松散散的衣服和松松散散的姿态,突然现出惊喜和热情,把他让进纤尘不染的屋内。

"羊腿。"

秤砣进了门,手里提着羊腿,交给了铁蛋媳妇。铁蛋媳妇客气地笑着接住那个装着羊腿的蛇皮塑料袋子,说:"你年年都忘不了送这。"

秤砣走到不大不小的客厅,问:"铁蛋呢?"

"办案出差了。"媳妇说,"你快坐下。"

"快过年了。"秤砣说,"过年能回来吗?"

"说不准。"

"啥紧火案子过年都不能回来?"

"抢了银行了。"媳妇说,"还有一起爆炸案。都是最急的大案。"

秤砣便告辞。不说今年铁蛋办案出差不在家,即使往年铁蛋在家,他也是放下羊腿便拉上铁蛋一块去给小卫送另一只羊腿。

铁蛋这位做护士的媳妇，应该说是绝无一丝可弹嫌的毛病，人的干净整洁和这套住室的干净有序融为一体，你看到她的干净清爽就联想到这屋子里的一器一物的秩序与和谐。也许这屋子和女主人和谐完美到无可弹嫌的同时，也产生一种容留不住客人的效应，起码是秤砣这号客人。真是无法说得清白，秤砣到这个新迁的居室来过不止一次了，过去他们居住的临时性平房，秤砣同样是这种感觉。绝不是护士待人冷淡，反倒是礼仪毕至客气周到面面俱全，然而秤砣还是觉得待不住。秤砣总觉得在这儿放不开，手脚似乎被一根无形的丝络缠裹着，心里也就更觉得被裹束得老大不自在。没有办法改变。铁蛋是好朋友，护士媳妇也是好人好媳妇，可他就是在这两个好人的屋子里待不住。

"我给小卫把羊腿送过去，赶天黑还要回家哩！"

秤砣已经马不停蹄地出城了。小卫所住的房子是靠近工厂围墙的一排瓦顶平房的两间。围墙那边是五六十年代建成的老式住宅楼，与日新月异变着花色的新式公寓住宅比衬着，人就会为这个曾经显赫的庞大的国营工厂生出气数已尽的惋惜。小卫住着的这一排平房，原先是厂里新来的单身青年工人的集体宿舍，秤砣在小卫刚刚进入这家工厂入住这里的集体宿舍时就来过，还住过不止一夜，太熟悉了。这儿曾经是最富生气的一隅，成百号无牵无挂的青年男女集中在这一排平房里，一股壮气和活气就形成一股巨大的气场，反倒比围墙那边的家属院更具活力。他曾经和小卫住在临时调换出来的四人一室的屋子里，喝啤酒，谝闲传，抽烟就是从这儿起步的。他对工人生活的切实感受和仰慕，就是那时候诱发的。现在，他从这家工厂破落残败的大门骑着自行车长驱直入，看守大门的老头竟然视而不见或许是连问一声的信心也没有。想想也是，这里既已无任何需要保密的产品，连值得破坏分子破坏的价值也没有了。秤砣骑车通过偌大的厂区时，忍不住咂舌了，曾经令他眼热心也热过的景象，已经无可挽回地败落了，曾经在这儿体验过几个美好夜晚的乡村农民秤砣，现在发觉自己竟然对这儿有某些牵挂，忍不住连连咂着嘴，表示着含蓄的痛心。

"秤砣哥——"

秤砣听见小卫叫他了。他骑车子一直骑到门口跳下来，和小卫就挽着手走进屋子。

"年年送一条羊腿！"小卫说，"我不说谢了。"

"年货办得咋样？"秤砣问。

"咳！谁现在还办年货！"小卫说，"有亲戚来了，到饭店吃一顿，省事。城里人都这样过年。"

"乡里没有饭店。"秤砣说，"有也舍不得挨宰。自家屋里做着省。"

"麻烦！"小卫说，"人都怕麻烦。"

闲谝着，小卫媳妇端上来茶水，不像以往那么大大咧咧，倒有点往昔印象里少见的拘束和闪烁其词。秤砣首先猜疑小卫大约又欺侮媳妇了，又不好问。小卫则一如既往，一派的昂扬神气和欢畅的说话。从来也不见他忧愁过，从来也不见他皱眉挠头的动作，从来都不向人告艰难哭穷。如果城里人和乡里人都养成小卫这样的爽快，这世界就没有愁苦悲伤的面容了。

"铁蛋出差不在。"秤砣说。

"我在城里也见不上面。"小卫说，"案破不了人可是忙着。"

"厂子看去彻底不行了？"秤砣说。

"不说厂子。咱只说咱的事，咱的话。"小卫说，"谁现在还说厂子的事呢？早就没人说了。"

"那么多工人呢，现在都干啥呢？"

"鸡不尿尿总有出路喀。"小卫说，"各人有各人的活法。"

"你现在弄啥哩？"秤砣问，"收入还可以吧？"

"啥都干哩。啥能挣钱就干啥。"小卫说，"年头上给一家饭店当保安，活儿倒是不重，就跟兵马俑一样在那儿站着。可我看着那些鸟人拿着公家的钱肥吃海喝，还要咱保卫，屁股一拍不干了——眼不见心不烦。"

"那么红火的工厂，才几年时间成了这样！"

"我都不可惜你倒可惜。我的工厂我都不瞅一眼了，你倒总是提说。"

"好好好，不说了。"秤砣说。

"你今年弄得咋样？"小卫问。

"凑合。"秤砣说。他没有说丢牛的事，也许正如小卫不想说工厂的事一样。

"娃呢？"秤砣问。

"到舅奶家去了。"小卫说着，就提高嗓门对厨房里的媳妇说，"甭做饭了。咱和秤砣哥到外边去吃饭。"

秤砣当即表示反对："在家里吃自在。"

正在为到不到外边下馆子的事稍有争议的时候，门外有人说话，而且脚步声杂乱。小卫坐着不动，却用眼珠斜瞅着门板，似乎不在意，原也无法判断是不是自家的来客，一种沉稳中的不屑，只有眼角的余光显示出留意的神色。

确凿敲的是自家的门，敲门声很有修养。

小卫立马站起，两步跨到门口，拉开了门。秤砣看见四五个人站在门口,有一位中年女人,肯定是做妇女工作的什么干部。倒是这位妇女干部先说了话:"要过春节了,局里领导来看望你们,这是局长。"

局长已经伸出手来,脸上配合着职业性的微笑。小卫却视而不见局长伸出的手,也不管女干部接着介绍的另三位各个方面的主管,却做出急迫的又是莫名其妙的解释:"哎呀!各位领导肯定走错门了。我不是困难户。我从来都没有困难过。各位领导走错门了——肯定。"秤砣瞅着这场景,也有点惊讶,小卫从来也没说过日子难过的话,倒是永远的昂扬;如果真是到了须得救济才能过年的程度,就足以使秤砣吃惊和伤心了。

"没错儿。是你,梁小卫。没错儿。"妇女干部说,随之就职业性或习惯性地赞颂起局长来,"局长十分关心下岗工人,一定要亲自来看望,把温暖送到每一个困——"

"哈呀!没错儿,各位领导十分关心下岗工人,我绝对相信。"小卫更加快乐地解释,"关键是咱不困难嘛!把温暖应该送给真正需要温暖的主户。"

一个中年男干部说了:"小卫同志觉悟很高,为国家分忧解难,有困难都不说困难。"

"没有没有没有。"小卫更嘎气了,"不是觉悟高低的事,关键在我不是困难户。"

几经争议和推让,带来的过年礼物还是留下了。秤砣坐在稍远稍偏的地方,用不着说话,却看完了这一幕送温暖活动的全过程。他发觉随行的几位脸上已现出尴尬或阴影,只有局长温柔的笑还残留在脸上。秤砣看清楚了礼品,一袋标着十公斤的袋装大米,一块缠着显示喜气的红纸条的猪肉,估计有两三斤吧,还有装在信封里抽出来又装进去的两张百元票子。秤砣刚才看见那位女干部把钱从信封抽出来送到局长手里，在局长送给小卫时小卫只顾着分辩自己不属于困难户。局长把钱又交给女干部，女干部又装进信封，放到小圆桌上。在小卫媳妇送客人出门时，小卫只踩着门槛站了一会儿。秤砣在心里早已判断清楚，小卫属于需要救助才能过年的主儿是没什么错的。他太了解小卫了。他对小卫性情和脾气的把握甚至比对自己还清醒还准确。小卫自小就是个阳性子人，上学时与人打架吃了亏，还要说他"把狗日的美美捶了一顿"。他愿意别人说他行而不愿意说他不行，真不行也要说成行；他愿意别人羡慕他有钱而不愿意别人发出哪怕是真诚的怜悯，真没钱也在任何时候任何人面前都做出一副腰粗气爽的神气。今天，当着秤砣的面接受救助，这是让小卫太难堪的事。秤砣唯一所能选择的就是淡化这件事，便对重新坐在简易沙发上的小卫说："拾个啥总比掉个啥强嘛！"

"哈哈！把戏儿耍得真妙哇！"小卫仍然大大咧咧地笑着说着，"他们把工厂盗光偷垮了，今日个可提着礼品送温暖……"

"咳，你说你初几到我家？"秤砣岔开话题。

"你知道这是一帮什么货吗？"小卫固执地回到原来的话题。进门时三问都不谈厂子的小卫，现在有点不依不饶地要说话了："那个刘厂长，还是劳模，当着这个厂子的厂长，在外边给自己还办一个厂，凡是利润大的订单都转到他的小厂去生产。至于把本厂的外购材料弄到他的小厂有多少，谁也说不清。本厂连年亏损，他的小厂却越办越红火。工人告了，上边查了，人家从账面上早都做好了查的准备，结果只查出些鸡毛蒜皮，给了个免职处分。人家早就吃肥了，不指望当厂长挣的那几个工资了，屁股下坐的汽车比省长的汽车还高级。再说今日来的送温暖的局长吧，说是更新产品，进口设备，贷款几千万，结果产品没出厂就捂死了。结论是市场变化神秘莫测，就完了。周游了欧洲，几千万买个'死洋马'，反而从厂长升成主管局的局长了。下边工人议论说，这个局长是拿票子铺的路砌的台阶。可说归说，局长还风风光光当局长，还笑眯眯地给咱送过年的'温暖'哩！现任的厂长你猜干什么呢？准备卖地皮。地皮现在可是值钱了。等到这个厂长把地皮卖完，这个工厂就彻底消灭了。国家养了这么一竿子货，咱们小工人还能指靠这一袋米一块肉过年吗？哈哈！咱靠咱自个儿过日子。日子还过得不错。你让你的弟妹说，咱的日子过得咋样？"

"燎着哩！"媳妇在厨房里快活地应着。

"这一声多脆！"小卫畅快地说，"秤砣哥来了，是哥们儿难得相聚的好日子，硬是让什么'送温暖'给搅砸了。好了好了，秤砣哥和他送的羊腿，真正才是送来温暖了。"

小卫媳妇已经端出几盘菜来，啤酒也倒上了。小卫对媳妇说："咱俩先敬送羊腿送来真正温暖的秤砣哥一杯——干了！"

秤砣的心底里沉沉的，有点酸，仍然做出不在意的样子对喝了酒。为了摆脱心里的那一道阴影，秤砣主动挑战喝酒，果然奏效，话多了调儿也高了。小卫一贯好喝酒，酒量却很浅，三下两下就狂声浪语起来了。

四

温馨的记忆现在不可遏制，反复咀嚼的余味却是苦涩的。

秤砣记忆里最深刻的一件事，是和小卫在这家工厂职工食堂吃的那一顿午饭。那年秤砣刚刚进入县城中学，他和小卫和铁蛋开始形成好伙伴的时候，小卫领着他和铁蛋从县城搭乘公共汽车来到城圈外沿的这家国营工厂。小卫的爹在这家工厂当工人。正当工厂下班时间，男女工人都是一身深灰色的工作服，许多人手里掂个铝制饭盒朝一个方向走去，欢乐的声浪把秤砣弄得不知所措。

这是秤砣第一次走进工厂，关于工厂和工人的最初的认知就是在这里得到的，跟他自小生活的乡村差异太大了。铁蛋的父母也是农民，同样是头一回进城进工厂，走路的脚步都乱了。只有小卫是三人之中最优越最可资骄傲的，他的家虽然也在农村，他的母亲虽然也是农民，然而他的父亲是工人，是穿工作服吃商品粮月月领工资的工人。小卫不仅毫无拘束，反而比在学校更显得自在欢乐，就像进入自己的家一样畅快。小卫把他俩引到他爹的宿舍。他爹正在就着脸盆洗脸，满手满脸的香皂沫子。小卫向他爹介绍了秤砣和铁蛋，撒娇似的宣扬："我们是桃园三结义的兄弟啦！"他爹擦净的脸和眼做出一副惊讶状："再添一个女同学可就成'四人帮'啦！"然后哈哈大笑。大家都笑。秤砣一下子就觉得轻松自如了。

小卫的爹领着三个孩子到职工大食堂去吃饭。饭是份儿饭。每人一碗混着肉片、丸子、猪皮、豆腐、粉条、白菜的杂烩菜，两个大白馒头，围在一张桌子上，那个香啊！

"大伯，你们天天都吃白馍肉菜？"秤砣问。

"逢到节日大会餐，八菜一汤。"小卫爹说。

"你可是天天过年哩！"秤砣说。

截止到那时候，储存给十二三岁的秤砣的全部生活记忆，就是过年才可以吃几天纯白面的馍馍或包子，荤腥的肉菜或掺着肉末儿的饺子。乡村娃娃须得盼望一年的这些好吃食，在小卫他爹的工厂的职工食堂里，天天顿顿都是。已经了知城乡和工农之间存在差别的初中生秤砣，第一次把这个作为未来政治理想要消灭的巨大差别切切实实体验了一回，留下了至今依然不能泯灭的印象。那么令人向往的工人，现在居然需要用救济的一袋大米一块猪肉和信封里装着的二百元钱欢度春节。阳性情的小卫虽然拒不承认困难户，再三谢绝救济物品，无论如何也不能再现他爹做工人时的优越和自信了。

初中毕业以后，只有铁蛋勉强够上了高中录取分数线，秤砣和小卫都回到各自的村子。已经开始活泛起来的乡村出现了盖房热潮，秤砣跟一位瓦匠师傅学了几年手艺，最终只达到可以砌墙抹灰的水平，再复杂的工艺就弄不了了。乡村建房热潮一过，秤砣彻底扔了瓦刀，买了一辆四轮拖拉机跑运输，挣了一把钱，盖成了他和杏花现在住着的三间新式水泥楼板平房。小卫回乡来大约等了三四年，等到他的爹提前退休让他顶班，一下子就成为天天顿顿都像过年的工人了。铁蛋高中毕业够不上大学录取分数线，却够着了中等专业技术学校，竟然上了省里专门培养警察的学校，三年毕业了，在市里当警察。只有秤砣还在乡村继续着乡里人的日子。工人还需靠救济的一袋米一块肉和二百元钱才能过年？这是乡村人秤砣无法想象也几乎是不敢相信的事；这事发生在好朋友小卫家里，就具有逼近鼻息的酸和痛了……

暖冬的太阳总是让人产生阳春时节的错觉。秤砣和杏花以及父亲母亲，在胡萝卜地里挖掏最后一根可以卖钱的胡萝卜。他一个人在前头抡着双齿镢头，用一层细土覆盖着的胡萝卜被挖出来，在阳光下现出红艳艳水灵灵的嫩色。父亲和母亲在他身后坐着马扎，扒掉胡萝卜上附着的泥土。杏花则蹲着挥动一把刀，嚓嚓嚓切掉胡萝卜顶头上的缨子。

"你前几天给小卫铁蛋把羊腿送去了？"父亲无话找话。

"送去了。"秤砣说。

"那俩娃娃日子混得咋样？"

"差不多。还不错。"

"城里还是好混喀！"

"会混的人混得好，不会混的人难混。"

"咋说也比乡里好混！"

"不见得。真个不见得。"

"即便不会混的人，城里有人管哩！乡里人不管混得好混得不好，没人管喀！"

"管也看怎么管哩！给你送二十斤米一块肉二百元钱让你过个年，可不管过了年又怎么混的事，二十斤米能吃几天？"

"那倒是。人说年好过节好过日子最难过。你说城里还有靠那点点东西过年的主户？"

"噢！听说的……"

秤砣便把发生在小卫家的实事说成虚泛的了，免得父亲再问。他不想把小卫的窘境晾到父亲和全家人面前，那是个阳性情的人。

冬天的北方田野里没有农活，也几乎见不到人，静寂容易令人倦怠沉闷，一阵儿摩托车的声响就显得格外震人。秤砣看见那摩托车从村子里驶到田间大路上来，又进入狭窄的小路朝自家的胡萝卜地跑过来，猛乍便扔了镢头叫起来："铁蛋！"

话音刚落铁蛋就到地头了，和秤砣甩着胳膊像是握手又像是击掌,然后就和老人以及杏花一一打招呼,然后就和大伯大妈蹲在一起扒抹胡萝卜的泥土。秤砣爸坚决制止,半是玩笑地说:"这么干净这么细白的手,咋能干这号粗活哩!"说着就对秤砣发出不容分辩的意见:"你把镢头撂下。你跟铁蛋回屋去。这儿连口水都没有喀。"

秤砣跨在铁蛋摩托的后座上。铁蛋告诉他,昨晚从南方回到家,天明时小卫媳妇就找上门来,说小卫昨日晚上被抓了。秤砣大为惊讶,问出了什么事。铁蛋看着已驶到村口便封口不说。待两人进入秤砣的大门,在前屋里坐定,铁蛋才重新开口说:"偷盗。"秤砣反而不想再问,诸如偷什么在哪儿偷怎么被抓,似乎都没有什么意思了。无论在什么地方偷无论偷什么东西都没有什么差别了,关键是偷和被抓。铁蛋还是按照思维习惯给他简单介绍了事情的经过:小卫和城郊两个农村青年合伙偷了农民两头肥猪,正好被巡逻的警察撞上了,那两个当地农民跑脱了,不熟悉地形的小卫被抓住了……

秤砣听到这儿,有点按捺不住的急切,忙问:"你专门来给我报这个凶信呀?"

"唉!这事……唉!"铁蛋一声三叹,急得脸都红了,"你看看小卫……咋弄下这号事……唉……"

"好了。你甭说了。你不说比说透还好些。"秤砣点燃一支烟,"你只说咋办吧!"

铁蛋还是打破了难以出口的障碍:"那天也就巧了,巡警按局里指示春节扩大巡逻区域,正巧撞上咱们的小卫。抓到邻近派出所连着审问,小卫交代他已经偷过四回了,全都是农民的猪咧羊咧牛咧……现在小卫压力最大的是偷你的牛这件事……"

秤砣吁出一口气，没有一丝一缕破案的惊喜，连刚才发生的惊讶都在这一刻散失殆尽了。居然会发生这种事！这仅仅是抽半支烟以前的不可思议的惊讶；当确定这种事居然就发生了的时候，秤砣的苦笑就难以叙说了。他问："现在怎么办？"

"我就是来跟你商量这事的。"铁蛋说。

铁蛋告诉他，派出所让小卫立即交出偷盗的猪呀羊呀牛呀的赃款，不管他实价卖了多少钱，一律按市场收购价赔偿，返还农户。另外还要加罚金……大约近万元。

"我的牛钱不要返还了。"秤砣当即说。

"小卫媳妇让我来找你，就有这意思。"铁蛋说，"小卫媳妇说牛钱将来肯定要还，只是当下太紧张。"

"不要了。"秤砣说，"再不提这件事了。赶紧让小卫快回家——剩下几天就过年了。"

铁蛋说："我给小卫媳妇先凑一笔钱，赶紧把人赎回来。"

"我手里还有一千，你顺便捎给小卫媳妇。"秤砣说，"我不留你吃饭了。小卫媳妇肯定正等你哩！"

铁蛋骑着警用摩托走了。

秤砣重新返回胡萝卜地里。

"铁蛋走咧？"父亲问。

"走咧。"秤砣答。

"没吃饭就走？"

"警察总是忙。"

"来有啥事？"

"没啥事。"

"没事老远跑来做啥？"

"朋友嘛。"

"我看你说话冷冰冰的?"

"怪你没教会我说热乎话。"

2002年3月8日于原下

猫与鼠，也缠绵

"我要见局长。"小偷说。

"你说啥？我没听清楚，你再说一遍。"李警察猛乍从椅子上跳到地上，大声反问。

小偷垂下头，没有再说一遍刚刚说过的话。他相信李警察把他刚才说的话都听清楚了。他和李警察中间的距离大约也就是三米远，他蹲在墙根下，李警察跷着二郎腿坐在椅子上，他的口齿清晰吐字很真声音也大着哩，李警察不会听不清的。恰恰可能是李警察听得太清楚了，而且大大出乎意料了，一个小偷一个小毛贼，怎么敢挑选审讯他的警察呢？而且要局长亲自来，太出格的要求。李警察从椅子上蹦到地上的举动和他佯装没有听清的反问的语气里，有惊诧，有嘲弄，有蔑视。他让他再说一遍的真实语气是：你是个什么货色你以为你是老几你是皇上的外甥吗，居然敢叫我们局长来审讯你？小偷仰起头瞅了一眼李警察，李警察整个脸上的表情证实着他的猜测。其实，小偷在提出这个要求之前，早就预料到了李警察会有这种反应的,他自己也明白局长是不可能去审讯一个小小的小偷的。这样,小偷又垂下头,没有按李警察的命令重复申述要局长来的要求。小偷以为不再说比说更能表明他要见局长是认真的。

"说!把你刚才说的话再说一遍。"

"你都听清了……"

"听清了也还要你再说一遍。"

"那我就再说一遍——我要见局长。"

"你再说一遍。"

"我要见局长。"

"再说一遍。"

"……"

小偷不说了。他现在不敢说了,再说脸上可能就要挨耳光或遭唾沫星了。他低垂下脑袋,看看李警察是否还坚持要他再重复那句话。

李警察放弃了。李警察一只手夹着烟卷,另一只手反叉在腰里,在屋子里踱步,竟自乐和起来:"我办了十来年案,大贼小贼都交过手了,还没见过哪个贼娃子开口先要局长亲自来。嗨呀呀呀……"

李警察"嗨呀呀呀"地笑着,确是把诧异、鄙夷、蔑视以及好笑等丰富的内容,都糅进那听来颇为轻淡的笑声里了。按说,平常发生的这类小摸小偷案子根本就进不了市局的门,属于案件发生地的派出所的正常业务,局里办的都是上了档次的大案要案,李警察也不会上手过问的小毛贼,居然提出要见局长,真是有点滑稽可笑了。

李警察唯一感到新鲜感到惊讶的是，这个小偷偷到了公安局里来了，偷到他的办公室里来了。这是他万万没有想到过的事。这样的案子本身就很滑稽。这样的小偷也就更滑稽。想想明天在局机关传播开以后，会是怎样的惊诧和滑稽。想想这样滑稽的案子在市民中传播开来以后会引发怎样的街谈巷议。这样滑稽的事，偏偏撞到李警察腿上了。完全是撞上了，不经意间撞上了。像他这样肩负本市大案要案侦破重任的警察，必须审讯这个给本局制造滑稽的小毛贼了。小毛贼居然还要见局长。"嗨呀呀呀呀！"李警察忍不住又笑起来。

　　这个滑稽的案子，撞得真是太巧了。真得相信世界上确实有这样不迟不早不偏不差恰恰巧巧的事让人撞上。

　　李警察明日一早要出差，自然还是追查案件线索。这种差事对他这种职业来说是家常便饭，早已习以为常，早已没有了普通人出远门前夜的精细准备和对陌生之地的新奇和激动。他在收拾几件简单的行李时，突然发现把火车票忘记在办公室抽屉里没有带回家，说好局里公车明日一早到家接他送站的。妻子说："这么晚了，算咧不去取咧。明天一早让司机把车拐进局里去拿。"他沉吟了一阵儿，最后还是决定当即去取回来。许是职业习惯，习惯里充斥着严密，不容许疏忽也不允许拖沓。他说："别让司机拐来拐去的了。我很快就取回来，不过半个小时。"他就骑上摩托车从城圈外的住宅地进到最繁华的老城区了，在办公室就撞上了这个正在行窃的小毛贼。如果听了妻子的话明早顺路来拿火车票，这场滑稽的捉贼和审讯就会错过了，没有了。

　　他按局机关军事化的严格管理规定，把摩托车停在东墙下的车棚里，就走过院子，进入办公大楼的大门，轻捷地上着宽敞的水泥踏级。大楼里空空荡荡，该关的灯都关掉了，楼道里昏昏暗暗，只有厕所的灯照亮着白布门帘。他突然想到，既然楼道里的灯都关了，还开着厕所的灯干什么，给谁开呢，生活里常常就有这些盲区。他上到三楼了，一个人也没有见着，这是正常的不足奇怪的事。他走到自己的办公室门口，摸着黑就把钥匙往那个圆形黄铜暗锁的锁孔里插。准确无误地插进去了，无须解释，再熟悉不过了。他往外扭动钥匙，扭动了，门却推不开。他怀疑是否拿错了钥匙，顺手把门边墙上灯按着了，楼道里一片空前的灿亮。钥匙对着哩嘛！他心里同时想，不可能错嘛！这门的钥匙几乎跟自己身上的某个器官一样熟悉，怎么可能拿错呢。他又把钥匙捅进去，又往右边扭动一下，仍然是钥匙顺利地扭动了，门却推不开。他怀疑是不是锁子失灵了？滑丝了？可下午开门时还好着哩。他第三次扭动钥匙的时候，右肩顺势就抵到门上，用力一顶，顶不开。尽管顶不开，他却隐隐看到锁子部位的门板和门框有了一点错差的位移。这一刻，他的头发噌的一下竖立起来了。锁子和钥匙都没有问题，正是那两厘米的位移证明了这一点。那就肯定是屋里有人顶着门，这人肯定不是正常的人了，黑着的灯就又证明了在屋子里潜藏的人属于哪样的人了。所有这些判断，都是李警察在用右肩一抵的瞬间完成的。他随之在接着的一瞬间就声色俱厉地叫起来："谁在里边？开门！"他已经离开门口，贴墙站着，如果有人冲出门来，他只要伸出一只脚就置对方于死地了。他又对着门喊："狗日的不想活咧！"

门依旧死死地关着。

他用肩膀抵住门板再推，隐隐听到了门里边压抑着的喘气声。他的头发又一次噌地竖了起来。他抓过号称杀人魔王的罪犯，也没紧张到头发竖立的程度，这个隐藏在自己办公室里的歹家伙，却使他两次头发竖立，如同人在野地里看见蛇和在自家床上发现蛇的感觉是有截然差异的。他抵着门板的肩膀和歹家伙顶着门板的肩膀同时都在发着力，肩膀和肩膀之间就隔着一层不过几厘米厚的木板，进行着殊死的较量。他又想到，如若对方猛乍抽身，他肯定会闪跌在地，歹家伙一跷就会逃出门去。他又贴着墙壁做好出脚的准备，对着屋子喊："你狗日再不开门我就挖门了。"他已拨动了值班室的电话，自然说的是悄悄话。

值班的刘警察话毕就到了。两人决定同时用手去推门板。李警察提醒刘警察，小心闪跌！然后再次把钥匙插进锁孔，往右扭动。两人合力一推，那门板就一寸一寸移位。可见里面的人绝不轻易放弃，直到无奈直到大势已去，放弃了抵抗，门开了。李、刘两位警察冲进门时，全都是训练有素的规范化的捕抓凶犯的动作，直到两人看见门后地上蹲着的人，双手抱着头，毋宁说护着头顶，同时就松弛下来。李警察一把揪住那人的头发往后一掀，那人闭着眼睛的脸就呈现出来。李警察几乎失声叫道："怎么是你？你到我办公室来干什么？"刘警察也惊讶地叫起来："怎么是你？"

这是市局机关里烧锅炉的那个小伙子，在水房里干了十多年了，嘴唇和两颊上的茸茸黄毛，业已变成又黑又硬的胡楂子了。

水工从口袋里掏出一沓人民币来，放到就近处那个三角书报架的架板上，这些刚刚偷得的钱可能在兜里尚未暖热。他一步也不敢动。他不做任何分辩也不撒谎，掏出赃款来就表明他已经不做任何徒劳无益却可能招来耳光的对抗。李警察很熟练地把他的双手扭到背后，使其丧失全部反抗和报复的能力。刘警察同样老到地搜查他的每一个衣兜，尚未发现任何凶器。尽管如此，李警察还是把一副手铐扣在水工的右手腕上，同时扣住一只木椅的一条木掌子。然后就和刘警察开始审讯。你在本局院子里偷了多少次？你都偷过哪些人？你偷过多少钱？还有什么物品？你在社会上作过多少回案？就你一个人作案还是有同伙？是谁？诸如此类最基本的疑问都问过了。其中往往夹杂着李警察和刘警察带着情绪性的话语，诸如：你狗日吃了豹子胆居然偷到市公安局里来了！平时看去你老老实实勤勤快快憨憨厚厚的农民小伙子，怎么会是个贼？老鼠居然钻到猫窝里偷食来咧！无论李、刘两位警察怎么追问怎么损刮，水工却只有一句话回答："我要见局长。"拖的时间稍长逼得也紧了时，水工对那句话做了修改，意思更明白了点："见了局长我把核桃枣儿全倒出来。"

　　李警察的手机响起来。是妻子打来的，问他怎么出门这么久还不见回家。他说他跟值班的刘警察说说话，没有什么麻缠事。他把意外撞上这个小毛贼的事对妻子保密下来，是职业的严格纪律，已成习惯。而妻子对他这种职业所形成的担心，或者说担惊受怕，却已形成一种心理惯性。她在电话里开始数落："你这个人出了家门就不知道回家了。你明天要出差要起早你还不知道早点回家，又没有什么正经事。"李警察口里"噢噢噢"应答着马上回家，同时就把刘警察拍了一把，两人走到楼梯口来商量。李警察笑着挖苦："这狗日的死咬着要见局长，该不是咱局长的外甥吧？"刘警察同样挖苦似的笑笑说："没听说过局长有这门亲戚。这货在局里烧了十多年的锅炉了，没见过跟局长有啥来往咯！不过也许万一有情况，局长有意避亲躲闲话也说不定。"李警察为难地说："这号小毛贼的案子挂都挂不上号儿，怎么向局长开口说这话呢？怕是寻着受夯挨头子呀！"刘警察说："不管局长来不来，得让局长知道这件事。这个案子虽小，但跟社会上的偷盗不一样，它发生在市局机关大院里。"李警察连连说着"对对对，有道理"的话，同时也就有了主意："我给局长报告机关院内发生的偷窃案件，顺便捎带一句小偷要见他才交代问题的话，看局长怎么说就怎么办。"刘警察表示赞同。不过两人都估计到局长是百分之百不会来的。两人就商定，把小偷转移到值班室继续审讯，或者等到明天早晨上班后交给相关部门去。李警察得回家去了，明天出差有更重要的案子。

　　李、刘两位警察都没有料到，局长居然答应亲自来审讯。李警察愣过神儿一边挂手机一边说："牛刀真的出面杀鸡来咧。"刘警察也跟着阴了一句："噢呀！说不定真个把局长的外甥扣住了。或者是局长的远门亲戚也说不定。"无论如何，有一点可以立即做出决断，李警察不能马上回家了，得陪着局长。

　　截止到李、刘两位警察抽着烟等待局长到来的时候，他俩同样百分之百地丝毫也不曾意识到，正是他俩的这个电话，把他们的局长送进了地狱。

　　局长在他的二楼办公室里通知李警察去汇报案情。刘警察看守着铐着一只手的小偷水工。李警察走进局长办公室。局长坐在单人沙发上喝茶，把另一杯沏好的茶水推给李警察，同时指一指并排隔着小茶几的另一张单人沙发，让李警察坐下。李警察有点拘谨地坐下来，礼节性地握住了装着茶水的一次性纸杯。他刚才和刘警察在楼梯口商量该不该把小偷的要求报告局长的时候，还轻松地调侃小偷会不会是局长的外甥一类调皮话，现在却无端地拘谨甚至紧张起来了。他就从他来办公室拿明日出差的火车票说起，一直说到给局长打电话为止。他特别解释了要不要把这件事给局长汇报的两难选择。局长真诚地表示，他处理这件事处理得好，说："公安局被偷，当然不是一般的偷盗案子，你说得很对。我也是从这一点考虑，才亲自来审这个小毛贼。他不提出要叫我来我也要来。贼娃子偷到咱们心脏里来了，闹笑话哩嘛！"

　　局长很平淡地做出安排："你明日要出差你就可以回家了，别影响了正经事。"李警察忙说："我年轻，少睡一会儿不碍事，明天坐火车还可以睡觉。我得陪着局长，万一有事你跟前也得有个帮手。"局长淡淡地笑笑，说："这么个小毛贼，我还对付不了哇！万一有事还有小刘在跟前，有一个人就行了。"这样，李警察就不再坚持留下为局长当帮手的想法，看着局长把那只黄绿色的帆布挎包挂上肩头，相随着一起出门，一起上三楼，一起进入自己的办公室，对小偷说："我们局长来了，你就老老实实交代你的偷盗事实吧。"然后就退出办公室，和伺候在门外的刘警察告别，就回家去了。

　　李警察下楼，出楼，走过院子，在车棚发动摩托车，直到驱车穿过大街小巷，脑子里就隐隐浮现着局长那只黄绿色的帆布挎包。这种帆布质地黄绿颜色的挎包，曾经在六七十年代风行整个中国，人不分男女长幼和职业，出门一律都是挎着这种包在肩头的。将军挎这种包士兵也挎这种包，教授挎这种包小学生也挎这种包，部长省长和工人农民一样都习惯挎这种包。这种包体现着绝对的平等和绝对的一律。这种包现在在城市里几乎绝迹，连贫穷落后相对不太注意装潢的乡村人也没人用了。随着一个时代的结束也结束了一种包的价值，或者说一种包的被废弃标志着一个时代的结束。然而，局长还挎着这种包。局长一年四季上班下班开会出差都挎着这种包。局长当警察时挎这种包，调办公室当副主任再升主任挎着这种包，直到跃升为副局长再到局长，几十年所有变化中唯一不变的就数这只包。他曾经亲自批示过给全局干警买一种实用型的手提式皮包的拨款报告，自己却从来也不使用那个质地不错的皮包。这种黄绿色的帆布包挎在局长肩头，早已成为本局一道迥然的风景，这种早已陈旧的过时的包在局长肩头却形成别致的新颖。人们不仅不以为它落伍，反而装满了敬重，也装满了荣誉……至于局长如何审讯小偷水工以及审讯的结果，他已经全然漠不关心了。这个小案子小毛贼，本身不具备让他关心的分量；即使局长这样的牛刀亲自出手，也不会撕下几两肉来；只是因为发生在公安局办公大楼里才不一般，只是体现局长的一种作风一种姿态罢了，案子本身并没有多少意思。

　　李警察把这个撞到腿上的案子轻描淡写地说给妻子，突然意识到对他的一个重要好处。正是这个贼向妻子证明他私设的小金库里只有五百元人民币。小偷把他的大小抽屉全部翻了搜了，就是这个数儿。妻子总是不相信他的小金库银子的储量。他解释过多回也无法使妻子的心稳妥下来。现在可好，小偷水工向妻子揭开了谜底。妻子舒展地笑了，就把他拢上床去，刚刚获得的踏实的心就蒸腾起更多的温柔，兼蕴着曾经疑猜小金库打着埋伏的歉意，全部融为一种前所未有的温柔和激情了。李警察自然敏感到熟识的老套里新生的鲜活，作为远行前夜必有的夫妻之事，呈现出新鲜的别开生面的美好……明早轻松上路。

　　李警察办公室里，局长对小偷的审讯正在进行。

　　局长走进李警察办公室，第一次和铐在椅子横掌上蹲在地上的小偷水工眼光相撞时，随口轻淡地说出一句："嗬！是你呀！"然后就在椅子上坐下来。刘警察送走李警察，自己在门外侍候着。

小偷水工低下头没有说话。他心里想，从局长到大门口站岗的武警再到扫地务花的勤杂工，任谁知道在水房里干过十多年的他竟是一个贼时，都会发出这样的感叹来。既然贼的面目已经暴露出来，任何人的惊讶对他都不再构成压力。压力只在本真的丑相处于可能被揭开而又可能被继续掩盖的时候才会发生。

"据后勤处同志说，你是用过的民工中最能干最勤快的一个，哪个民工也没干到你这么长时间，十多年呀！从领导到警察对你都很信任嘛！甚至在待遇上把你都当局里职工一样对待呀，结果你却干出这样的事。"局长说，"农民孩子的忠厚老成到哪里去了不说，你连起码的良心都没有。"

小偷无动于衷。这全是废话一堆喀。作为一个贼被铐在椅子下边的横掌上，在你的眼前脚下的地板上蹲着，你却说这一堆属于情感范畴的话，什么作用也不起。小偷心里现在最焦虑的是什么结局。锅炉肯定烧不成了，当水工的工资也挣不成了，都不重要。要紧的是会不会判刑蹲监狱，重判还是轻判，毕竟偷的是公安局这样的谁也不敢碰的单位。其他属于感情世界道德范畴的话语，对他来说任何力量任何意义都没有。他现在低垂着头，等待恰当的时机，按自己蓄谋已久且十分确定的一招进行。这一招是他被李警察铐到椅子横掌上时就冒出来的，相信绝对有效的；如果这一招不能奏效，他就只有蹲监狱一条路一个结果。让局长说吧！局长想说什么，局长无论怎么说怎么问，他都听着。

"我把你狗东西毙了！"

局长"啪"地拍响了桌子，声响震天，同时就直昂昂地突兀在小偷眼前。刘警察当即推门进来,看了一眼局长又看了一眼小偷,弄明白没有意外情况,又退出身子拉上门板。

"枪毙你都便宜你了。"局长又补说了一句。

小偷水工低垂着头,心里突然觉得局长不像个局长了。这么大失法律水准的话,居然从他的嘴里说出来,而且鼓着那么大的劲。就他的偷窃行为和偷得的钱数,离着挨枪子儿的距离还远得很哩!这种吓唬不仅不起作用,反倒让小偷惊讶局长怎么会说出如此差池的话。小偷倒是有点急,局长一会儿动情的软话一会儿乱抡的吓人的硬话,都不是他等待可以说出那一招的时机,就只好再等着。

"明日这事一传开,看看这些干警把你砸死!"局长说,"你们村子的农民知道你竟敢偷公安局,看看谁还会把你当人看。你爸你妈你媳妇,谁在村里还能抬起头来?"

这一下刺中要害穴位了。小偷不自在地扭了扭身子。这是他最敏感也最虚怯的一个穴位。道理很简单,从明日起他就不是公安局的烧锅炉的水工了,可能一辈子再也不会走进从早到晚有武警站岗的这幢高大气派的门楼了,这个院子里的头头脑脑和普通警察会怎么骂他,他都听不见了,也就没有什么压力了。而他生活的村子里的人们的眼色,才是他最不堪忍受的。一旦他的贼皮在村子里亮出来,直到进入棺材也甭想脱掉了。还有他尚健在的父母,也将在别人的那种眼光下度完余生。更有他正上小学的一女一男两个孩子,心里也将罩上父亲一张贼皮的阴影。这个敏感的穴位在他被李警察铐住右手的时候就刺疼了,只是时间和地点都不容他更多地去纠缠,眼下最致命的穴位是他的结局。因为会不会重判或轻判,比他和他的父母他孩子的面子都重要得多。

"说。"局长重新在椅子上坐下来。

"交代你的罪行吧。"局长点燃一支烟。

"你不是说要我亲自听你坦白吗？"局长说。

小偷水工抬起头来。他心里的整个感觉和全部智慧迅捷地完成了一次整合，形成一个判断，现在到了抛出唯一能够拯救自己的那一招的时候了。他抬起头来的时候，没有忘记沉稳，为此而稍做静默，然后才说出来蓄意已久的一句话——

"局长，我偷过你。"

小偷说完这句话，看了局长一眼就低下头去。在他短暂的一瞥里，看见了局长的眼光避闪了一下。那一瞬，他相信他掐中局长最致命的穴位了。这个穴位对局长来说，比局长刺中他的那个虚怯的穴位要致命百倍。局长躲闪了一下的眼光，标志着他和他的关系的根本性易位，老鼠咬住猫的脖颈了；双方在这一瞬间，都清楚谁对谁更致命。他很快低下头去，就是不要再继续去看局长的那种眼光，只要看见躲闪的那一下就行了。让局长掂一掂分量，尽快做出选择。小偷现在是一位超级心理学家，认为像局长这样有身份的大猫，在这样不容久耽的时限里，要与一个他这样的老鼠做出同流合污的妥协达成一种利害同盟，是十分残酷的。他如果一眼不眨地盯着局长，于局长做出他所期待的选择是不利的，他低下头，就是留给局长一个不受逼视的软空间，对这个无法回避的残酷做出自己的整合。

"我不记得我丢过钱。"局长说。

局长说这句话的时候，是一种轻淡的口吻，却也没有否定小偷坦白的事实，只是不记得。他做出这样的回答，是在接到李警察的电话之后，出门上路回到他的办公室时就已整合出来的选择。

李警察在电话里向他报告了小偷要对他坦白的要求,他就准确无误地判断出小偷要对他说什么事了。那一刻,他同时感到了地狱的恐惧。这个突然袭来的灾难,比之本市发生的几十年不遇的恶性案件对他更具威压。任何恶性案件的发生,只是增加他的工作压力,对他本人并不构成威胁;这个小毛贼所作的案子虽然不足挂齿,却对他个人的命运直接造成威胁。如此之突然。如此之意料不及。毁灭之网竟然由一个小偷对他撒开。对这样的灾难从来没有心理防范准备,没有先例也就没有参照可循,真是无法找到一个安全可行的办法来处理这个小偷已经抛出的罗网。他现在说出的听来不大在意的话,是他所能说出的自认为最恰当的话。

小偷仍然低垂着头。他在专心致志地解析着局长的话,尚不敢轻率做出反应。

"说,你还偷过谁?"局长说,"包括你在社会上作的案。"

小偷水工当即意识到,不能让局长就这样轻松地滑开。他甚至在这一刻产生了一种蔑视,你没有做出任何一点承诺,怎么可能让我松开咬你的口呢?你怎么可能轻轻松松逃开了呢!他才不想向局长坦白其他偷盗案件。他相信局长其实也无心听他交代其他偷盗案件。他继续低垂着头,而不想和局长对视,就说——

"我偷过别人,钱数都很少。我偷你偷的次数最多,有两次数目很大。"

他说完仍然低着头。他不想看局长眼里的脸上的感情反应,避免对抗,仍然想留给局长一个重新掂量的软环境,以期盼局长朝着有利于自己结局的方向转折。

"你胡说哩嘛!我办公室顶多留一点抽烟和吃饭的零钱,谁拿了也不在乎。我的同事常从我抽屉拿钱让我犒劳他们。"局长说。

这真是稀罕的案情，不管它大小，都是稀罕。小偷坦白招供他偷了局长，局长却拒不接受。局长针对小偷的进攻，做出尽可能轻淡又轻松的反应，让怀着最阴毒的目的的小偷逐渐接受这样的理念，你手里攥着的那个把柄，已经没有证据，可以用如上的话不大费劲就化解了。局长已经意识到现在到了最危险的当口儿，对手已经兜出他攥着的最后的王牌了，他反而比初听到电话报告初见这个小偷时更具信心了。

小偷听到这里，也已无路可择，更坚定了按最初的一招进行到底，现在还不是这一招完全失败完全捞空的时候。他仍然低着头，说得更具体，把撒手锏抛了出来——

"我有两次偷你都偷得五位数。你都没有报案。"

这个话里的潜台词是再明白不过的。小偷明白，被偷的局长更明白。李警察把电话打给他的时候，他的脑子里立即蹦出来的就是这两次被盗的五位数的款子，致命在于他两次被盗都没有报案，这是他现在最难排除的心惊肉跳的致命的穴位。小偷已经把话说到头了，他只要把小偷最得意的这个把柄化解掉，就会彻底粉碎这个小毛贼的阴招了。他反其道而行，索性把小偷的阴招全部掰开：

"你可以说你偷我的数字是六位七位数。你说得越大，我越无法解说这些钱的来源。你想反咬一口让我解脱你。我明白。你这点小九九很阴毒，可谁会信呢？你想想你诬陷的后果，比你偷盗的行为要严重得多。"

小偷水工现在才感到了软弱。他抛出撒手锏而没有收到杀伤性效果，就感觉手里空空心里也空空的软弱了。他现在才重新感觉到了局长警衣肩头的那个标志性符号，是这个大院里人人敬畏人人仰慕的唯一一个标志符号,是最具分量的。还有那个黄帆布包,就放在旁边的桌子上,这个过时的稀世陈物也对他软弱下来的心构成一个沉重的压力。

局长觉得这个飞来横祸应该过去了,化险为夷了。他现在才能拿出自己的一招。他清楚小偷要什么。他在李警察报给他的案情电话的最初反应,感觉到了横祸的同时,也明白小偷要向他坦白的目的,其实说穿了就是一点小小的勾当。他不能在小偷的胁迫下让小偷的欲望得到满足,留下心灵深处的亏损。他要把小偷这个歹毒阴险的招数粉碎之后,不失局长体面地给予他一点满足。

"你偷了同志们包括我的一些零用钱,算不上什么大事,老老实实交代,争取宽大处理。但——"局长说,"这件事性质恶劣,影响太坏!你居然敢在公安局行窃。我当然得亲自过问了。"

小偷水工听到这里,似乎心里有数了。他的脑袋此刻抵得住一台高速高效运转着的电脑,条分缕析,字斟句酌,刨皮搜核儿,既是一位精确的语言大师,又是一位洞察微明的心理学家。他已经判断出来,关于他偷盗案件的性质和处理结果,都包含其中,而且为他下来要做的口供定准了调子。小偷水工准确无误地抓住了局长这段话里的关键词:零用钱。把局长两次被他盗走的均上了五位数的款子缩小为零用钱的一般范围,于他就"算不上什么大事"了,于局长也就更算不上什么大事了,被盗大额款子而不报案的嫌疑也就化解无虞了。局长后半句话的意思,无论性质多么恶劣,影响坏到怎样的程度,并不以此为据来量刑,真实的用意只是解释局长为这件小案子而出马的因由。这样,小偷要见局长的目的已经达到,蓄谋的一招已经实现了效果,就该及时回报,让被他咬住的大猫也心底坦然。他当即对局长说:"局长,我没偷过你。我连你的'零用钱'也没偷过。打死我我都说这话。"

局长已经转身拉开了门,对刘警察做出纯粹业务式的安排:"就这样,暂时就这样了。太晚了你先把他关起来。明天我安排人正式审讯。"

小偷被刘警察带到四楼一间空荡无物的房子,把手铐的另一半扣死在墙上的一个钢环上。他在心里嘲笑刘警察,你不给我戴铐子我都不会逃跑了,你不锁门我都不会逃跑了,我现在还有什么必要逃跑呢!当屋子里剩下他一个人的时候,他顿然觉得被抽了骨头也被挑除了筋的疲软,高度的精神紧张一旦解除,攥紧的心一旦松开,比射精快感退去之后的疲软还要疲软,欲望完全满足之后的慵懒被瞌睡挟裹着进入温柔之乡。在跨进梦乡之门的最后一缕清醒的意识里,他的脑海里久久闪现着局长最后一瞥的目光。他对局长用压低了的声音说他连局长的"零用钱"也没偷过的时候,局长只瞥了他一眼就迅即避开了。那一瞥倏忽一闪之后就深掩不露了;初见的那一刻和现在令他仍然挥之不去的这一刻,他在心里一次又一次地发出吟诵,他和我一样其实都是鼠哇!

三天之后,局长被"双规"。

李警察几乎在局长被"双规"的当天,在南方的海滨就知道了这个惊天的消息。电话是刘警察打给他的。他当时正在温厚的海水里游着。他是一个生长在北方旱地却擅长水性的人,难得有大海这样施展生理优势的好水。他回到沙滩上休息的时候,手提电话响了。他听到刘警察报告的消息时如同发生了地震,一打挺就从沙滩上跳了起来,连声问:"你说啥你说啥你说啥?"

极端的震惊之后也是一种疲软。李警察躺在沙滩上,也如同被人抽了筋剔了骨似的疲软。他也开始向温柔之乡移动,在进入梦乡的门槛时尚存的一缕清醒里，眼前像蝴蝶一样飘忽闪动着局长那只黄绿色的帆布拎包。到李警察从沙滩上重新站立起来时，这只黄绿色帆布拎包还历历飞舞在眼前，不过里边不再装着敬重和风度，而是老鼠和蛤蟆以及浸淫的耻辱和肮脏了。

　　晚上，李警察躺在宾馆的房间里，妻子又打来电话告诉他局长被"双规"的消息。他说刘警察已经告诉过他了。妻子似乎抑制不住惊奇和新鲜，说事情的起因正是他出差前夜撞上的小偷牵扯出来的。他说他知道，刘警察已经说过了。妻子仍然不甘心扫兴，告诉他局长被宣布"双规"的有惊无险的情景。局长被省上通知去开会。局长还拎着黄绿帆布包坐三菱车去了。局长走进会议室大门，发现会议室内空无一人，还以为自己是第一个到会者。门后闪出两个人同时扭住了他的胳膊，搜了他的衣兜，又搜了他的黄帆布包——怕他带枪。然后一位领导从套间出来向他宣布组织的决定。她还告诉他一个细节，就在他的局长被宣布"双规"那一天，日报还登着一篇很长的写他勤政廉洁的通讯，作者把那个黄绿色的帆布包单独列了一章，赞美的句子和诗歌一样。他却为那位作者解脱："我要是那位作者也会这么写的。"妻子大为扫兴，把局长东窗事发的过程和细节省略不说了。

　　半个月之后，又是海滨，沿着中国陆地的又一个城市的海滨。李警察和他的一位河南籍的同事，循着这个案子的线索又追踪到这个滨海城市来了。他把他的旱鸭子同事拖到海边来。他在海里劈波斩浪，他的河南籍的旱鸭子朋友在浅水里泡着。他们又先后回到沙滩上抽烟，从报童手里买来一份当地的晚报，翻出来有关他们局长的新闻报道。通栏大标题，醒目，震人。他和他的同事挤蹭着头，几乎同时看完了标题很大而内文不长的文章，过目不忘的是最刺眼的一段文字：小偷交代说，他偷过局长十二次，累计偷得六位数的赃款。他偷第一次时，局长还是办公室副主任。局长升主任时，他偷过。局长升副局长时，他也偷过。局长升成局长时，他仍然偷。无论偷多偷少，局长都没报过案。局长在"双规"期间交代，这些被偷的钱都是赃款……

　　李警察的河南籍同事拍了一巴掌报纸："我操！"

　　李警察接着用自己的乡土话应和："我日他妈。"

　　李警察的同事转过脸模仿李警察的口音："我日他妈！"

　　李警察顿然也想滑稽一回，模仿他的河南籍同事的口音："操！"

2002年7月27日于原下

李十三推磨

"娘——的——儿——"

一句戏词写到特别顺畅也特别得意处，李十三就唱出声来。实际上，每一句戏词乃至每一句白口，都是自己在心里敲着鼓点和着弦索默唱着吟诵着，几经反复敲打斟酌，最终再经过手中那支换了又半秃了的毛笔落到麻纸上的。他已经买不起稍好的宣纸，改用便宜得多的麻纸了。虽说麻纸粗而且硬，却韧得类似牛皮，倒是耐得十遍百遍的揉搓啊翻揭啊。一本大戏写成，交给皮影班社那伙人手里，要反复背唱词对白口，不知要翻过来揭过去几十几百遍，麻纸比又软又薄的宣纸耐得揉搓。

"儿——的——娘——"

李十三唱着写着，心里的那个舒悦那份受活是无与伦比的，却听见院里一声呵斥：

"你听那个老疯子唱啥哩？把墙上的瓦都蹭掉了……"

这是夫人在院子里吆喝的声音，且不止一回两回了。他忘情唱戏的嗓音，从屋门和窗子传播到邻家也传播到街巷里，人们怕打扰他不便走进他的屋院，却又抑制不住那勾人的唱腔，便从邻家的院子悄悄爬上他家的墙头，有老汉小子有婆娘女子，把墙头上掺接的灰瓦都扒蹭掉了。他的夫人一吆喝，那些脑袋就消失了，他的夫人回到屋里去纺线织布，那些脑袋又从墙头上冒出来。夫人不知多少回劝他，你爱编爱写就编去写去，你甭唱唱呵呵总该能成嘛！他每一次都保证说记住了再不会唱出口了，却在写到得意受活时仍然唱得畅快淋漓，甭说蹭掉墙头几片瓦，把围墙拥推倒了也忍不住口。

"儿——啊——"

"娘——啊——"

李十三先扮一声妇人的细声，接着又扮男儿的粗声，正唱到母子俩生死攸关处，夫人推门进来，他丝毫没有察觉，突然听到夫人不无厌烦倒也半隐着的气话：

"唱你妈的脚哩！"

李十三从椅子上转过身，就看见夫人不愠不怒也不高兴的脸色，半天才从戏剧世界转折过来，愣愣地问："咋咧吗？出啥事咧？"

"晌午饭还吃不吃？"

"这还用问，当然吃嘛！"

"吃啥哩？"

这是个贤惠的妻子。自踏进李家门楼，一天三顿饭，做之前先请示婆婆，婆婆和公公去世后，自然轮到请示李十三了。李十三还依着多年的习惯，随口说："黏（干）面一碗。"

"吃不成黏（干）面。"

"吃不成黏（干）的吃汤的。"

"汤面也吃不成。"

"咋吃不成？"

"没面咧。"

"噢……那就熬一碗小米米汤。"

"小米也没有了。"

李十三这才感觉到困境的严重性，也才完全清醒过来，从正在编写的那本戏里的生死离别的母子的屋院跌落到自家的锅碗灶膛之间。正为难处，夫人又说了："只剩下一盆苞谷糁子，你又喝不得。"

他确凿喝不得苞谷糁子稀饭，喝了一辈子，胃撑不住了，喝下去不到半个时辰就吐酸水，清淋淋的酸水不断线地涌到口腔里，胃已经隐隐作痛几年了。想到苞谷糁子的折磨，他不由得火了："没面了你咋不早说？"

"我大前日格前日格昨日格都给你说了，叫你去借麦子磨面……你忘了，倒还怪我。"

李十三顿时就软了，说："你先去隔壁借一碗面。"

"我都借过三家三碗咧……"

"再借一回……再把脸抹一回。"

夫人脸上掠过一缕不悦，却没有顶撞，刚转过身要出门，院里突响起一声嘎嘣脆亮的呼叫："十三哥！"

再没有这样熟悉这样悦耳这样听来让人从头到脚从里到外都感觉到快乐的声音了，这是田舍娃嘛！又是在这样令人困窘得干摆手空跺脚的时候，听一听田舍娃的声音不仅心头缓过愉悦来，似乎连晌午饭都可以省去。田舍娃是渭北几家皮影班社里最具名望的一家班主,号称"两硬"班子,即嘴硬——唱得好,手硬——耍皮影的技巧好。李十三的一本新戏编写成功,都是先交给田舍娃的戏班排练演出。他和田舍娃那七八个兄弟从合排开始,夜夜在一起,帮助他们掌握人物性情和剧情演变里的种种复杂关系,还有锣鼓铙钹的轻重……直到他看得满意了,才放手让他们去演出。这个把他秃笔塑造的男女活脱到观众眼前的田舍娃,怎么掂他在自己心里的分量都不过分。

"舍娃子,快来快来!"

李十三从椅子上喊起来站起来的同时,田舍娃已走进门来,差点和走到门口的夫人撞到一起,只听"咚"的一声响,夫人闪了个趔趄,倒是未摔倒,田舍娃自己折不住腰,重重地摔倒在木门槛上。李十三抢上两步扶田舍娃的时候,同时看见摔摺在门槛上的布口袋,"咚"的沉闷的响声是装着粮食的口袋落地时发出的。他扶田舍娃起来的同时就发出诘问:"你背口袋做啥?"

"我给你背了二斗麦。"田舍娃拍打着衣襟上和裤腿上的土末儿。

"你人来了就好——我也想你了,可你背这粮食弄啥嘛!"李十三说。

"给你吃嘛!"

"我有吃的哩!麦子豌豆谷子苞谷都不缺喀!"

田舍娃不想再说粮食的事,脸上急骤转换出一副看似责备实则亲畅的神气:"哎呀我的老哥呀!兄弟进门先跌个跟斗,你不拉不扶倒罢了,连个板凳也不让坐吗?"

李十三赶紧搬过一只独凳。田舍娃坐下的同时,李夫人把一碗凉开水递到手上了。田舍娃故作虚叹地说:"啊呀呀!还是嫂子对兄弟好——知道我一路跑渴了。"

李十三却以不容置疑的口气对妻子说："快，快去擀面，舍娃跑了几十里肯定饿了。今晌午吃黏（干）面。"

夫人转身出了书房，肯定是借面去了。她心里此刻倒是踏实，田舍娃背来了二斗麦子，明天磨成面，此前借下的几碗麦子面都可以还清了。

田舍娃问："哥呔，正谋算啥新戏本哩？"

李十三说："闲是闲不下的，正谋算哩，还没谋算成哩。"

田舍娃说："说一段唱几句，让兄弟先享个耳福。"

"说不成。没弄完的戏不能唱给旁人。"李十三说，"咋哩？馍没蒸熟揭了锅盖跑了气，馍就蒸成死疙瘩了。"

田舍娃其实早都知道李十三写戏的这条规矩，之所以明知故问，不过是无话找话，改变一下话题，担心李十三再纠缠他送麦子的事。他随之悄声悦气地开了另一个话头："哥呀，这一向的场子欢得很，我的嗓子都有些招不住了，招不住还歇不成凉不下。几年都不遇今年这么欢的场子，差不多天天晚上有戏演。你知道喀——有戏唱就有麦子往回背，弟兄们碗里就有黏（干）面吃！"

李十三在田舍娃得意的欢声浪语里也陶醉了一阵子。他知道麦子收罢秋苗锄草施肥结束的这个相对松泛的时节，渭河流域的关中地区每个大小村庄都有"忙罢会"，约定一天，亲朋好友都来聚会，多有话丰收的诗蕴，也有夏收大忙之后歇息娱乐的放松。许多村子在"忙罢会"到来的前一晚，约请皮影班社到村里来演戏，每家不过均摊半升一升麦子而已。这是皮影班社一年里演出场子最欢的季节，甚至超过过年。待田舍娃刚一打住兴奋得意的话茬儿，李十三却眉头一皱眼仁一聚，问："今年渭北久旱不雨，小麦歉收,你的场子咋还倒欢了红火咧?"

"戏好嘛!咱的戏演得好嘛!你的戏编得好嘛!"田舍娃不假思索张口就是爽快的回答,"《春秋配》《火焰驹》一个村接着一个村演,那些婆娘那些老汉看十遍八遍都看不够,在自家村看了,又赶到邻村去看,演到哪里赶到哪里……"

"噢……"李十三眉头解开,有一种欣慰。

"我的十三哥呀,你的那个黄桂英,把乡下人不管穷的富的老的少的男的女的都看得迷格瞪瞪的。"田舍娃说,"有人编下口歌,'权当少收麦一升,也要看一回黄桂英'。人都不管丰年歉年的光景咧!"

说的正说到得意处,听的也不无得意,夫人走到当面请示:"话说完了没?我把面擀好了,切不切下不下?"

"下。"李十三说。

"只给俺哥下一个人吃的面。我来时吃过了。"田舍娃说着已站立起来,把他扛来的装着麦子的口袋提起来,问,"粮缸在哪儿,快让我把粮食倒下。"

李十三拽着田舍娃的胳膊,不依不饶非要他吃完饭再走,夫人也是不停嘴地挽留。田舍娃正当英年,体壮气粗,李十三拉扯了几下,已经气喘不迭,厉声咳嗽起来,长期胃病,又添了气短气喘的毛病。田舍娃提着口袋绕进另一间屋子,揭开一只齐胸高的瓷瓮的木盖吓了一跳,里边竟是空的。他把口袋扛在肩上,松开扎口,哗啦一声,二斗小麦倒得一粒不剩。田舍娃随之把跟脚过来的李十三夫妇按住,扑通跪到地上:"哥呀!我来迟了。我万万没想到你把光景过到盆干瓮净的地步……我昨日格听到你的村子一个看戏的人说了你的光景不好,今日格赶紧先送二斗麦过来……"说着已泪流不止。

李十三拉起田舍娃，一脸感动之色里不无羞愧："怪我不会务庄稼，今年又缺雨，麦子长成猴毛，碌碡停了，麦也吃完了……哈哈哈。"他自嘲地撑硬着仰头大笑。夫人在一旁替他开脱："舍娃你哭啥嘿？你哥从早到晚唱唱呵呵都不愁……"

田舍娃抹一把泪脸，瞪着眼说："只要我这个唱戏的有的吃，咋也不能把编戏的哥饿下！我吃黏（干）面决不让你吃稀汤面。"随之又转过脸，对夫人说："嫂子，俺哥爱吃黏（干）的汤的尽由他挑。过几天我再把麦背来。"

田舍娃抱拳鞠躬者三，又绽出笑脸："今黑还要赶场子，兄弟得走了。"刚走出门到院子里，又折回身："哥呀！我知道你手里正谋算一本新戏哩！我等着。"

"好！你等着。"李十三嗓门亮起来，说到戏，他把啥不愉快的事都掀开了，"有的麦吃，哥就再没啥扰心的事了。"

李十三和他的夫人运动在磨道上。两块足有一尺多厚的圆形石质磨盘，合丝卡缝地叠摞在一起，上扇有一个小孩拳头大小的孔眼，倒在上扇的麦粒，通过这只孔眼溜下去，在转动着的上扇和固定着的下扇之间反复压磨，再从磨口里流出来。上扇磨石半腰上捆绑一根结实的粗木杠子，通常是用牲口套绳和它连接起来，有骡马的富户套骡马拽磨，速度是最快的了；一般农户就用自养的犍牛或母牛拽磨，也很悠闲；穷到连一条狗都养不起的人家，就只好发动全家大小上套，不是拽而是推着磨盘转动了。人说"拽犁推磨打土坯"是乡村农活里头三道最硬茬的活儿，通常都是那些膀宽腰圆的汉子才敢下手的，再就是那些穷得养不起牲口也请不起帮手的人，才自己出手硬撑死扛。年届六十二岁的李十三，现在把木杠抱在怀里，双臂从木杠下边倒钩上来反抓住木杠，那木杠就横在他的胸腹交界的地方，身体自然前倾，双腿自然后蹬，这样才能使上力鼓上劲，把几百斤重的磨盘推动起来旋转起来。他的位置在磨杠的梢头一端，俗称外套，是最鼓得上力的位置，如果用双套牲口拽磨，这位置通常是套犍牛或儿马子的。他的夫人贴着磨道的内套位置，把磨杠也是横夯在胸腹交界处，只是推磨的胳膊使力的架势略有差异，她的右手从磨杠上边弯过去，把木杠搂到怀里，左手时不时拨拉一下磨扇顶上的麦子，等得磨缝里研磨溜出的细碎的麦子在磨盘上成堆的时候，她就用小木簸箕揽了。离开磨道，走到罗柜跟前，揭开木盖，把磨碎的麦子倒入罗柜里的金丝罗子，再盖上木盖，然后扳动摇把儿，罗子就在罗柜里咣当咣当响起来，这是磨面这种农活的象征性声响。

"你也歇一下下儿。"

李十三听见夫人关爱的声音，瞅一眼摇着拐把儿的夫人的脸，那瘦削的肩膀摆动着。他抬起一只胳膊用袖头抹一抹额上脸上的汗水，不仅没有停歇下来，反倒哼唱起来了："娘——的——儿——"一句戏词没唱完，似乎气都堵得拔不出来，便哑了声，喘着气，一个人推着磨扇缓缓地转动，又禁不住自嘲起来："老婆子哎！你说我本该是当县官的材料，咋的就落脚到磨道里当牛做马使唤？还算不上个快马，连个𪨊牛也不抵……唉！怕是祖上先人把香插错了香炉……"

"命——"夫人停住摇把儿，从罗柜里取出罗子，把罗过的碎麦皮倒进斗里，几步走过来，又回到磨道里她的套路上，习惯性地抱住磨杠推起来，又重复一遍，"命。"

李十三似接似拒的口吻，沉吟一声："命……"

李十三推着石磨。要把一斗麦子的面粉磨光罗尽，不知要转几百上千个圈圈，称得"路漫漫其修远兮"了。他的求官之路，类如这磨道。他十九岁考中秀才，令家人喜不自禁，也令乡邻羡慕；二十年后的三十九岁省试里考中举人，虽说费时长了点，却在陕西全省排在前二十名，离北京的距离却近了；再苦读十三年后到五十二岁上，他拉着骡子驮着干粮满腹经纶进北京会试去了。此时嘉庆刚主政四年，由纪昀任主考官，录取完规定的正编名额后，又拟录了六十四名作为候补备用的人。李十三的名字在这个候补名单里。按嘉庆的考制，拟录的人按县级官制待遇，却不发饷银，只是虚名罢了。等得驴年马月有了县官空缺，点到你的名字上，就可以走马上任做实质性的县官领取县级官饷了。李十三深知这其中的空间很大很深，猫腻狗骚都使得上却看不见。恰是在对这个"拟录"等待的深度畏惧发生的时候，失望同时并生了，做官的欲望就在那一刻断灭。是他的性情使他发生了这个人生的重大转折，凭学识凭本事争不到手的光宗耀祖的官衔，拿银子换来就等于给祖坟上泼了狗尿。

他依着渭河北部高原民间流行的小戏碗碗腔的种种板路曲谱，写起戏本来了。第一本名叫《春秋配》，交给田舍娃的皮影班社，得了田舍娃的好嗓子，也得了他双手绝巧的"耍杆子"的技艺，这个戏一炮打响，演遍了渭北的大村小庄……他现在迷在写戏的巨大兴趣之中，已有八本大戏两本小戏供那些皮影班社轮番演出……现在，他和夫人合抱一根木杠，在磨道里转圈圈，把田舍娃昨日晌午送来的麦子磨成白面，就不再操心锅里没面煮的事了……

"十三哥十三哥十三哥——"

田舍娃的叫声。昨日刚来过怎么又来了？田舍娃压抑着嗓门的连声呼叫还没落定，人已蹿进磨房喘着粗气。收住脚，与从磨道里转过来的李十三面对面站着，整个一副惶恐失措的神色。未等李十三开口，田舍娃仍压低嗓门说："哥呀不得了咧……"

李十三喘着气，却不问，他和夫人在自家磨道推磨子，闭着眼也推不到岔道上去，能有什么了不得的祸事呢！那一瞬，他甚至料定田舍娃是虚张声势。虚张声势夸大事态往往是这些皮影艺人的职业习性。

"哥呀！皇上派人抓你来咧……"

李十三"嘿"的一声不着意地轻淡地笑："你也算是当了爸的人了，咋还说这些没根没影的话……"

田舍娃见李十三不信，当下急得失了色变了脸，双手击捶出很响的声音，像道戏曲白口一般疾骤地叙说起来："嘉庆爷派的差官已经到县上咧。我奶妈的三娃在县衙当伙夫，听到这事赶紧叫人把信儿传给我。我撂下饭碗赶紧跑过来给你透风报信。你还大咧咧地信不下——"

李十三打断田舍娃的话问："说没说我犯了哪条王法？"

"'淫词秽调'——"田舍娃说，"皇上爷亲口说你编的戏是'淫词秽调'，如野草般疯长，已经传流到好多省去了。皇上爷很恼火，派专使到渭南，指名要'提李十三进京'，还说连我这一帮演过你的戏的皮影客也不放手……"

田舍娃说着说着就自动打住口，哑了声。他叙述这个因由的过程，突出的眉棱下的两只燕尾形的眼睛一直紧盯着他亲爱的李十三哥，连扶着磨杠的嫂夫人一眼也顾不及看。他看着李十三由不信不屑不嗤的眼神脸色逐渐转换出现在这副吓人的神色，两眼瞪得一动不动一眨不眨，脸色由灰黄变成灰白，辨不清是气恨还是惧怕，倒吓得田舍娃不敢再往下说了。

李十三突然猛挺起身子，头往后一仰，又往前一倾，"噢"地叫了一声，从嘴里喷出一股血来。田舍娃眼见一道鲜亮如同朝阳的红光闪耀了一下，整个磨房弥漫起红色的光焰，又如同一条血的飞瀑，呼啸着爆响着飞溅出去，落在磨扇顶端已经磨碎的麦粒上，也泼洒在凿刻着石棱的磨扇上。磨盘上堆积着的尚未收揽的碎麦麸顷刻间也染红了，田舍娃"噢呀"惊叫一声，吓愣了。

李十三又挺起胸来，头先往后一仰，即刻再往前用力一倾，又一道血的光焰血的飞瀑喷洒出去，随之横跌在磨盘上，一只手垂下来。

田舍娃手足无措地站在一边，突然灵动过来，一把抱起李十三，轻轻地摆平仰躺在地上。夫人也早吓蒙了，忙蹲下身为李十三抚胸搓背，连声呼叫："你不能走呀你甭走呀……"随之掐住了丈夫的鼻根。

许久，李十三终于睁开眼睛了，顺手拨开了夫人掐着他鼻根的手。稍停半刻，他两手撑地要坐起来。夫人和田舍娃急忙从两边帮扶着。李十三坐起来。田舍娃这时才哭出声来。夫人也哭了。

李十三舒了口气，看着田舍娃说："你咋不跑还在这儿？"

"你是这样子，我咋跑呀！"田舍娃说，"让人家把咱俩一块提走，我好招呼着你。"

李十三摇摇头："咱俩得跑。"

田舍娃忙接上说："就等你这句话哩，快走。"

李十三站起来，走了两步试了试腿脚，还可以走动，便对夫人说:"你也甭操心了。你操心也是白操——皇上要我的命,你还能挡住?挡不住喀。我要是命大能跑脱,会捎话给你,会来取戏本的——这本戏刚写到热闹的当当儿,你给我藏好。"

两人装出无什么要紧事的做派,走出门,走过村巷,还和村人打着礼仪性的招呼。村人乡党打问今晚在哪个村子摆场子,舍娃说在北原上很远很远的一个寨子。乡党直慨叹太远太远了。两人出了村子,两人又从出村的这条宽敞的土路拐上一条一步多宽的岔路,两边是高过人头的苞谷苗子。隐入无边无际的苞谷绿秆之中,似乎有一种被遮蔽的安全感。两人不约而同又拐上一条岔道。岔道上铺满青草,泛着一缕缕薄荷的清香。两人又绕过水渠,清凌凌的水已经没有诗意了,渠沿上的白杨也没有诗意了。这渠水和这白杨是最容易诱发诗意的景致,他每一次踏过渠上的木桥或直接绕过这水渠的时候,都忍不住驻足品味,都忍不住撩起水来洗一把脸。现在只有奔逃的悒惶和恐惧了。李十三在用力跳过渠的时候,有一阵眩晕,眼睛黑了一瞬,驻足的同时,又吐出一口血来。稍做缓息,田舍娃搀扶着他继续走着。两边依旧是密不透风的苞谷秆子,青幽幽闷腾腾的田野。走到这条小路的尽头,遇到一道土塄,分成又一个岔口。李十三站住脚:"咱俩该分手了。"

田舍娃愣了一下,头连着摇:"分手?谁跟谁分手?我跟你分手——我死都跟你不分手。"

李十三说:"咱俩总不能傻到让人家一搭儿抓了,再一窝端了一锅蒸了嘛!留下一个会唱会耍竿竿儿的(支撑皮影的竹竿)人嘛!"

"不成不成不成!"田舍娃的头摇得更欢了,"耍竿竿儿的人多，死了我还有那一大帮伙计，会编戏的只是你十三哥——死谁都不能死你。"

"是这样嘛——"李十三说，"咱俩谁都不该死。咱俩谁都不死当然顶好咧！现时死临头了，咱俩分开跑，逃过一个算一个，逃过两个更好。千万不能一锅给人家煮了蒸了。"

田舍娃还是听不进去："你这么个病身子，我把你撂下撇下，我就是你戏里头写的那号负义的贼了。"

李十三说："我的戏本都压在你的箱子里，旁人传抄的不全，有的乱删乱添，只有你拿的本子是我的原装本子。想想，把我杀了不当紧，我把戏写成了。要是把你杀了又抄了家，连戏本子都会给人家烧成灰了……你而今活着比我活着还当紧。"

田舍娃这下子不说话了。

李十三又说："你活着就是顶替我活着。"

田舍娃出着粗气，眼泪涌出了。

"你的命现在比我的命贵重。"李十三再加重说，"快走赶快跑，哥的戏本就指望你了。"

李十三转过身走了。

田舍娃急抢两步，堵在李十三面前，扑通跪在路上，连磕三个响头，站起来又抱拳作揖者三，瞪着眼睛说："我的哥呀！你放心走，只要有我舍娃子一条命，你的戏本一个字都丢不了！"

"你的命丢了，本子也甭丢。"李十三也狠起来，"你先把戏本藏好再逃命。"

"记下了。"田舍娃跑走了，跑到一畛谷子地里，对着坡塄骂了一句，"嘉庆呀嘉庆，我没有你这个爷了。"

田野静寂无声。

李十三顺着这条慢坡路走着。他想到应该斜插到另一个方向的梯田里去,谁会傻到顺着一条上渭北高原的官路逃亡呢?他不想逃跑,又不想被抓住。他确凿断定自己活不了几个时辰了。他只不过不想死到北京,也不想活着看见那个受嘉庆爷之命前来抓他的差官的脸。他也不想死在磨道里或死在炕上,那样会让他的夫人更恓惶,活着没能让她享福,死时却可以不让她受急迫。他也不想死在田舍娃当面,越是相好的人越想死得离他远点。

莽莽苍苍的渭北高原是最好的死地。

李十三面朝着渭北高原背对着渭河平原,往前一步一步挪脚移步,他又吐出一口血。血把脚下被人踩踏成细粉一般的黄土打湿了,瞬间就辨不出是血是水了。

再挣扎到一个塄坎上的时候,他又吐血了。

当他又预感到要吐血的时候,似乎清晰地意识到这是最后一口所能喷吐出来的血了。他已经走出村子二十里路了,在这一瞬转过身来,眺望一眼被绿色覆盖的关中和流过关中的渭河。他吐出最后一口血,仰跌在土路上,再也看不见渭北高原上空的太阳和云彩了。

附记

约略记得是上世纪五十年代末,我在周六从学校回家去背下一周的干粮,路上的男男女女老人小孩纷纷涌动,有的手里提着一只小木凳,有的用手帕包着馒头,说是要到马家村去看电影。这部电影是把秦腔第一次搬上银幕的《火焰驹》,十村八寨都兴奋起来。太阳尚未落山,临近村庄的人已按捺不住,挎着凳子提着干粮去抢占前排位置了。我回到家匆匆吃了饭,便和同村伙伴结伙赶去看电影了。"日行千里夜行八百"的火焰驹固然神奇，而那个不嫌贫爱富因而也不背信弃义更死心不改与落难公子婚约的黄桂英，记忆深处至今还留着舞台上那副顾盼动人的模样。这个黄桂英不单给乡村那些穷娃昼思夜梦的美好期盼，城市里的年轻人何尝不是同一心理向往。直到五十年后的今天我才弄清楚，《火焰驹》的原始作者名叫李十三。

李十三，本名李芳桂，渭南县蔺店乡人。他出生的那个村子叫李十三村。据说唐代把渭北地区凡李姓氏族聚居的村子，以数字编序排列命名，类似北京的××八条、××十条或十二条。李芳桂念书苦读一门心思为着科举高中，一路苦苦赶考直到五十二岁，才弄到个没有实质内容的"候补"空额，突然于失望之后反倒灵醒了，便不想再跑那条路了。这当儿皮影戏在渭北兴起正演得红火，却苦于找不到好戏本，皮影班社的头儿便把眼睛瞅住这个文墨深不知底的人。架不住几个皮影班头的怂恿哄抬，李十三答应"试火一下"。即文人们常说的试笔。这样，李十三的戏剧处女作《春秋配》就"试火"出来了。且不说这本戏当年如何以皮影演出走红渭北，近二百年来已被改编为秦腔、京剧、川剧、豫剧、晋剧、汉剧、湘剧、滇剧和河北梆子等。这一笔"试火"得真是了得！大约自此时起，李十三这个他出生并生活的村子名称成了他的名字。李芳桂的名字以往只出现或者只应用在各级科举的考卷和公布榜上，民间却以李十三取而代之。民间对"李芳桂"的废弃，正应和着他人生另一条道路的开始——编戏。

李十三生于一七四八年，距今二百六十年了。我专意打问了剧作家陈彦，证实李十三确凿是陕西地方戏剧碗碗腔秦腔剧本的第一位剧作家，而且是批量生产。自五十二岁摈弃仕途试笔写戏，到六十二岁被嘉庆爷通缉吓死或气死（民间一说吓死一说气死，还有说气吓致死）的十年间，写出了八部本戏和两部小折子戏，通称十大本：《春秋配》《白玉钿》《火焰驹》《万福莲》《如意簪》《香莲佩》《紫霞宫》《玉燕钗》，《四岔》和《锄谷》是折子戏。这些戏本中的许多剧目，随后几乎被中国各大地方剧种都改编演出过，经近二百年而不衰。我很自然地发生猜想，中国南北各地差异很大的方言，唱着说着这位老陕的剧词会是怎样一番妙趣。不会说普通话更没听过南方各路口音的李十三，如若坐在湘剧京剧剧场里观赏他的某一本戏的演出，当会增聚起抵御嘉庆爷捉拿的几分胆量和气度吧，起码会对他点灯熬油和推磨之辛劳，添一分欣慰吧！

然而，李十三肯定不会料到，在他被嘉庆爷气吓得磨道喷吐鲜血，直到把血吐尽在渭北高原的黄土路上气绝而亡之后的大约一百五十年，一位秦腔剧作家把他的《万福莲》改编为《女巡按》，大获好评更热演不衰。北京有一位赫赫盛名的剧作家田汉，接着把《女巡按》改编为京剧《谢瑶环》，也引起不小轰动。刚轰动了一下还没轰得太热，《谢瑶环》被批判，批判文章几成铺天盖地之势。看来田汉胆子大点气度也宽，没有吐血。

一切都已成为过去。过去了的事就成历史了。

我从剧作家陈彦的文章中获得李十三推磨这个细节时，竟毛躁得难以成眠。在几种思绪里只有一点纯属自我的得意，即我曾经说过写作这活儿，不在乎写作者吃的是馍还是面包，睡的是席梦思还是土炕，屋墙上挂的是字画还是锄头，关键在于那根神经对文字敏感的程度。我从李十三这位乡党在磨道里推磨的细节上又一次获得确信，是那根对文字尤为敏感的神经，驱使着李十三点灯熬油自我陶醉在戏剧创作的无与伦比的巨大快活之中，喝一碗米粥吃一碗黏（干）面或汤面就知足了。即使落魄到为吃一碗面须得启动六十二岁的老胳膊硬腿去推石磨的地步，仍然是得意忘情地陶醉在磨道里，全是那根虽然年事已高依然保持着对文字敏感的神经，闹得他手里那支毛笔无论如何也停歇不下来。磨完麦子撂下推磨的木杠，又钻进那间摆置着一张方桌一把椅子一条板凳的屋子，掂起笔杆揭开砚台蘸墨吟诵戏词了……唯一的实惠是田舍娃捐赠的二斗小麦。

  同样是这根对文字太过敏感的神经，却招架不住嘉庆爷的黑煞脸，竟然一吓一气就绷断了，那支毛笔才彻底地闲置下来。我就想把他写进我的文字里。

2007 年 5 月 9 日于二府庄

毛茸茸的酸杏儿

整整十年过去了，姜莉一想到吃过的那一次酸杏儿，嘴里就会有酸水泌出来。

十九点整，中央电视台的《新闻联播》节目准时开始。姜莉坐在沙发上，右腿压着左腿，左手握着茶几上的细瓷茶杯，看着中央台那位熟悉的男播音员开始介绍今晚的节目内容。她的儿子正趴在隔间的小桌上赶做作业，厨房里传来碗盏盘勺的碰撞声，那是她的丈夫在收拾洗刷晚饭用过的餐具。读者不要以为又是什么"妻管严"造成的家庭内部的谁怕谁的乏味的笑料，其实是爱好和兴趣造成的这种格局。姜莉每天必看不辍的是《新闻联播》，而对那些装腔作势的电影或电视剧简直不能容忍。一当《新闻联播》结束，她就回到隔间的办公桌前开始工作，批改学生作业或者备课。她的丈夫和儿子，正好相反，对国际国内的新闻时事毫无兴趣，任何低劣的故事片却可以捺着性子看到电视小姐向观众致"晚安"的时候。

这是一天里最恬静的半个钟点。电视机前静静地坐着她一个人，手握一杯清茶，看一天来在这个世界上发生的重要事件。学校和家庭，公事和私事，顺心事带来的欢乐和琐屑事惹起的忧烦，此刻都排除到心胸以外的空间里去了。

头条新闻是政协的一个首脑会议。这个会议上，集中了那么多老人。这些曾经震惊过世界、影响过中国历史进程的文才武将，现在都老了。她的父亲也老了，退休在家休养着。他原是市上的一个中层领导干部，对她生活着的这个古老而优美的城市的生活发展，也产生过一定的影响。她每每看见一位老态龙钟的老人，就会想到成熟了的杏子。成熟了的杏子把儿松了，即使没有自然的风吹或人为的摇撼，迟早还是要从杏树枝条上落下来。成熟是胜利，也是悲哀。成熟了，生命的活力也就宣告结束了。

又一条新闻。首都机场。多漂亮的建筑物。中国正在变化，北京尤其显著。一位首长即将登机出访，正在和送行的国家领导人握手告别。电视录像机一直跟着那位首长，直到他走进飞机的舱门，然后极迅速地掠过正沿着舷梯爬上去的随行人员。这时候，她瞅见了一张熟悉的面孔，自信而又顽皮地笑了一下，电视录像机切断了。

她的心里轰然一响，闭上了眼睛。

他穿着一身粗格子布料的西装，似乎是无意间转过头来，那么顽皮地笑了一下……

灿烂的夕阳给那个黄土塬坡涂上了一层绚丽的色彩，即使那些寸草不生的丑陋的断崖和石梁，此刻也现出壮丽的气势。她从公社开完知青会议，坐了三站公共汽车，在河川的一个小站下了车，把草绿色的军用挎包搭上肩头，就开始爬坡了。一条弯弯曲曲的小路在夕阳里闪晃，在山坡的秃梁和茅草间蜿蜒，把塬坡上的村庄和河川里的世界联结沟通起来。

爬上山梁，又走下沟底，跨过那一道浅浅的沟底的泉水，再爬上对过那面阴坡，就可以看见他们下乡锻炼的村庄了。沟底下好凉快哟！夕阳的红光还在坡顶的树梢上闪晃，沟底已经显得有点幽暗了。同一条沟道，朝南的阳坡上只有稀稀落落的几株榆树，干焦萎靡，像贫血的半大娃子。朝北的阴坡上，却是一片茂密的山林。刺槐密密层层，毛白杨干粗冠阔，椿树和楸树夹杂其中，竞争拔高，争取在天空占领一块更加宽大的空间，领受阳光。蓑衣草和刺蓟、野蒿，铺满了地皮。五月里，乡村最媚人的季节。她真是奇怪，这个干巴巴的黄土高原的山野之中，竟然有这样幽雅的一块绿地。

她蹲下身来，想在泉水里洗洗手脸，甚至想扒掉长衫长裤，痛痛快快洗一洗爬坡时渗出的黏汗。她刚刚撩起水来，一个人从树后蹿了出来，她吓坏了。

原来是他，正在仰头哈哈大笑。

她浑身都吓得酥软了，瘫坐在地上，流出眼泪来。开这样的玩笑，简直是恶作剧。她气恼地瞅着他，噘着嘴。

他大约意识到玩笑开得过分了，就赔着笑脸，走到她跟前，弯下腰，动手扶她站起来。

她坐在地上，一把抓住他的胳膊，在他的脊背上擂起拳头。她使足劲打，真打，打得那宽宽的脊背嘭嘭响。他不躲避，也不叫疼，反而哈哈哈笑着，扬着手说："打呀！砸呀！使上劲呀！看你有多大劲吧！打得我……好舒服哟！"

她泄气了，终于忍不住笑了，和这个活宝在一起，你永远也难憋住什么气呀！他能把人惹恼，又能把你逗乐。她停住手，泄了气，这才觉得膝盖上火烧火燎地疼。她低头拉起裤腿，膝盖上渗出血来了，刚才他吓得她跌扑跪倒的时候，石头蹭破了皮肤。

他看见她腿上流出血来，也愣住了，这个玩笑真是开得太冒失太过火了。

"怎么办呢？感染了会化脓的。"她有点害怕，嘴里直吸冷气。

"我有办法——"他迅即转过身，跑上坡去，在草丛里揪下几片刺蓟的嫩叶，在手心里揉烂，用三个指头捏着，直朝她膝盖的伤口上按下来。

她吓得缩回腿，挡住他的手："那是什么东西？敢乱涂！"她自小接受的是母亲或者医生给伤口涂抹紫色或红色药水，从来也没见过用这种草汁消炎治伤。

"刺蓟，消毒良药，中药材里的药名叫小蓟。还有大蓟，乡里人叫马刺蓟。"他给她介绍，说这是正儿八经的中药，"我割草割麦时，不小心给刀刃划破了手指，用这绿汁子一涂，就消炎消毒了。好得很哪！"

"没听说过。"她疑疑惑惑。

"乡里人都知道，小娃儿也知道这窍道。"

"我可有点怕。"

"甭怕。涂上包好！"

她伸出了左腿，把伤着的膝盖弓起来，紧张地瞅着他捏着揉烂了的刺蓟叶的手指。他用劲一捏，一挤，绿乎乎的叶汁滴在伤口上，凉凉的，刺激得伤口更疼了，真像是涂上了碘酒一样。

他跪在她跟前，用劲地挤着叶汁，轻轻地在伤口上涂抹均匀，使绿色的液汁覆盖了红红的皮肤。尽管他努力做到小心翼翼，而整个动作和姿势,却是笨拙的,笨拙得可爱又可笑。他抬起头来,认真地问:"还疼吗?"

她不忍心使他失望,就笑笑说:"真的不疼了呢!"

他的医术得到验证,得意地笑了,说:"要是一时找不到刺蓟,还有更方便的办法,同样也能消毒。"

"还有什么好办法呢?"她盯着他问,看着他的样子,觉得很有趣,"你能当外科大夫了。"

"要是找不到刺蓟,"他说,"那就给割伤的手指上浇一泡尿。"

她的嘴里随即"噢哟"一声,脸颊腾地红了,双手捂住脸,低下头:"真不害臊!你……"

他似乎这才意识到她是一位姑娘,一个和他有严格禁忌的异性;在他得意地向她夸耀医疗技能的时候,竟然忽视了这个重要的忌讳。小时候,他和小伙伴们在坡沟里割草,谁要是不小心割破了手指,立刻就浇上一泡尿,血就止了,日后也不会化脓,可那都是些男孩子呀!现在站在他面前的是一位姑娘,一位从城市里来到乡下的漂亮的姑娘。他得意中说漏了嘴,羞红了她的脸,自己也难堪了,不自在了。他忽然转过身,解嘲似的哈哈哈笑着,向对面的山坡间奔去。

她听着他的笑声和脚步声远了,仰起头,看见他在对面的山坡上跑着,撞得小刺槐和小山杨的树干哗哗哗抖动,叶子唰唰唰响。他奔到一块树木稀少的草地上,跳跃起来,在空中挥一下手臂,又跌落到地上,再跳跃起来,像一头撒欢的小马驹。他奔到一棵大树下,一跃身,双手抓住一根横向的树杈,凌空吊起来,打了几个大摆,又跳到草地上,顺势躺下,绿色的茅草遮住了他的半个身子和头脸。她看得呆了,跨过水渠,朝他走去。

"你狂了吗?"

"我可能会发狂的。"

"你——瞎得很!"她用刚刚学会的乡下话说。

"就是。"他心平气和地应承。

她坐在他旁边。软茸茸的胡须草给坡地铺上一层厚厚的绿毡,幽暗下来的树林里是一股股青草和野花的清香气味。她看见他躺在绿草丛中,闭着眼睛,胸脯一鼓一落。她想唱歌,想在树林间大声呼唤,想像他刚才那样蹦起来跳跃。她觉得胸膛里憋着什么,需得排遣一下,呼唤和跳跃也许是排遣的最好的办法。她终于没有开口,也没有蹦起来,只是双手掬着膝盖,一动不动地坐在草地上,清爽的山风掠过她的面颊,树叶在哗哗哗响。

她随意问:"你到这儿来干啥?"

他毫不含糊地答:"等你。"

她的心忽闪一下,不知该怎么说了,他连一丝弯儿也不绕。

"我一天不见你,心里就慌慌,没有办法抑制。"他说,"最好的办法,就是想法立即找到你,说几句话,哪怕从老远看一眼也好。"

她的脸上烧燥燥的,嘴里有点干涩了。她咬着嘴唇,似乎心儿要从喉咙蹦出来了。她长到十九岁了,第一次听见一个男子说他想她,离不得她,他说得凝重,一板一眼,毫不隐讳,也不拐弯抹角,赤裸裸地说出了他对她的倾慕。她回避不得,也无法隐晦,他的话堵死了她的一切退路。

她无力回避,也不想违拗自己的心愿和感情。她想听他继续说出更多的剖白的话,他已经说透了她同样想说而没有说出口来的话。她默默地坐着。

她在东田村的村巷里,在东田村田野里的小路上,在东田村山沟间的泉水旁,在东田村青年集会上,每天都有撞见他的机会。小小的东田村,街巷短浅而天地狭窄,低头不见抬头见。她的心里不知从哪天起,萌生了一种喜欢和他待在一起的永无满足的渴望。一天不见他一面,她就有一种说不清的不自在。也真是巧得很,她去泉水边挑水了,他也挑着水桶走到小沟里来了,他帮她从水潭里提上两桶水来,说几句话,互相瞅瞅,笑笑,然后挑水回家去了。他的母亲曾经给她说过,她儿子现在最喜欢挑水了,比过去勤快多了。过去,常常是铁瓢碰得缸底沙沙沙响,他也懒得去给妈妈挑一担水,她撕着他的耳朵把他从小书桌旁拉出门,把水担架在他的肩上……她明白,他和她一样,总是寻找能凑到一块的机会。可是,她和他,从来也没向对方吐露过一句心里话,更没有传递过纸条或书信。

他今天赶到半道上来等候她,是最明白无误的一次大胆的行为。

他今天赤裸裸地说出他倾慕她的话,是最大胆的举动。

她有一种预感,一种无法摆脱的逼近了的预感:似乎今天要发生什么事了!她有点害怕,却又是一种不可抗违的希冀和渴盼。她似乎意识到某种危险,却又无法拒绝这种危险的诱惑。

他站起来,朝山沟里头走去,回过头来,向她招手。

她也从草地上站起,顺着这面沟坡走上去,离村庄就会越走越远了,她有点犹豫:"到哪儿去?"

"回家去也没事,走走,玩玩。"他说。

她走上去了。他在前头等她。他们一前一后走着。

"这是你的家乡,你还稀罕到这坡里来逛景?"她随口问。

"当然，太熟悉了。"他说着，转过身，停住脚，盯着她说，"那会儿没有你。我想和你俩人走走。"

坡路越走越陡了。她从来没有在这个没有路径的山坡上走过，脚下滑滑溜溜，歪着腰，张着手，时时都有滑倒的可能。

他抓住她的手，拉着牵着，她感到好走多了。那是一只多有劲的手啊！走到一面塄坎下，他一跃就跳上去了，猫下腰，伸下胳膊，几乎把她提起来了。她上了塄坎，挣脱开他牵着的手，四个细长的手指，被他攥得像一把排笔一样黏结在一起了。

山坡愈来愈陡了，光线愈来愈暗了，林子里也愈来愈静了，鸟儿的叫声愈来愈杂了。她跟着他，又走上一面土塄坎，斜插着朝沟里走着，眼前闪出一个水潭，聚着一汪清洌洌的水。她在水潭边站住，弯下腰，看见水底下有一撮细沙在微微翻滚，那儿肯定是一个极小极细的冒水的泉眼儿，这是一潭活水哩！他也在水潭边站住，弯下腰来了。

她把挎包扔到地上，想撩起水洗洗脸，面孔止不住地发烧呀！她伸手撩水的当儿，看见了水中自己的影子，就停住手，呆呆地看着。她想看看此刻自己会是一副什么鬼模样，大约傻乎乎的叫人看了好笑吧？却看不清脸色是红是白，只有一双亮闪闪的眼睛在水里闪光。

"你看什么呀？"

"鱼。小鱼。"

"嘻！哪有什么鱼呀！"

"不信你看——"

他挪脚站到她这一边来，弯下身来了。这个小潭的边沿的地方太窄小了，要站下两个人简直是太拥挤了。他挨着她的肩膀弯下腰,一只手扒着她左边的肩头,瞧着水潭,像煞有介事地瞅寻小鱼的踪迹。

"鱼在哪儿?"

"在那儿。"

"我怎么看不见?"

"那根水草底下。"

"那不是小鱼。"

"那是什么?"

"是小虾。"

"山坡上哪儿来的小虾?"

"山坡上哪儿来的小鱼?"

她知道,其实谁也不在乎究竟是小鱼还是小虾,水潭里压根儿什么都没有,既没有小鱼,也没有小虾,只有她和他倒映在水中的脸,她和他其实都在瞅着对方的水里的眼睛。她看见的是一双火辣辣的眼睛,一双英武的总像是进攻着什么目标的眼睛,一双说不来好看或不好看的顽皮的眼睛,看一眼就会使人心跳不止的眼睛啊!

她的腿蹲得又酸又麻,从水潭边绕到草地上的时候,就瘫坐下来,双手撑着后边的草地,伸直双腿,真舒服,草枝戳得脚踝痒痒的。

"你饿不?"

"饿也得饿着,这儿没什么吃的。"

"我的挎包里有点心。"

他翻开她的挎包,取出点心,在草地上解开了。他取出一块,递到她手上说:"这是一块甜馅饼。"又拿起一块,填到自己嘴里,口齿不清地说:"这是一块奶酪。"

"洋奴!"她笑着说,"把点心硬要叫……"

"外国人喜欢野餐。"他说,"我们也权当正在野餐。要是再有两瓶汽水就更妙了。"

她仰头看看,天色已经昏暗了,树林里笼罩下一幕幽深的昏光。"天要黑了,回吧!"

"回吧!"他说。

"回家怎么走那边?"她说,"那边越走越远了。"

"地球是圆的,从这边走过去,再从那边转回来。"他说着,继续往前走。

"你呀……"她也抬起脚来,跟他走去。

"腿还疼吗?"

"还有点疼。"

"我扶着你。"

"我能走。"

他挽着她的胳膊,她没有拒绝。谁也不知道要走到什么地方去,她却依恋着他漫无目的地走着。他们走到一棵大树下,庞大的树冠下是一块平地,没有别的树木。她仰起头:"这是啥树?"

"杏树。"他说。

"树上那疙疙瘩瘩的东西,是杏儿吗?"

"是杏儿。"

"我们在城里买的,全是黄的。"

"没有成熟的杏儿是绿的,成熟了就变成黄色的了。"

"绿杏儿能吃吗?"

"能啊!"

"好吃吗?"

"好吃极了!"

他话音未落,已经跃身跳起,抓住一根树枝,一拳腿,就翻上去站到树杈之间了,一伸手,摘下几颗绿杏儿来。

她伸出双手去接,等他把杏儿扔下来。

他却笑着,晃着手里的绿杏儿,久久不松开攥着的拳头。

"快呀!丢下来,我能逮住。"

"你张开嘴巴,我给你丢到口里去。"

"你呀!真坏!"

"那……你先叫我一声哥哥吧?"

"你……先叫我姐姐吧!"

"那……你等着吧!"他把一颗杏儿填到嘴里,咔嚓咔嚓啃起来,声音好响,故意撩逗她说,"啊呀!这杏儿多香啊!"

她急得在树下团团转,跳一跳,够不着树枝。她捡起一块石头,朝他打去,他一伸手,却从空里把石头抓住了,开心地笑起来。

"你坏!"

"我坏。"

她又从地上捡起一块石头。

他笑着说:"甭打了,我拉你上来吧!你自己从树上摘下一颗绿杏儿才好吃哪!"

她扔掉石头,扬起双手。

他一只手抓着树枝,一只手伸下来抓住她的手,她就被提起来,真不知他有多大劲啊!她被提起,吊在空中,却不动了,吊得她的胳膊好疼。她乞求地说:"快呀!我的胳膊要断了!"

"叫声哥哥！"他在树上说。

"你——"

"叫吧——叫一声，我就有劲拉你了。"

"哥……"

她一句未出口，自己心里先轰然发热了，眼花了。她在迷昏中被他拉上树杈，脚下直打晃，从来也没有爬过树呀！她的脸上燥热难忍，脚下又不稳当，不由得搂住他的肩膀，用一只拳头在他身上砸着。他也张开一只胳膊，搂着她的腰，一任她打他砸他，发狂似的喊："啊呀！我即使从树上栽下去摔死，也不遗憾，有人叫我哥哥了！噢哟！我要狂了……"

她坐在树杈上，羞得想哭了："你……欺负我！"

"我叫你……"他笑着，颤着声，"姐……"

她一扑抱住他，头枕在他的胸脯上，再也说不出话了。

他把一颗杏儿悄悄塞到她手里。

幽暗的光线里，她看看那颗杏儿，绿莹莹的皮上，似乎有一层毛茸茸的细绒。她咬了一口，酸得她不由得挤眯了眼睛，合不上嘴巴，牙齿也不敢再咬了，却又舍不得吐掉，那酸味里有一种无可企及的香味的诱惑。

"啊呀！真酸！"

"酸才有味儿。"

"熟了是甜的。"

"熟了倒没绿着时有味儿。"他说，"成熟了的杏儿，把儿松了，风一吹就落地了，风不吹也要落掉了，成熟是胜利，也是悲哀。"

"谬论！"

"真理！"

她和他争执起来。其实，她早佩服了他无意间说出的话，却故意和他争执，企图引出他的更富于诗意的话来。

他却早不计较自己说过的话是谬论还是真理了。是谬论，她也不会揭发批判；是真理，也不会被谁重视到写进哲学词典，没有任何意义，随口胡诌罢了。他对她说："我提议——"

她抿着嘴等待着，他要说什么呢？

"看着，"他指着吊在头顶的一嘟噜绿杏儿，说，"最下边这颗，你从那边咬，我从这边咬，看谁咬过谁吧！"

"坏点子真多！"她歪一下头。

"有趣！你试试。"他怂恿她，"小时候，我们在山坡上割草，三四个伙伴争着咬一颗杏儿，看谁咬得准……"

她咯咯咯笑着，和他同时站起，用嘴巴去吞咬那颗毛茸茸的绿杏儿。树枝晃着，杏子晃着，谁也咬不着。她开心地笑起来，他也哈哈笑着。

她没咬住绿杏儿，却碰到了他的嘴唇，一刹那间，那双强悍的胳膊搂住了她的肩膀，她也伸出了双手……俩人跌到树下去了。她和他全忘记了是站在树上。

跌下去了，俩人跌落在草地上还搂在一起。

绿叶如盖的杏树下，绵软软的草地上，她和他依偎在一起，感觉到了他嘴唇上的绿杏儿的酸味……

她招工回城了。一年多时间里，母亲给她介绍了七八个对象，她一律拒绝结识。母亲终于打听到她在下乡时交下一个男朋友，经过几次劝解，不得结果，父亲终于出面了。

"我们应该尊重莉莉的自主权。"父亲说,"但总得让我们知道他是谁,了解一下情况嘛!"

母亲憋气地斜眼瞅着她,到底憋不住了:"说呀!他是个什么人呢?"

"他是个农民。"她说,"你明明知道,还要问!"

"农民又怎么样呢?"父亲严肃地反问,"农民是我们国家的根基。我不反对你嫁给一个农民。"

母亲朝父亲撇着嘴角。

她一愣,瞧一眼爸爸,又低下头,看来只有母亲一个投反对票了,父亲毕竟是领导干部。

"爸爸自小就是农民,放羊的农民。"爸爸颇为动情,"新中国成立后进了城,陕北家乡的农民来到咱家,我总是当上宾招待。我们怎能忘记农民父老!"

这是真的,姜莉多少次亲眼看见过父亲和陕北乡亲在家里畅饮畅谈的场面呀!

"问题不在他是不是农民。"父亲说,"干部、军人、医生,无论干什么的,主要要看这个人如何。你说说,你喜欢的那位青年农民是个什么样的人呢?"

她倒慌了神儿。是啊,她和他在一个村子里生活过三四年了,只觉得喜欢他,一天不见他就心烧神乱,却从来没有来得及想过他有什么优点缺点。他是个什么样儿的人呢?她也说不清白。

"他家啥成分?"母亲急了。

"贫农。"她说。

"是党员不是?"

"不是。"

"那么总该是个团员吧？"

"也……不是。"

"你看看！连个团都入不上，肯定是个落后分子。"母亲很得意，"你怎么能与这号人拉扯呢？"

"他写过申请，团支部老是怀疑他。"她说，"怀疑他想里通外国。"

"怎么会产生这样的怀疑呢？"父亲问。

"他喜欢研究国际关系。"她似乎才找到了话题，可以谈他的独特长处了。"甭看他是个农村青年，才二十出头，他到处搜罗资料，把世界各国的政治、历史、地理以及民族风俗都研究了……"

"他研究这些干什么呢？"父亲惊奇了。

"他说他将来在国家需要的时候，准备出任驻国外的外交官。"她说，"他正偷偷跟一个中学老师学英语……"

母亲早已忍俊不禁，胖胖的身体笑得颤抖着，掏出手帕擦眼泪。她不能忍受母亲的轻蔑的笑声，看看父亲，父亲冷漠地扭过头去，她看不清他的脸，就急忙解释说："他对非洲最有兴趣，如果能出任到非洲某个国家，他将来要写一部研究黑人的书……"

"神经病！"母亲挥着胳膊，没有耐心再听下去，"绝对是个神经病！"

"什么'神经病'！"她顶了妈妈一句，"我觉得他……"

"起码可以看出他不成熟。"爸爸的语气虽不严厉，却是肯定无疑的，"莉莉，甭计较你妈妈的话。她说得不准确。我看呢，咱们既不嫌弃他是农民，也不要想高攀未来的大使。我觉得关键是他不成熟，二十几岁的人了，有点想入非非吧？我想看见你找一个更稳当更成熟的对象。"

"我只是说他的兴趣和爱好，我压根儿也没指望他当什么外交人员。"莉莉说，"我就是要跟他这个纯粹的农民。"

"你呀……你更不成熟。"父亲站起来，摇摇头，走出门去了。

随后……她听从了父亲的指导，与父亲的战友介绍来的一个青年结识了，这就是她现在的孩子的爸爸。

他是个医生，一个真正成熟的人。他给她做饭，洗衣，做一切家务中的琐屑的事，从来不厌其烦，而且根本无须她开口。他从来也没有和她争论过什么问题，更谈不到吵架拌嘴了。即使她偶然火了，他即刻就默然了，过一会儿又来嘘寒问暖。他从来也不说长道短，出门上班，进门做饭；他从来也不谈及医院里的任何是非，更不会像那个不成熟的乡村青年张口东南亚时局，闭口非洲大陆的干旱问题。她和他组成的这个小家庭，经济富裕，关系平静和谐，却也有点寂寞，甚至乏味。她从来也没有过欣喜若狂的一阵儿，也没有过心儿震颤的一刻，杏树上的那种疯狂的追逐和如痴如醉的依恋，再也没有重现过。近年来，在这样的家庭环境里，她发觉自己也变化了，变得既不会任性，也不会撒娇了，甚至说话也细声慢气的了……她也成熟了？

他说过，杏子成熟了，把儿也就松了，风一吹就落下来了，风不吹也要落下来。倒是那未成熟的毛茸茸的酸杏儿，那酸得使人不敢合牙而又不忍吐掉的味儿啊！留在心中，永难忘怀，什么时候一想起来，嘴角就会有酸水泌出来。

他在恢复高考制度的头一年，就考进了国际关系学院，而今确实做着驻某国大使馆的秘书工作。妈妈鄙视为"绝对的神经病"的人，现在正在重要的岗位上，为祖国服务。她既没有心思和妈妈赌什么输赢，也不是遗憾自己丢掉了这样一个体面的丈夫。她现在更多地想着的，是父亲所谓的神秘的成熟的含义。

她刚才在电视里看见他在舷梯上回过头来的一笑，笑得自负，笑得顽皮，还是那一股火辣辣的进攻的精神，却依然看不出任何成熟的标志。

他大约永远都是个不会成熟的人？

她却成熟了，不可挽回地成熟了！

丈夫心平气和地走过来，坐下了。儿子也完成了作业，在小竹椅上坐下了，晚上有电视连续剧《陈真》，爷儿俩最快活的时间到来了。

她从沙发上站起来，端起茶杯，准备去备课。当她坐在桌前案头的时候，却怎么也集中不起思维来，眼前总有那么一嘟噜毛茸茸的酸杏儿……

1985 年 5 月草成 11 月小改于西安

山洪

  这条小河年年都要发几场洪水，年年都有什么人被洪水溺死的凶讯；凶讯和洪水一样暴起暴落。

  小河确实小，在省级地图上不见踪迹，在县级地图上可就威风地逶迤着，似乎比全国地图上的黄河长江还要活现神气。不管怎么说，小河总是一个存在。夏天旱季里，那一弯细流就显出百般妩媚，千般柔情。男人们从沤热的田禾地里奔到河边，脱下短裤，把臭汗和燥热丢给清凉的河水，落得个神清气爽，好不痛快。女人们提一笼合家老少脱换的脏衣，在水里洗，在石上捶，棒槌声和着嬉笑声，也算得怡然天趣。男人和女人都亲近这河，亲近这水。

  一当阴雨连绵，千沟万壑的溪流汇于小河，这小河顿然变得凶恶狰狞，面目全非，黄汤涌着黄汤，排浪推着排浪，呼着吼着，左冲右突，气势相当怕人。也有水性好不怕水而借着洪水暴发之机发洋财的人，此时就很活跃。上游漂下来一棵树、一根椽子或一块木板，他们便跃入水中，起伏于波浪之上，捞得这些洋财，做盖房的木料，令那些不习水性的人眼红。然而也有失手丢了性命的人。这种水一般不会造成太大的损失，因为它来得缓，涨得慢，人皆防备着。可怕的是突然暴发的山洪，那时山里头突降暴雨，而平原上日红如炙，人们往来于河道之中，毫无戒备，突然一河铺天盖地的洪水涌将下来，跑躲无计，就成了这小河的溺死鬼。

供电局的老李就挨了这个挫。

老李本当年龄不大，才三十冒头，乡下人对一切公家人都称老某，算是尊敬。老李从河北岸过了河，催收了几个村子电费，后晌又推着自行车过北岸去，赶到天黑前回县，与妻子儿女相会。他的自行车后架上装着一袋西瓜，车头上挂着的网袋里装着大蒜辣椒之类鲜菜，全是那些村子里的个体户农民顺手馈赠的时鲜果蔬。他在这条线路上跑了几年了，人都熟了，进到任何村子，干部和村民都认识他，都热情招呼，都愿意送他一点土特产。他走过烤热的沙滩，来到水边，穿着塑料凉鞋，也就不用脱鞋，推着自行车从水里往过蹚。水很清，很浅，只埋住半个车轱辘，水流又很窄，不消五分钟就蹚过去了。他撑起自行车，脱了长裤，脱了背心，只穿一件衬裤，就扑通一声钻进水里，洗呀，游呀，舒服得简直就跟神仙一样了。如果不是瞅见河下游有女人在洗衣服，他就要脱光脱净下水了。

老李躺在水中，任清凉的河水从胸脯滑过去，像有千万只柔软的手掌在抚摸着。他枕着一块河石，望着蓝天，几缕白云，如烟如丝，如薄纱如蝉翼，悠悠袅袅，陡然涨起一种愉悦之情。猛然间，他听见一种奇怪的声音，像是从大地里头发泄出来的一种沉闷的嗡隆声,又像是从天边传来的。初听时并不在意,错以为是飞机从远处飞过在河川两边塬坡上的回声。不大工夫,那嗡隆声愈来愈响,像千军万马驰过荒原,突然变成一种吼声。他心里顿然感到一种恐怖,一种战栗,就从水里蹦起来,往上往下一瞧,只见上滩和下滩有几个人如逃命的兔子似的奔跑;再往上一瞅,天哪,一片黄汤,裹着一片浑雾正扑将下来。他顾不得穿衣,推起车子就跑。沙滩上软沙如泥,不能骑车,又离对岸河堤那么远,他心急如焚,眼看着吼声和浑雾越逼越近,一阵冷风直透胸窝。他撒手扔了车子,甩开双手,没命地奔跑……就在老李奔到离河堤仅有三两米远的时候,黄汤和浑雾就把他吞没了,裹挟而去了,简直轻若弹须。

老李霎时间就没有任何知觉了,没有欢乐也没有痛苦,奔逃时的恐惧和慌乱都在那一瞬间结束了。

水火无情!无情的水火!

老李完了。他才三十冒头就完了。他如果不贪着那一湾百般妩媚千般柔情的清水而早早推车走上北岸的河堤,他不仅不会完而且可以站在河堤上看水涨河塌,观赏这突然勃发起来暴怒起来的小媳妇一样妩媚柔情的小河。然而他毕竟完了,把万千悔恨留给河岸边的熟人或生人日后去传说去咀嚼。

可是老李竟然没有完。

老李遇着了救命的恩人。距老李出事地点三里之远的贺家村村民们把老李搭救起来了。

贺家村紧邻小河。村民中不少爱发洋财的人。每当河水暴涨,一些水性好的年轻人就奔上河堤来,见木头漂下就想捞。当然,年轻人争强好胜,借此机会也想露一手,赛一赛水性。这一回,他们没发着洋财，却捞上来个死人。

　　头一个发现落水者而且率先跳下河的是三十岁的村民贺冷娃。冷娃在贺家村算得一条水中白条，在村里也数得一条汉子，膀宽腰细，双臂如猿，在县上的农民运动会上夺得自由泳冠军，只是姿势不大规矩，是自小在小河里狗刨式游泳的底功。他一眼瞅见上游漂下一个人头，倏忽又沉没了，转瞬又看见一条胳膊，冷娃就扑下水去了。随着冷娃下水，扑通扑通又跳进三四个后生，都是贺家村有好水性的青年。一前一后，直向河心冲去。

　　四个人围着，推着，拽着，终于把落水者拉上岸来，看热闹的村民们一摸鼻子，都丧气了："死了！死了！"

　　有老者颇富经验，说死也许是假死，救一救兴许能转活来。于是就把近旁放牛的孩子唤过来。拉来一条黄牛，把落水者扶上牛背，横搭上去，把鼓胀的肚子压在牛背上，让放牛娃牵着黄牛在河堤上转悠。

　　孩子走着。黄牛也走着。落水者突然哗啦一声吐出大股大股的黄泥汤来，臭气四溢。老者扶住双脚，命孩子继续牵牛转悠。放牛娃捂着鼻子，直嚷嚷腥臭不堪，仍是牵牛走着。落水者又吐了，这回吐出来的饭食，肉末菜屑，更是臭气熏人。放牛娃娃扔下缰绳跑了。黄牛一蹿，落水者从牛背上跌下来，竟然哼了一声，证明他确实还活着，并没有完。

　　村民们全都围过来，直呼此人命大。

　　有人嬉笑说，冷娃该上广播该上报纸该领舍己救人的奖金了。

　　老者把落水者翻过身来，那脸色像敷了一层黑土，怪怕人的，忽然眼皮一翻，眼珠转了，旋即又合上。这当儿，有人认出落水者是收电费的老李，大喊："啊呀！怎么把这驴日的救上来了？"

"怎么救上来的是这狗东西？"

"救这货干啥？救上来再来害人！"

于是，老者停了手。他已经扒拉到一堆干草干树枝，取出火柴，想燃烧一堆火来烘烘热气，听到众人说是收电费的那个驴日的老李，就把抽出来的火柴又装进匣子里。

于是，冷娃顿然变得暗淡无光。他第一个发现落水者，不容分说第一个跳下水去拉住了落水者，正受到贺家村村民们的崇敬和赞扬，有人还说他应该上广播登报纸得到表扬，现在变得不那么伟大了。他捞上来一个叫贺家村村民讨厌甚至憎恨的人，连他的英雄行为也失去了光彩。这情况恰如你救上来的不是个人而是一只耗子……想想人们还会敬重你吗？

一直表现着慈悲心肠的老者，撅着花白的胡须，失望地从老李身旁站起来，用火柴点燃了烟锅，抽起旱烟来，扫兴地说："我还以为咱救的……是个人哩！谁料想不是……"

一切人——贺家村围在河堤上的男人们，老的少的和放牛娃娃，现在都揣着手，像看一条死鱼或一条死长虫一样看着老李，议论纷纷：

"这驴日的今日遭了洪水，真是老天有眼！"

"老天爷可真是有眼哩！看这驴日的坑人坑得太残火了！不容情了。"

"冷娃瓜不唧唧的只知下河捞人，捞上来个啥玩意儿！"

冷娃自始至终都没说一句话。人家说他该上广播该登报纸该拿奖金的时候，他可只是扬扬自得，自己能从这样凶猛的河水里救人，露了一手。现在，他懊丧地听着众人的牢骚，忽然恼了，一把抓住那人的胳膊，一把抓住那人的脚腕，嗨哟一声吼，把老李举起来,扔到河里去了。

众人大惊。真是个冷娃!冷熊!

老者慌了:"冷娃你这算弄啥?"

冷娃:"他从哪里来再回哪里去。"

老者:"你不救归不救,救了人又把人扔到河里,这等于杀人害命!"

冷娃又慌了,嘴里骂着:"妈的!救也不是,扔也不是,倒该咋着才对?"

老者:"快去捞上来!"

冷娃又跳下水去了。

好在岸边有石坝,水流打着漩儿,流速却极缓。冷娃跳下水,又把老李拉上来。老李的肚子又圆鼓鼓地灌满了泥汤浊水。

老者又唤来放牛娃。

放牛娃牵来黄牛。

老李又被驮上黄牛背,转悠,又吐,又是臭腥熏人。

众人却因此而哗哗大笑。

众人都开心了。

"叫驴日的吐!把这几年吃咱喝咱的昧心食全吐光吐净!"

"这驴日爱吃!凡是咱们地里长的,树上结的,圈里养的,他都爱吃爱拿!好!这回叫驴日的吐光!"

老李躺在河堤边的草地上,挣扎着睁开眼,似乎已经初步恢复听觉,双臂挣着撑住地面,坐了起来,忽然爬下,口齿不清地说:"乡党爷们……我不是人……"

"你是……电霸王。"

"你是电老虎!"

"你是电——狼！"

老李趴在地上，呜呜地哭。

老者此时动了恻隐之心，蹲下身来，划着火柴，点燃了柴草，冒起火焰，烤着那瑟瑟哆嗦的老李，奚落说："老李哇！你以往做事也太绝情哇！你想想，那年我们正打麦子，你断了电，打麦机当下不转了。而今家家户户都要轮流打麦，你欺侮的是全贺家村农人……"

"你还给他烤火！"

"把驴日的扔到水里去！"

说时迟，那时快，冷娃拉住老李的双手，旁个青年抓住老李的双脚，从草地上提将起来，叫声一二，老李又回到河水里去了。

众人在岸上哗笑，取乐，看老李在水里没死没活地乱扑乱打乱刨。

冷娃又跃下水去，把老李又拉上来。

老李又灌满一肚子水。又被驮上牛背。又把黄汤吐出来。又是在草地上挣扎呻吟翻白眼。

众人很开心地笑着。爱说调皮话风凉话的人，此刻有了显露本领的机会。不爱说话的人甚至老好人，嘴里虽然不说而心里也很受活。大家都出了气了。这个屁股上挂个工具袋提兜里装着个账本的老李，往日里比省长比皇上还厉害，干部和村民一律没人敢惹，说不顺溜就断电！现在，这个电霸王电老虎电——狼，正被洪水折磨得半死，向他们感恩戴德。他落到他们手里了，真是上苍有眼！

小伙子们又哄闹起来："把驴日的再撂到河里灌一肚子黄汤！"

老李本能地抱住了老者的腿，死死不放。

老者这回急了："难道说……日后不用电了吗？"

话不在多，全看说到说不到点子上。老者这一句话，一下子把在场的人镇住了。大伙似乎突然从快活的开心境况里清醒过来：既然冷娃救下了老李，日后老李还要来负责贺家村的供电工作；如果冷娃不救他，让洪水把他冲到海里渺无踪迹，还可以指望县电管局另派一个好电管员来。老李没死还管他们用电。老李还是活生生的电霸王电老虎电——狼！

好几位村民蹲下身来拢火，给老李烘烤。有几位帮老李擦干净身上脸上的泥污，表示对刚才的不敬行为的忏悔。有的人嘟嘟哝哝抱怨冷娃太冷，既然把人救上来，就不该三番五次扔到水里瞎折腾……

冷娃突然往地上啐了一口，冷冷地说："我准备用牛碾麦子用石磨磨面用煤油点灯豁出来不用电了，看他电狼电老虎电霸王还能把我坑死？"说着唾着，转身走了。

众人却忙活着救老李。

老李已经有气无力，浑身绵软，筋疲力尽了。他听见了这些人的全部议论，感觉到了贺家村村民现在对他的全部关心和救助——忙乱的手和热气灼人的火，然而心里却十分冷寂。

这些人还是怕他才……

1987 年 10 月 20 日

到老白杨树背后去

从二楼的阳台上,可以观赏这个城市北半边的夜色。绿的红的蓝的粉红色的窗帘,使万千个窗户呈现出五彩缤纷的色彩。夜是安静柔蜜的。夜总是夜。星光在城市的上空显得灰暗。月亮也显得冷寂无光。城市北边横亘西东的那一架山或者说是一道塬坡,逶迤伸展开去,看不见峰峦,看不清豁峪,只是一道模糊的雄伟的轮廓。山就是山。夜色里看不清峰峦和豁峪的轮廓依然是不失其雄伟。

我喜欢浏览异地的夜色。这个黄土高原上的北方小城,三十万男女白天奔忙在大街小巷里,夜晚就在那一孔一孔绿的红的蓝的粉红色的窗帘里头蜗居,于是就创造出这个北方小城不同于北京和广州的独特的色彩和氛围。哦!这是金关市的夜色。

我有点寂寞。我白天里观赏了这个小城可资骄傲的古董和现代文明的标志。这儿没有秦俑,没有唐王陵墓,却有瓷窑。这儿的瓷窑不是一般随随便便的什么破窑,而是唐三彩的发祥之地。

举世闻名的唐三彩马和三彩骆驼，首先从这几个坍塌淤塞的破窑里被创造成功，还是世界第一。我在这儿住着金关市最高级的一家宾馆，享受着超越了我应该享用的规格标准。我品尝了这个古老的瓷都风味奇特的传统小吃，辣得冒汗辣得舌根僵硬的荞麦饸饹。我的心里却又怎的滋生寂寞了？我希望见到一位熟人，一位生活在这个城市多年的熟人。一位朋友，一个同学，一个旧时的同志，一个同乡，聊一聊，谝一谝，或者有幸被邀到他家去坐坐，我对这个陌生之地的陌生隔膜就完全打破了。这是我每到一个新地方的最惬意的事，说来不算奢望，有几回就真的如愿了，有几回只好留下寂寞和最终也未戳透的隔膜。

　　同行的和在金关城新结识的几个朋友在胡聊乱谝。我转进小屋，烟雾腾腾，空气浑浊。烟把儿从烟灰缸里溢出来，落在茶几上，和橘子皮花生壳混在一起。某个作家第三次结婚了，娶了个年龄相差十多岁的舞蹈新星。某走红的女作家和男人开始分居。某男作家和某女作家公开同居。性和爱和婚姻总是在一切角落里成为最畅通的话题。没听过的总想听，听到了总想说给还没听说过的人。

　　咣咣咣！

　　有人敲门。

　　敲门敲得这样响。完全用不着使那么大的劲。要么是急了，要么是个莽撞汉子。四五个人全都转过头盯着那门板，却没有谁打算立即跑过去拉开旋钮。我是觉得那门敲得太响太用劲，反倒不急于去打开它，毕竟我坐得离门最近，最终还是我拉开门。

　　一位女人，中年女人。她看我一眼，旋即就放弃了我，把一双灵活的眼睛扫向屋里，把坐在屋里床上、椅子上和沙发上的每个人扫描一遍,最终又把眼光落到我的脸上。我避开脸。

"这屋有个……辛程吗?"

我立即抬起头。一双疑惑不定的眼睛,眼睛的边儿和大角儿小角儿聚着皱纹。那些皱纹又几乎抹平了,像油漆匠在刷漆之前用砂纸打掉木板的沟缝,光了也柔了,然而总抹不掉隐藏的沟缝。那双眼睛虽无灵光,却很灵活,像淘洗得洁净的两只黑色套着白色的玻璃球。我看她看得这样仔细,却仍然认不出她是谁。我问:"你认识辛程不?"

"认识。把他烧成灰我也认识。"

"那好。你就认吧!他肯定在这屋坐着。"

她朝前走了两步,站到屋子中间,又一次扫描起每一位在床上椅子上沙发上坐着的人来,却不显得任何难为情。她终于把眼光又集中到我的脸上,使我很不舒服,像面对一双汽车灯的强烈照射。她眼睛一眨,带着试探而又几乎肯定的口气说:"你大概就是……"

屋子里的人都笑了。

玩笑至此,也就够了,我却惶惶然问:"你是……哪位?"

"现在……该你认我了!你也好好认认吧!难道把我忘得一干二净了?真是贵人眼高……"

我简直不敢相信这就真的遇上她了……

偏斜的太阳在山坡上闪耀。酸枣棵子繁密的小叶子变黄了。胡须草的长叶晒成了灰白色。好久没有落雨了。铁刷子草顶耐旱,叶子凝聚成乌黑色。马刺蓟花儿像紫色的绣球缀在焦枯的满布着小刺的枝秆上,无精打采。蚂蚱在声嘶嗓干地叫唱。太阳太刺眼了,那焰光灼得人不敢抬头,稍微瞄一眼就头晕目眩,眼前发黑。

我们躲在沟道里。沟道里有三五十株白杨树。这沟道就叫白杨沟。白杨树抖抖擞擞地冒出黄土坡沟的夹缝,把枝枝梢梢伸向蓝色的天空,地上就落下一大片阴凉。春天时沟里流一股水,旱季里就断流了,只有湿漉漉的沙土,津津地渗出水珠来。白杨独占这一方风水地。得天独厚,枝叶茂密,树干光滑滋润。沟里有小潭,水不外溢,也不见少,大约渗出来的水正好够挥发的。水潭边的软土湿泥里留着分作两半的硕大的牛蹄印,也隐现着梅花瓣儿似的野兽的足迹,许是狐狸,也许是狼。反正旱季里山坡上的水是稀罕的,放牛娃把牛赶到这里来饮水,狼和狐狸也会嗅到水的气味的。

草笼扔在一边,磨得明光灿亮的草镰也撂在地上。等太阳绕到那道高梁背后,四面山坡上不见阳光的时候,我们才动手到垴坎上去割草。

四个人围坐在白杨树阴下,抓石子。七颗五色的小石子,像麻雀蛋一样,褐色的、紫红的、紫黑的、乳白的,全是从沙土里掏出来,洗净泥沙。撒开来,抛起一颗,再抓起地上的,接住空中落下的那颗。有单抓,有双抓,还有一二三的抓法。四个人分作两家,对门为朋友。玩起抓石子,我们三个男孩子全敌不过薇薇。轮到薇薇抓的时候,我就一眼不眨地盯着。她抛起一颗石子,再轻巧地抓起撒在地上的两颗,然后翻过手来,接住空中即将落地的那颗石子。灵巧的手翻来覆去,一张一合,石子在手掌心撞得当当作响。那眼睛低下来又翻上去,两条小辫子有节奏地跳弹着,我常常看得忘记了轮着我抓。

玩了三回,我就兴味索然,或者说从一开始我就热情不高。我总希望和薇薇做对儿,不光图赢。刚才开始用手心手背配对家的时候，厚儿和薇薇同出手心，而我恰恰和喜娃都出了手背。我没兴趣了，提议说："玩'过门'吧！"

喜娃首先响应。厚儿也同意了。薇薇不吱声，却没反对，她无疑爱当新娘子。

喜娃、厚儿和我争执起来，争着要当女婿。薇薇说还是用"猜崩猜"决赛来确定轮流做女婿的先后顺序。我胜利了。我们三人爬到火样烤晒的山坡上，选择自己喜爱的野花，准备装扮新娘子。野豆荚吊着一串串豌豆花一样的花朵，紫红发蓝，很讨人喜欢，而一想到这种野豆荚又叫狼豆荚，我就放弃了。黏草花粉红粉红，挺好看，可那枝叶上分泌出一种黏汁，碰一碰就会染上黏糊糊的东西，一定会把薇薇的头发黏结在一起。秃子草花黄澄澄的，像去了清的蛋黄，粉嘟嘟的煞是好看，唯其名字不雅，不大吉祥，我也没摘。我爬到坡顶上，在一堆乱石岗上，看见了一片野蔷薇，红的花白的花粉红的花开得一片灿烂，花团锦簇，成疙瘩结串儿。

我捏着一把野蔷薇花从坡上跑下来，头上冒着汗，手指被小刺扎破了，火辣辣地疼。薇薇盘腿坐在草地上，羞答答地低着头。我手足无措了。喜娃提醒我快给新娘子插花。我跪在薇薇面前，把一枝一枝红的白的粉红的野蔷薇插到她的小辫上、头顶上。我这才发现，薇薇在我们采花的时候，在水潭里洗过脸了，头发也用水抿抹得平平整整，水津津的了。

喜娃做礼宾先生："拜天地。跪好！你俩并排跪好。"

我跪在草地上，偷偷扭过头，薇薇也跪下来，有点忸怩，显出羞答答的样子。

"一拜天神——叩首！"

我双手撑地,沙土地凉适适的,点一下头,再点一下头,一共叩了三下。薇薇缀满野蔷薇花枝的头也低下去,又仰起来,磕了三下,红的白的粉红色的花朵摇摇闪闪,甩甩蹦蹦。

"二拜地神——叩首!"

我和薇薇照例认真地叩拜三回。

"三拜祖宗神灵——叩首!"

三拜之后,我挺直跪着,不知下来该怎么举动了。喜娃长我两岁,经见多些,并不慌悚,扯着悠悠的嗓门(简直跟村子里的礼宾先生二太爷的调门如出一辙)喊:"奏乐——"

喜娃喊过,把双手卷成圆筒,套在嘴上,吹起喇叭唢呐调儿,呜——哇——嚓。厚儿也跟着吹起来,双奏乐。

"入洞房——"

喜娃忙里偷闲,吹着兼喊着。他喊了"入洞房"之后,我却愣着。洞房在哪儿?该往哪里走?

"到老白杨树背后去!"喜娃急嘟嘟地喊。

我还是不明白:"到老白杨树背后咋办?"

喜娃不耐烦了:"跷尿臊呀——"

我和薇薇悠悠走着,并肩齐排儿,那棵老白杨树变得陌生而又神秘了。跷尿臊,就是说要用一条腿从薇薇的头上跷过去!大人们结婚时,怕新娘子疯长,跷了尿臊就不再长了。我和薇薇走到老白杨树下,默默地站住了。

薇薇低着的头仰起来,头上的花串摇摆着,衬得那脸儿粉嘟嘟的,像一朵粉红色的野蔷薇,那双眼睛已少了羞怯,而涨出一缕难受的惊恐的神色,求饶似的说:"哥吔!你甭跷了,我还要往高长哩!"说着,那双眼睛里潮出了泪水来,迅即溢满了眼眶,闪闪颤颤，眼看着要滴流下来。我忽然难受了，忙说："反正是玩哩！你咋就当真了？算了算了，不跷……"

她妩媚地笑了，一甩头，就跑了。

喜娃早等着。薇薇又盘腿坐下。喜娃把他采的一把野花往她头上插，我的那些野蔷薇被取掉了，扔在地上。我站在旁边，看着被扔在草地上的红的白的粉红色的野蔷薇，有一种说不清的冷寂。看着喜娃在她的小辫上和头发里插花，我顿然厌恶起他的手来，那手指捏着她的有点黄的辫梢，令我十分反感。我想抢上一步，把他捏弄她小辫的丑陋难看的指头砸断。我情急中终于生出一个借口，把他插到她头发上的花拔了，摔到沟底里。

"你……干啥？"喜娃气呼呼地仰起头。

"那黏草花，黏糊糊的，会把薇薇的头发粘成一窝麻！"我说，"你这个笨熊，采的这些烂脏花！"

喜娃傻乎乎地醒悟似的笑了。他自己也扔掉了黏草花，又一心一意把那些乱七八糟的野花插到薇薇头上。他对我说："轮你当礼宾先生了，喊吧！"

我冲口而出："我不会！"其实那几句简单的仪程是难不住我的。想到让他和薇薇拜天地做夫妻，我心里的那种别扭劲继续加剧。我喊不出口来。

只好由厚儿做礼宾先生。

在厚儿用双手代替喇叭唢呐的吹奏声中，喜娃和薇薇朝老白杨树走去。我没有吹。厚儿单独的吹奏显得很单调。我跟着喜娃和薇薇到老白杨树下。喜娃说："洞房里不许来。你刚才入洞房，我就没去。"

我知道不该来，然而我要来。

喜娃辞不动我，只好忍让了，转脸对薇薇说："你蹲下去，我要跷尿臊呀！"

薇薇为难地说："甭跷吧！我要长高……"

喜娃说："不跷尿臊，就不算玩'过门'。"

他说着，就用手按压薇薇的肩膀。我早已不能容忍，跳上前去，一拳打在他的耳根上。喜娃恼了，猴急了，转过身，回击一拳，砸在我的脑门上，我眼里金花乱冒，仰八叉跌倒在地。喜娃趁势压在我身上，气呼呼地说："你当新郎时，我给你当礼宾先生，又吹喇叭，又吹唢呐；轮我做新郎了，你啥也不干……"

我自知理亏，心里却不服气。

薇薇把我们拉开了。厚儿喊："轮我做女婿了……"

薇薇笑着哄厚儿："算了算了。你看，为做女婿都打起来咧！这样吧……你们仨把自个儿采的花，全都插到我头上……"

厚儿最小，也最好说话。他把他采的花就往薇薇的头发上插。喜娃也插了。我也把那些野蔷薇花捡起来，插到薇薇的头发上。

薇薇的头发上和小辫上，缀满了各色各样的花，红的白的粉红的野蔷薇，紫红的野豆花，黄色的秃子花，紫色的马刺蓟花……山坡上夏季里所有的花都被我们三个采来，插到她的头上了。坡地上收割过小麦的垯根下残留的几枝晚熟的麦穗，我也把它掐来了，吊在她的两条辫梢上。她的头上缀满了五彩六色的野花，像个花仙，像个花神，像个山野里的花的精灵了……

"没料到你成了作——家！我那时候咋就看不出你会当作家！"

"瞎碰……"

"我那时候只觉得你很犟。'犟牛黄'……"

"沾了一点犟的光，也吃了不少犟的亏。"

"你小时候好强。好强得很咧！"

"沾了好强的光，吃亏也吃在好强上头。"

"犟人，好强人，都有出息，也都遭难特多。"她说，"我看电影，听广播，那些成大事的人，都是些犟人，都是些好强的人，又全都是些倒霉蛋。倒霉得要死，可还是犟……"

"哦！对……那些电影几乎千篇一律。"

"而今该你走运了。知识人儿吃香了。你的工资提了吧？"

"提了。"

"写书听说很挣钱？"

"挣是挣，也不怎么样，不及经商挣得快。"

"一个字多少钱？"

"一二分。"

"啊呀！才一二分！我听人说几毛哩！"

"……"

"家属户口进城了吗？"

"进了。"

"城里分房了没？"

"分了。"

"多少平方米？"

"二十多……"

"二十多平方米？还算照顾知识分子？我想你该一百多哩！那怎么住得开！"

"我还住在乡下。户口进城了，没搬家。只是不种责任田了。"

"啊呀！你这个人不知打的啥主意。住在乡下做啥？离不得那个山沟？下雨街巷里烂得像猪圈。吃的还是那股泉水，听说上边村子的女人在泉水里洗裤片子……"

"我图清净……"

"噢！对咧！你怕人打扰，这倒也是。不过，我看过你一篇小说，叫《收获》。你把那个烂山沟写得好美！我咋就看不出想不起有啥好看的好美的。我就记着那洗过裤子的泉水，一想到喝那水，吃那水做的饭，就恶心，就起鸡皮疙瘩。我从你的小说里看到，还是没啥进步，还是人拉独轮车，还是裤子水！不就是破白杨沟吗？你可写得诗情画意。怪道人说看景不如听景……"

我有点惭愧，有点惶惶然，有点被揭穿了西洋景后的尴尬。然而，我又有点犟起来，难道我和喜娃和厚儿给你头发上和小辫上插满的香气四溢的野花不能留在心里一点什么吗？我有所期待，希望她能记得那使我永难忘记的童年在白杨沟里的嬉戏。令我彻底失望的是，她漫不经心地把话题转移了。可见，白杨沟里她插满鲜花的花的精灵、花的神、花的仙的形象已经统统湮没了。她在嘲弄自己家乡的贫穷落后，甚至比一位异乡人还要刻薄。我有点心酸。

"那年我回去，我舅没在家，到渭北买粮去了。我等了两天，半夜里拉回几口袋苞谷来，像做贼似的。我每年都给舅家寄钱，简直是填不满的穷坑，闹得我的日子老也不得宽展。一想起来我都头疼，怎么也想不到家乡有什么可爱……我十多年没回家了，老也不想回去。"

"我这……纯粹是……文人多情……"

"你也写点城市人的小说嘛！农村小说……谁看！我反正一看见猪呀牛呀穿大襟的女人呀就烦了……"

"当然……城市总是文明……"我想把话引开，不要再说家乡的话了，"你在这儿，生活还好吧？"

"可——以。"她拖出很长的一种调门，像秦腔戏演员起唱之先的一声叫板。这声叫板的调儿，就给将要唱出的大段戏文定下了调子，或是花音慢板，或是二六板，抑或摇滚板。她说："俩娃都工作了，可以养活自个儿了。老头子跟我的工资吃不清用不完，行啰！只是老头子……不大顺心……"

"有什么不顺心的事呢？"

"按说啥事也没有，全是自生的不自在。这也看不惯，那也听不顺，广播上一句新名词就听得火冒三丈，电视上一个镜头就惹得他骂爹咒娘。我说，何必呢？人家广播上说要重用知识分子，就用呗！人家电视上演那些搂搂抱抱的戏，让人家搂去抱去，干着你屁事啦！你该拿的工资拿了，该住的房住上了，就吃点好的过个安宁日子行了……"

"他做什么工作？"

"保卫科长，几千人的大厂子的科长。虽然而今时兴文凭，保卫科长的位子还稳当着哩！再说……哎！这老头子也是个犟人，死脑筋，总说自己亏了……"

"怎么会亏了呢？"

"他当兵那阵儿，在青藏高原开车。雪下得半人深，车开不过去，旁的人都钻在驾驶楼不敢出来，这个犟家伙硬是用铁锹把几十里公路铲开了。他立了功，当年国庆就上了天安门观礼台，见了毛主席，照了相。回来就提拔了干部……"

我早就听说过她的丈夫的英雄事迹了。二十多年前，这位英雄司机，因为上过北京，因为受过毛主席的接见，载誉归来，轰动了我们小河两岸的十里八村。亲戚和媒人挤得碰破了脑袋,竞相把自己熟悉的最好的姑娘的照片掏出来,展示在英雄面前。人如何贤淑,家教多么严格,模样最最疼人了。小镇上的照相馆因此骤然兴隆起来。英雄眼力不错,在纷如花瓣般的照片里,终于瞅中了薇薇。我那时正读中学,城市里的中学离我们的小河川道几十里远,周日回到家中,就听说了薇薇许配英雄的事。当晚,薇薇来到我家,喜不自胜:"他在青藏高原开车。雪下得半人深……"我却张大嘴巴喘不过气来……

我崇拜英雄,尤其是那些舍生忘死慷慨激昂的悲壮人物。岳飞、牛虻、董存瑞,这些古今中外忠肝烈胆的英雄,一触及就使我心潮激荡。可是,当我听完薇薇以完全佩服倾慕的口吻述说完这位英雄的时候,心里却怪不是滋味。我闭口不语,低下头,不想看她得意的脸。

"订下阳历年结婚哩!"

"恭喜。"

"到那天,你去送我。"

"我……上学哩!"

"阳历年学校放假!"

"放假……我也不去!"

她似乎这时才意识到我的情绪不好,忽然哑了口,出气粗了。我抬头看了一眼,她的脸憋得通红,泪水涌出来,慢慢站起,转身走出门去,我没有送她。

我很快就意识到我的毛病又犯了。我想起在白杨沟里玩"过门"时和喜娃打架的事。我稍一冷静下来就想到,其实我和薇薇没有任何契约,婚姻的事连提也不曾提过,我为什么恼怨人家订婚的事呢？我的嫉妒心太强了！我真坏！我凭什么给薇薇使性子？元旦到来的时候，我决定去送她，也弥补我的无礼。

按我们乡下的风俗，女子结婚时，亲门本族的人要去送嫁女自不必说，整个村子里年龄相仿的男女青年也要去送，在男方家里参加过婚礼，吃一顿丰盛的宴席，也给出嫁的女子壮一壮声威，自然人愈多愈好。薇薇是五叔的外甥女，母亲和父亲因为什么可怕的原因，双方喝毒药死了，薇薇就在舅家抚养长大了。因为这个原因，送嫁的人特别多。

五挂马车一溜排开，马头上绾着红绸，车上坐着穿饰一新的男女。我也坐在马车上，听众人嘻嘻哈哈说笑，说薇薇命好，跟下了个好女婿，小河一川十里八村谁家姑娘能嫁一个跟毛主席照过相的女婿呢？

我却想起白杨沟里的游戏来——

"入洞房。"

"洞房在哪儿？"

"到老白杨树背后去。"

"到老白杨树背后咋办呢？"

"跷尿臊。"

英雄家住水湾村。马车一进村口，新郎和一帮男女就站在那里迎接。新郎一身军装，好不威武，关公脸，剑眉，五官端正，一派英气，自负而又谦恭地礼让着客人。我简直觉得自己太穷酸了。

院里搭着席棚，棚下摆着桌椅，我们一伙送嫁的客人坐定之后，水湾村的一位干部模样的人主持了婚礼，他喊："新郎新娘就位——"

新郎和新娘先后站在主席台前。

"第一项,向毛主席像行鞠躬礼。"

俩人先后转过身,向毛主席像致了礼,又转过身来。英雄虽是新郎,仍然腰板挺直,保持着军人英武的姿势。薇薇却一直低头站着,脸庞红扑扑的,羞答答的样子。

"第二项,宣读结婚证书——"

我听不准那位干部念着结婚证书的干巴巴的声音。我又听见了喜娃当礼宾先生的声音。这儿进行的是革命化了的婚礼程序,喜娃却记着乡村里古老的婚典程序。新式的或旧式的程序全都无关紧要了,我的耳际只是轰响着一百个喜娃的声音:

到老白杨树背后去……

到老白杨树背后去……

到老白杨树背后去……

我忍受不住耳际的轰鸣了。我已经飞快地走出水湾村村巷了。我不知道自己是怎样溜出那个陌生的屋院的。我不敢再想"老白杨树背后"将会发生什么事……我憎恨那个英雄。扫几十里雪有什么了不起!如果扫雪能取得和薇薇"到老白杨树背后去"的资格,我会发誓把世界上的雪扫除干净!然而毫无办法。我那年刚刚十七岁,第一次领受到了空虚的折磨。我虽然自幼备受生活的艰辛(因此取下辛程的笔名),痛苦过,难受过,委屈过,屈辱过,却从未感受过空虚的滋味,现在有了人生的第一次空虚的感受了……薇薇和那位扫雪英雄"到老白杨树背后去"了呀……

"我们这么多年里,还是可——以的。沾老头子的光,我随军当家属了,在军人服务社工作。再后来就复员到工厂当保卫科长……没遭啥大灾横祸。不像你,一个乡村教员,还……"

我虽已过不惑之年,然而老毛病又发作了——我又嫉妒起来。薇薇说她和她的老头子"没遭啥大灾横祸"而活得基本自在,我又嫉妒了!

那年冬天,大约是薇薇随军离开家乡之后第一次回归,为的是给舅舅(我的五叔)奔丧。丧事完后,她和她的老头子到我任教的乡村学校来看我。她和他正好看到了我一生最狼狈最悲凉的形态。我的屋子兼办公室,门上和窗上贴着像给死人办丧事一样的白纸对联,内容是送瘟神的诗句:"借问瘟君欲何往,纸船明烛照天烧。"窗角上吊着一只用白纸糊成的灯笼,那同样是乡村里给死魂野鬼照路用的丧灯。她来了,他也来了。她有点难受,眼角湿湿的。他却暗暗用眼睛瞅她,有所示意,有所警告。他对我说:"你还年轻嘛!大风大浪中难免迷路。犯了错误不要紧嘛!回到革命路线上来嘛……"

她和他走了。我送她和他出了门,走上公路,我连头都抬不起来。我想到了我偷偷逃脱他们的婚礼的举动。我想到我曾经嫉妒她和他"到老白杨树背后去"了。生活实际证明她和他"到老白杨树背后去"是走对了脚步。如果和我"到老白杨树背后去"的话,她会有今天的这种风光吗?我真切地感到了嫉妒薇薇的阴暗心理,我痛切地感到了我的嫉妒行为的卑劣。我真坏!坏得该当"纸船明烛照天烧"!像第一次感受空虚的滋味一样,我又第一次感受到了绝望的滋味。绝望是人生中最大的不自在。她和他的老头子却活得自在!

"我这人容易满足。房子比不上教授标准,可也够住了。吃的虽不是山珍海味,一天总要炒俩菜。彩电洗衣机录音机也有了。我是满足了。我想咋也比在舅家给牛割草的日子好过了。老头子这人犟得很，对目下的新潮流拗不过弯儿，自寻烦恼，自寻不自在……"

"他做好工厂的保卫工作就行了呀！"我劝解说，"何必……"

"我也这样说哩！"她说，"谁知他……"

她约我到她家去做客。

我谢绝了，为此而想出了许多理由，甚至谎话。

她告辞了。我送她到大门口。她很快就隐入朦胧的灯光和月色里。她一句也没提我们在白杨沟的游戏，是忘了还是根本就当作游戏而不值一顾？这样动我心魄令我空虚令我猴急更使我彻底暴露出嫉妒的恶劣天性的游戏，又怎么能完全忘记完全不值一顾啊……

哦！我的白杨沟里的老白杨树哟……

1986 年 11 月 22 日于白鹿园

害羞

一

轮到王老师卖冰棍儿。

小学校大门口的四方水泥门柱内侧，并排支着两只长凳，白色的冰棍儿箱子架在长凳上，王老师在另一边的门柱下悠悠踱步。他习惯了在讲台上的一边讲课一边踱步，抑扬顿挫的讲授使他的踱步显得自信而又优雅。他现在不是面对男女学生的眼睛而是面对一只装满白糖豆沙冰棍儿的木箱，踱步的姿势怎么也优雅不起来自信不起来。

王老师是位老教师，今年五十九岁明年满六十就可以光荣退休。王老师站了一辈子讲台却没有陪着冰棍儿箱子站过。他在讲台上连续站三个课时不觉得累，在冰棍儿箱子旁边站了不足半点钟就腰酸腿疼了。他站讲台时从容自若有条不紊心地踏实，他站在冰棍儿箱子旁边可就觉得心乱意纷左顾右盼拘前谨后了。他不住地在心里嘲笑自己，真是莫名其妙其妙莫名，教了一辈子书眼看该告老还乡了却卖起冰棍儿来了！

临近校门也临近公路的头一排教室是低年级学生，从一边的教室里骤然暴起合读拼音文字的声浪，琅琅的嫩声稚气的童音听起来十分悦耳。听到这声音使人会联想到雨后空谷的草地，青日蓝天上悠悠飘浮的白云；听到这声音使人会化释积郁的心菽，变得宽宏仁慈心地和善。每个男女都曾经发出过这样优美这样纯净这样动人的声音，后来永远发不出这样动人这样优美这样纯净的声音了。年岁递增随之使他们的嗓音一律变化了，有的变得粗暴狂放了，有的变得气使颐指了，有的变得深沉忧郁了，有的变得油腔滑调了，有的变得奴性十足酸味十足了。王老师天天都能听到这种嫩声稚气的童音合读或合唱，几十年来的每一天都在这种纯净的声音里滋养。他的面色柔和，纹路和善，明眸皓齿，鹤发银亮，全是稚气童音长期滋润的结果。直到今天轮他卖冰棍儿，王老师就有点惶惶不可终日似的踱起步来。

"王老师好运气！今日轮到你卖冰棍儿天公也凑趣儿！预报37℃，该当发财！"

历史科任老师刘伟正从大门进来，手里捏着几盒烟，穿一件罗筛眼儿背心，两颗男性的黑色乳头隐约可见，脚尖上挑着厚底儿泡沫拖鞋。一副悠然自在的神气，瞧着王老师说话。

王老师嘿嘿嘿笑着，表示领受了慕雅，明知刘伟从外边买烟回来，也明知历史课排不到头一节，还是要搭讪着问："噢噢！刘老师，你出去买烟了？你这节没课？"问完了立即就意识到全部是废话。

刘伟大约也知道这是废话，可以根本不回答，只顾瞧着他的冰棍儿箱子，然后摇摇头，哧地笑了："啊呀我说王老师呀！你把冰棍儿箱子藏在大门柱里头，外边过路人瞅不见，学生又没下课，　　关系。学生下课了就来买哩！"
　　　　　　　　大门外头，学生下课了卖给学生，学生上　　　　　　　　箱子摆在大门里头损失太大了。"刘伟瞅　　　　　　　　，"噢呀！王老师，你是害羞呀？"
　　　　　　　　，有点窘迫，却装出根本不是害羞的样　　　　　　　　害什么羞！"
　　　　　　　　伟说，"而今可不兴害羞。你要害羞啥事　　　　　　　　争钱升官发洋财。凡要成大事发大财者必　　　　　　　　训练：排除羞怯。"
　　　　　　　　伟话里是含沙射影，机锋毕露，这种谈话　　　　　　　　惯，就哑了口，不去迎合。他的职能范围　　　　　　　　教授语文课，外兼六乙班语文，扩大到头　　　　　　　　班的一百零三名学生。他搪塞说："啊呀！　　　　　　　　棍儿，班里的事你多照应一下。"刘伟是他　　　　　　　　主任。
　　　　　　　　心卖你的冰棍儿。"刘伟说，"我倒是担心　　　　　　　　化成水，你赚不了钱还得把老本贴进去。我　　　　　　　　门外首去，躲在门里不行哇！"说着，他把　　　　　　　　出手来背起箱子，又招呼王老师挪凳子。王　　　　　　　　挪到大门外头，并排放好。刘伟搁稳箱子，　　　　　　　　儿的规范动作来。"王老师你瞅着，一只手搭在箱子盖上，这一只手防护住钱袋，钱袋要挂在脖子上。一只脚站着另一只脚歇着，这只脚站累了再换那只脚。眼睛瞅住过往的

115

人，老远就吆唤一声'冰——棍儿——'。弄啥就得像啥，教书你得像个先生，卖冰棍儿就得像个卖冰棍儿的架势……"

王老师被逗笑了："好好好！刘老师，我多谢你启蒙开导，我会了。"

刘伟滑稽地笑笑，摇摇摆摆走进门去了。

刘伟走了，他还是没有勇气按刘伟示范的架势去做，还是在离冰棍儿箱子一二米远的路边踱步，却不由得在心里品评起刘伟来了。

三十几岁的刘伟是恢复考试制度头二年考中师范学校的，七八年来在本乡所属的几所小学校转来转去最后算是在本校扎住了脚。他有一颗聪明透顶的脑瓜唯独缺少了一点毅力，他多才多艺学啥会啥结果却是样样精通样样稀松。他教高年级语文嫌其浅显无味教数学又讨厌其枯燥，最终他选择了历史科目主要是可以不负太多的责任，升学考试或本乡统考不考历史他就没有任何压力。他已经放弃了写小说弹电子琴而对围棋兴趣正浓。他的性格有时可爱有时又执拗得不近人情。他走过的学校没有一个领导喜欢他，但事后却说那小伙子其实不错。他读过不少古今中外的野史，对一切人和事都用历史典故来佐证他的看法属天经地义。他不巴结谁也不故意伤害谁，谁要是惹下他他会把中外历史上一切奸党逆臣引来证明你与他们属一丘之貉。领导害怕他又藐视他。他在本校唯一没有犯过交葛的人就是王老师，所以让他做王老师的副手当六甲班副班主任。王老师有时觉得这人正直得可爱聪明得可爱有时候又觉得这人不成景戏！穿那样裸身露肉的衣服满镇子上跑，老师总得注意点仪容仪表嘛！然而他只顾结紧自己的风纪扣而绝不会去指责刘伟的涣散。

一个牵着孩子的女人买了一根冰棍儿走了，留下一枚五分硬币。王老师接过那五分硬币时手掌里竟有一种异样的感觉，无论如何，第一个买主已经光顾了，冰棍儿生意开张了。

二

入夏之前，学校买回来一套冰棍儿生产机器，这是春节后开始新学期一直吵吵嚷嚷的结果。开学后，教师们议论最多的是春节期间的见闻，见闻中共同强烈的感觉是在本校教书最可怜了。张老师说他弟弟所在的工厂除了发年终奖金还发了过年所需的一切，鸡鱼油菜粉丝黄花木耳猪和牛羊肉以及烹调所需的大料都每人一份发齐了，连卫生纸也发了一大捆。胡老师说他姐所在的公司除了发上述吃食外还发了电热毯电热杯气压热水瓶。大家觉得学校毕竟比不得企业于是就与本乡的学校横向比较，这个学校办个皮鞋加工厂给每个老师发了一双毛皮鞋价值三十多块，那个学校买了豆芽机卖豆芽老师们分了说不清多少钱，唯独本校什么也给老师发不出……议论从私下发展到公开，终于进入本校校务会议议事日程，冰棍儿机器买回来了。

原先勤工俭学让学生"学工"的两间房子彻底进行了清除，墙壁刷新了，冰棍儿机器安装好了。因为一开始就明确是利润性生产，自然不能指靠学生来担承，于是就得雇民工，于是就有几位以至大部分老师向校长成斌申述自己的种种艰难，要求把自己的儿子或闲在农村的妻子招来做冰棍儿工人。成斌校长的爱人也在农村，春闲无事，他想把身强力壮的中年爱人弄来挣一点收入，面对好多老师的申求而终于没说出口。他对所有申求者都一律说"好好好，统一研究之后再说"。成校长和吴主任研究出一个最公道的办法，让所有申求者抓阄。抓阄的结果自然是抓中的高兴抓空的也对校长没有意见，因为校长自己也抓空了。没有后门。王老师没有参加抓阄，他的三个女儿早已出嫁，一个独生儿子正在交通大学读书，令好多老师羡慕。

冰棍儿生产顺利而且质量不错，招来了附近村镇一些男女青年趸取冰棍儿。没过几天，几个教师向校长成斌提出建议，咱们生产冰棍儿却让旁人把钱赚了，倒不如让老师们自己赚。在成校长和吴主任进一步研究的时候，体育教员杨小光已经等待不及勇敢地闯过禁区，率先在冰棍儿厂趸了一箱冰棍儿，放在操场上的树底下，让学生们在炎炎烈日下打篮球踢足球跳绳翻杠子，然后宣布休息五分钟："每人至少一根冰棍儿，有现钱的交现钱，没现钱的跟同村同学借下，借不下的先欠着后响来校时带上就是了。"他每天有四五节体育课，销售的冰棍儿可以赚七八块钱。有人立即向校长成斌反映了杨小光向学生兜售冰棍儿的问题。成校长找杨小光谈话，想不到杨小光比校长更理直气壮："你生产冰棍儿是不是给人吃的？是不是只许外人吃而不许本校学生吃？你看不见那些小贩趸了冰棍儿就在学校门口卖给学生？这样热的天学生上体育课热得要命渴得要死，纷纷奔大门口去买冰棍儿，我这体育课还能不能上下去？我为学生服务关心学生健康给学生供应冰棍儿有什么不对？我赚了几个烟钱你就有意见了是不是？你没意见谁有意见叫谁当面给我提出来，让他来教体育课好了！我三伏能热死三九能冻死教体育算是倒八辈子霉了，你们当领导的谁说一句公道话来？"

校长成斌在连珠炮下首先乱了阵脚，立即转了笑脸换了口气对杨小光解释起来，要正确对待群众意见，有则改之无则加勉云云。好像他不是找杨小光谈问题而是做劝慰安抚工作来了。不是成斌校长软弱无能而是杨小光的一技之长教他硬不起来。他已经预感到杨小光接下来就要说出那句半是高傲半是骂人的话来："此处不养爷自有养爷处。"体育教师奇缺。过去的老体育教师因为上了年纪大都搞了后勤事务，年轻的体育教师多年来连一个也分配不到本乡的学校来。杨小光原也不是体育专业教师，他在本县参加市里的农民运动会上夺了跳高金牌，县体委珍爱这个为本县夺得荣誉的小伙，推荐到本校来做民办体育教师，而且因一技之长优先转为吃皇粮的公办教师，比那些教政治教语文教数学的教师牛皮一百倍。成校长说："你教体育辛苦这一点我表扬过多次了，问题在于卖冰棍儿得由学校统一研究。你该晓得一句古话，'天下不患寡而患不均'。你卖冰棍儿别人要不要卖？所以你不必动肝火而应该心平气和地考虑一下……"

"我根本不考虑，也没法心平气和。"杨小光根本不认账，态度更硬了，"你……干脆给我的申调报告上签个字，让我走好了。你签了字我立马就走。县体委早就要我去哩……"

成斌校长连下台的余地都没有，只好尴尬地摊开手，不知所云地说："你看你，说到哪儿去了！我说的是卖冰棍儿的问题，你却扯起调动工作……"

王老师的宿舍与杨小光是一墙之隔，苇席顶棚不隔音响，他全部聆听了成校长和杨小光的谈话。他尚未听完就气得双手哆嗦不得不中止备课。他想象校长成斌大概都要气死了。他想象如果自己是校长就会说"杨小光你想上天你想入地你想去县体委哪怕去奥林匹克运动会，你要去你就快点滚吧！本校哪怕取消体育课也不要你这号缺德的东西！"他想指着那个满头乱发牛皮哄哄不知深浅的家伙呵斥一声,"你这样说话这样做事根本不像个人民教师……"然而他什么也没有说,只是实在听不下去了,走出门来,在操场上转了一圈,又自嘲自笑了,我教了一辈子书,啥时候也没在人前说过两句厉害话,老都老了,倒肝火盛起来了,还想训人哩!没这个必要啰!

当晚召开全体教师会,专题研究如何卖冰棍儿的问题。王老师又吃惊了,没一个人反对杨小光卖冰棍儿,连校长主任也不是反对的意思,而是要大家讨论怎么卖的问题,既可以使大家都能"赚几个烟钱",又不致出现"不患寡而患不均"的问题。讨论的场面异常活跃,直到子夜一时,终于讨论出一个皆大欢喜的方案来:教师轮流卖冰棍儿。

三

大门离公路不过十米远,载重汽车和手扶拖拉机不断开过去,留下旋起的灰尘和令人心烦的噪响。骑自行车的男女一溜带串驶过去,驶过来,铃儿叮当当响。他低了头或者偏转了头,想招呼行人来买冰棍儿又怕熟人认出自己来。"王老师卖冰棍儿!"不断地有人和他打招呼。打招呼的人认识他而他却一时认不出人家,看去面熟听来耳熟偏偏想不出人家的名字,凭感觉他们都是他的学生,或者是学生的父亲抑或是爷爷。他教过的学生有的已经抱上孙子当了外公了,他教了他们又教他们的儿子甚至他们的孙子。他们匆匆忙忙喊一句"王老师卖冰棍儿"就不见身影了。似乎从话音里听不出讽刺讥笑的意思,也听不出惊奇的意思。王老师卖冰棍儿其实平平常常,不必大惊小怪。外界人对王老师卖冰棍儿的反应并不强烈,起码不像王老师自己心里想的那么沉重。他开始感到一缕轻松，一丝寂寞。

"王老师卖冰棍儿？"

又一个人打招呼。王老师眯了眼聚了光，还是没有认出来，这人眼睛上扣着一副大坨子墨镜，身上穿一件暗紫色的花格衫子，牛仔裤，屁股下的摩托车虽然停了却还在咚咚咚响着。王老师还是认不出这人是谁。来人从摩托上慢腾腾下来，摘下墨镜，挂在胸前的扣眼儿上，腰里叉着一只手，有点奇怪地问："王老师你怎么卖起冰棍儿来了？"

王老师看着中年人黑森森的串腮胡须，浓眉下一双深窝子眼睛，好面熟，却想不起名字。"嗯！学校搞勤工俭学……"说了愈觉心里别扭了，明明是为了自个儿赚钱，却不好说出口。

"勤工俭学……也不该让你来卖冰棍儿。这样的年龄了，学校领导真浑！"中年人说着，又反来问，"是派给每个老师的任务吗？"

"不是不是。"王老师狠狠心，再不能说谎，让人骂领导，"是老师们自己要卖的。"

中年人张了张嘴，把要说的话或者是要问的问题咽了下去，转而笑笑："王老师你大概不认识我了，我是何社仓，何家营的。"

"噢噢噢，你是何社仓。"王老师记起来了。他教他的时候，他还是个细条条的小白脸哩，一双睫毛很长的眼睛总是现出羞怯的样子。他的学习和品行都是班里挑梢儿的，连年评为"三好"，而上台领奖时却羞怯得不敢朝台子底下去看。站在面前的中年人的睫毛依然很长，眼睛更深陷了，没有了羞怯，却有一股咄咄逼人的直往人心里钻的力量。他随意问："社仓你而今做什么工作？"

"我在家办了个鞋厂。"何社仓说,"王老师你不晓得,我把出外工作的机会耽搁了。那年给大学推荐学生,社员推荐了我,支书却把他侄儿报到公社,人家上了大学现在在西安工作哩!当时社员们撺掇我到公社去闹,我鼓足勇气在公社门口转了三匝又回来了。咱自个儿首先羞得开不了口喀!"

王老师不无诧异:"还有这码事!"

何社仓把话又转到冰棍儿箱子上来:"王老师,我刚才一看见你卖冰棍儿,心里不知怎么就不自在,凭您老这一头白发,怎么能站在学校门口卖冰棍儿呢?失了体统了嘛!这样吧,你这一箱冰棍儿全卖给我了,我给工人降降温。我去打个电话,让家里来个人把冰棍儿带回去。你也甭站在学校门口受罪了。"说着,不管王老师分辩,径自走进学校大门打电话去了,旋即又出来,说:"说好了,人马上来。"何社仓蹲下来,掏出印有三个"5"字的香烟。

王老师谢了烟,仍然咕哝着:"你要给工人降温也好,你到学校冰棍儿厂去趸货,便宜。我还是在这儿慢慢卖。"

"王老师你甭不好意思。"何社仓说,"我在你跟前念书时,老是怕别人笑话自己。而今我练得胆子大了哩!不瞒王老师说,我这鞋厂,要是按我过去那性子一万年也办不起来。我听说原先在俺村下放的那个老吕而今是鞋厂厂长,我找他去了,想办个为他们加工的鞋厂。他答应了。二回我去他又说不好弄了。回来后旁人给我说'那是要货哩!',我咬了咬牙给老吕送了一千块,而且答应鞋厂办起来三七分红,就是说老吕屁事不管只拿钱。三年来我给老吕的钱数你听了能吓得跌一跤!"

王老师噢噢噢地惊叹着。此类事他虽听到不少,仍是由不得惊叹。

"王老师，而今……唉！"何社仓摇摇头，"我而今常常想到你给我们讲的那些做人的道理，人的品行，现在还觉得对对的，没有错。可是……行不通了！"

王老师心里一沉，说不出话。对对的道理却行不通用不上了。可他现在仍然对他执教的六年级甲班学生进行着那样的道德和品行的教育，这种教育对学生是有益的还是有妨碍？

又一辆摩托车驰来，一个急转弯就拐上了学校门前的水泥路，在何社仓跟前停住。何社仓吩咐说："把王老师的冰棍儿箱子带走。把冰棍儿分给大家吃，然后把钱和箱子一起送过来。"

来人是位长得壮实而精悍的青年，对何社仓说的每一句话都要点两下头，一副俯首帖耳唯命是从的神气。他把冰棍儿箱子抱起来往摩托车的后架上捆绑，连连应着："厂长你放心，这点小事我还能办差错了？"

何社仓转而对王老师说："王老师你回去休息，我该进城办事去了。我过几天请你到家里坐坐，我有好多话想跟你说哩！你是个好人，好老师。"

那位带着冰棍儿箱子的小伙驱车走了。

何社仓重新架上大坨子墨镜，朝西驱车驰去了，留下一股刺鼻的油烟气味。

王老师望望消失了的人和车，竟有点怅然，心里似乎空荡荡的，脑子也有点木了。

四

中午放学以后，王老师卖了半箱冰棍儿。学生们出校门的时候早已摸出五分币,吵吵闹闹围过来。"王老师卖给我一根冰棍儿"的叫声像刚刚出壳的小鸡一样熙攘不休。他忙不迭地收钱付货,弄得应接不暇。往日里放学时他站在校门口,检查出门学生的衣装风纪,歪戴帽儿的,敞着衣服挽着裤脚的,一一被纠正过来,他往往有一种神圣的感觉,自幼培育孩子养成文明的生活习惯是小学教师重大的社会责任。现在,他已经无暇顾及这些了,收钱付货已经搞得他脑子里乱哄哄的,而且从每一个小手里接过硬币时心里总有点不受活,我在挣我的学生的钱!因为心里不专,往往找错钱或付错了货。这时候,他的六甲班班长何小毛跑过来:"王老师,你收钱,我取冰棍儿。"王老师忙说:"放学了你快回家吃饭吧!"何小毛执意不走,帮他卖起冰棍儿来。放学后的洪峰很快就要流过去,何小毛突然抓住一个男孩的肩膀,拽到王老师面前:"你怎么偷冰棍儿?"

　　王老师猛然一惊,被抓住的男孩不是他的六甲班的学生,他叫不上名字。男孩强辩说:"我交过钱了,交给王老师了。"小毛不松不饶:"你根本没交!我看着王老师收谁的钱,我就给谁冰棍儿,你根本没交。王老师,他交了没?"

　　王老师瞅着那个男孩眼底透出一缕畏怯的羞色,就证明了这男孩交没交钱了。他说:"交了。"那男孩的眼里透出一缕亮光,深深地又是慌匆地鞠了一躬,反身跑走了,刚跑上公路,就把冰棍儿扔到路下的荒草丛中去了。何小毛却努嘟起嘴,脸色气得紫红:"王老师,他没交钱。"王老师说:"我知道没交。"何小毛激烈地问:"那你为什么要放走他?你不是说自小要养成诚实的品行吗?你怎么也说谎?"王老师说:"是的。有时候……需要宽容别人。你还不懂。"

何小毛怏怏不乐地走了。

杨小光背着冰棍儿箱子来了,笑嘻嘻地说:"王老师,换地方了,该我站前门了。"

王老师点点头,背了箱子进校门去了。回头一看,杨小光把板凳已经挪到公路边上,而且响亮地吆喝起来:"冰棍儿——白糖豆沙冰——棍儿——"他才意识到,自己在整整一个上午的时间里,连一声也未吆喝过。他匆匆回到宿舍,放下箱子,肚里空空慌慌却不想进食。他喝了一杯冷茶,躺倒就睡了。

王老师正在恍惚迷离中被人摇醒,睁开眼睛,原来是何小毛站在床前。何小毛急嘟嘟地说:"王老师快起来,同学们都上学来了,趁着没上课正好卖一茬冰棍儿!"王老师听了却有点反感,这么小年纪的学生热衷于冰棍儿买卖之道,叫人反感。他又不好伤了学生的热情,只好说:"噢……好……我这就去。"

何小毛更加来劲:"王老师你要是累了,我去替你卖一会儿,赶上课时你再来。"

王老师摇摇头:"你去做课前准备吧!我这就去卖。我不累。"

何小毛走到正在脸盆架前洗脸的王老师跟前,说:"王老师,我爸叫我后晌回去时再带一箱冰棍儿,你取来,我带走,你又可以多卖一箱。"

王老师似乎此时才把何小毛与何社仓联系到一起,他说:"你爸要买就到学校冰棍儿厂去买好了,又便宜。"

何小毛说:"俺爸说要从你手里买,让你多赚钱。"

王老师听了皱皱眉,闭了口,心里泛起一股甚为强烈的反感。这个自己执教的六甲班班长热情帮忙的举动恰恰激起的是他反感的情绪,这个年仅十二岁的孩子对于经营以及人际关系的热衷反而使他觉得讨厌，然而他又不忍心挫伤孩子，于是装出若无其事的口气再次劝说："你去做课前准备吧！"

何小毛的热情没有得到发挥，有点扫兴地走出房子去了。临出房子门的时候，何小毛又不甘心地回过头来："人家体育杨老师已经卖掉三箱了。王老师……你太……"

王老师冷冷地说："你去备课吧！小孩子管这些事干什么？"

何小毛走了。王老师背着箱子朝后门口走去。后门口有一排粗大的洋槐树，浓密的叶子罩住了一片阴凉，清爽凉快。王老师坐在石凳上，用手帕扇着凉，脑子里却浮着何小毛父子的影像。这何小毛活脱就是多年前的何社仓，细条条的个头，白嫩嫩的脸儿，比一般孩子长得多的睫毛和深一点的眼睛，显得聪慧乖觉而又漂亮。他与他父亲一样聪明，反应迅速，接受能力强，在班里一直挑梢儿，老师们一直看好他将来会有大发展。现在，王老师才明显地感觉到何小毛和他父亲何社仓的显著差异来，他父亲何社仓眼里那种总是害羞的神光在何小毛眼里已经荡然无存了，反倒是有一缕比一般孩子精明也与他的年龄不大合拍的通晓世事的庸俗之气色……

"王老师，给我买冰棍儿！"

四五个小女孩已经围在跟前，伸向他的手里捏着钱。王老师中断了思想立即收钱付货。他从后门朝校园里一瞅，一串一溜的男女学生朝后门拥来，他的生意顿时红火起来。骤然升起高温的午休时分，正是冰棍儿以及冷饮走俏的黄金时间，孩子们趁着课前的自由活动时间来消费一根冰棍儿，是很惬意的。王老师忙不迭地收钱付货，头上脸上冒出豆大的汗珠来，也顾不得擦擦，眼看一箱冰棍儿就要卖完了。

"王老师生意好红火！"

王老师扬起汗津津的脸，看见杨小光站在一边，体育教员结实柔韧的身体有一种天然美感，然而王老师听着那话里带有一股馊味，透过那眼里强装的笑容，王老师看到了底蕴的敌意。他无法猜测其来意，只是应答说："嗯！这会儿天气热，孩子们……"

杨小光却神秘地眨眨眼："王老师，我引你看场西洋景——"说着就来拉王老师的手。

王老师莫名其妙："有什么好看的！别开玩笑。"

杨小光执意拉住他的手："你去看看就明白了，可有趣儿了！"

王老师已不能拒绝，那双体育教师的有劲的胳膊拉着拽着他，朝校园里走去。

当王老师站在一个教室窗外，看到教室里的一幕时，几乎气得羞得昏厥过去——

五

三年级丙班教室里的讲台上，站着六年级甲班班长何小毛，正在给三年级小学生做动员："同学们要买冰棍儿快到后门去！后门那儿是我们班主任王老师卖冰棍儿。王老师有教学经验，年年都带毕业班，你们将来上六年级还是王老师给你们当班主任，教语文。现在王老师卖冰棍儿，大家都帮帮忙，行行好，让王老师多卖冰棍儿多赚钱……"

王老师吃惊地瞅着何小毛，眼前忽然一黑，几乎栽倒，这个学生的拙劣表演使他陷入一种卑污的境地。杨小光现在变了脸，露出本色本意："王老师，你要是有兴趣，到各班教室都去看看，你们六甲班的班干部现在都给你当推销员广告员了……"

王老师手打哆嗦，嘴里说不清话："杨老师……我不知……这些娃娃……竟这样……"

杨小光撇撇嘴："王老师，我可想不到你有这一手哩！往日里我很尊敬你，你德高望重，修养高雅，想不到你竟是个……巧伪人！"

王老师立时煞白了脸，说不出话来。这时候何小毛已经跑出来，站在两个老师面前，毫不胆怯地说："我当推销员有什么不好不对？你上体育课硬把冰棍儿摊派给我们，一人一根不吃不行。你昨日上体育给同学们说今日轮你卖冰棍儿，要大家都一律买你的……"王老师听着就扬起了手，"啪"的一声响，打了何小毛一记耳光。何小毛冤枉委屈地瞪他一眼，捂着脸跑了。

杨小光愈加恼怒，大声吵嚷起来："太虚伪了嘛！王老师！学校开会讨论卖冰棍儿问题时，你说教师卖冰棍儿影响不好啦！不能向钱看啦！我以为你真是品格高尚哩！想不到你比我更爱钱，而且不择手段，发动学生搞阴谋活动……"

王老师看见已经有不少学生和教师围观，窘迫地张口结舌，有口难辩，恨不得一头碰到砖墙上去。杨小光更加得意地向围观的学生和教师羞辱他："我杨小光爱钱，可我赚钱光明正大。我心里想赚钱嘴里就说想赚钱，不像有些人心里想赚钱嘴里可说的是这影响不好那影响不佳，虚——伪！"

王老师再也支持不住，从人窝里出来，干脆回屋子里去。历史课教师刘伟一手摇着竹扇，脚尖上仍然挑着拖鞋走过来，挡住王老师不让他退场，然后懒洋洋扬起脸对杨小光说："杨小光你骂谁哩？六甲班的学生干部是我组织起来行动起来的，你有什么意见朝我提好了。"

杨小光忽然一愣："我……关你什么事？"

"我说过了是我组织六甲班干部动员学生买王老师的冰棍儿。"刘伟说，"你骂错了人，先向被你错骂的王老师赔礼道歉。然后你再来骂我。"

杨小光反而被制住了。

刘伟不紧不慢地重复："你先向王老师道歉，然后再跟我说你有什么想不通的！"

杨小光终于从突然的打击里恢复过来："你刘伟甭充什么硬汉！谁使的花招谁做的手脚我完全清楚，你甭在这儿胡搅和……"

刘伟眼睛一翻也上了硬的："我是不是充得上硬汉搁一边。我倒是真想搅和搅和。你杨小光牛什么？不就是蹦了一下得了一块没有金子的金牌才混上个体育教师！你整日里骂这个训那个你凭什么要厉害？领导怕你我也怕你不成？"

杨小光被讽刺嘲笑得急了，拳头自然就攥紧了，朝刘伟走过去："就这我还不想当这破教师哩！你不怕我我什么时候怕过你？甭说这小小学校即就是本县我还没怕过谁哩！"

校长成斌正在睡午觉，最后被叫醒来到现场，先拉走了刘伟，再推走了杨小光，学生和教师们也各自散了。成斌只是嘟哝着："刘老师快回房子里去，让学生围观像什么话！杨老师快去大门口卖你的冰棍儿，在学生面前吵架总是影响不好嘛！再有理也不该在学生场合吵嘛！"

王老师早在成斌到来之前已经逃回房子。

王老师坐在办公桌前，脑子里乱成一窝麻，那总是梳理得很好的银白头发有点散乱了。他没有料到卖冰棍儿会卖出这种不堪收拾的局面。他想到校务会讨论卖冰棍儿时自己说过影响不好的话，但没有坚持而放弃了，他随着教师们一样参加了轮流卖冰棍儿。他怕别的教师骂他不合群，清高，僵化，都什么时候了还拉不下面子……明年满六十本可以光荣退休了，最后一个毕业班毕业了他就该告老还乡了，临走却被一个年轻的体育教师骂成"巧伪人"！他已灰心至极，再三思虑，终于拔笔摊纸写下了"退休申请"几个字，心里铁定：提早退休！

放晚学的自由活动时间，校长成斌来了。成斌说问题全部调查清楚，何小毛和六甲班学生干部到各班动员学生买王老师冰棍儿的举动，完全属于何小毛的个人行为，既不是王老师策划的，也不是刘伟策划的。所以杨小光辱骂王老师是错误的。如果仅仅是这件事就简单极了，由杨小光向王老师赔礼道歉。问题复杂在王老师失手打了何小毛一个耳光，打骂体罚学生是绝对不允许的。成斌说他和吴主任研究过了，做出两条决定，王老师向被打学生家长赔情，争取何小毛的乡村企业家的父亲的谅解，然后再在本校教师会上检讨一下。如果上级不查则罢，要是查问起来，咱们也好交代，王老师也好解脱了。为此，成斌征求王老师的意见。

王老师把抽屉拉了两次又关上，终于没有把"申请退休"的报告呈给成斌校长，担心会造成要挟的错觉。对于成校长研究下的两条措施，他都接受了，而且说："你和吴主任处理及时，本来我自己打算今晚去何小毛家，向家长赔情哩！"

六

成斌校长不放心，执意要陪着王老师一起去何小毛家，向那位在本乡颇具影响的企业家赔情，听说那人财大气粗，一个老夫子样儿的王老师单人去了下不来台怎么办？刘伟也执意要去，理由是与自己有关，六甲班他任副班主任，责无旁贷，另外也怀着为王老师当保镖的义勇之气。王老师再三说不必去那么多人，何小毛的父亲何社仓其实还是他的学生，难道会打他骂他不成！结果仍然是三个人一起去了。

这是乡村里依然并不常见的大庄户院。一家占了普通农家按规定划拨的三倍大的庄基，盖起了一座二层楼房，院子里停着一辆客货两用小汽车，散发着一股汽油味，院里堆积的杂物和废物已不具一般庄稼院的色彩，全是些废旧轮胎、汽油桶子、大堆的块煤以及裁剪无用的各色布头堆在墙角。何社仓闻声迎出来，大声喧哗着"欢迎欢迎"的话，把三位老师引进底层东头套间会客室，质地不错的沙发，已经适应时令的变化铺上了编织的透风垫子，落地扇呜呜呜转着。何社仓打开冷藏柜，取出几瓶汽水，揭了盖儿，送给三位老师一人一瓶。

成斌校长摇着瓶子没有喝，刚开口说了句"何厂长我们来……"就被何社仓挥手打断了，何社仓豪气爽朗："成校长王老师刘老师，你们来不说我也知道为啥事。此事不提了，我已经知道了。我那个小毛不是东西。我刚刚训过他。咱们'只叙友情，不谈其他'。"他最后恰当不恰当地引用了《红灯记》里鸠山的一句台词，随后就吩咐刚刚走进门来的女人说："咱们小毛的老师也是我的老师，难得遇合，你弄几样菜，我跟我老师喝一点。"女人大约不放心孩子的事，只是开不了口，转身走出去了。

成校长企图再次引入道歉的话题，何社仓反而有点烦："总是小毛不是东西。这小子太胆大，宠得什么事也敢做什么话也敢说。我像他那么大的时候，胆小得很，一到人多的地方就吓得像个小老鼠,一见生人就害羞——王老师一概尽知。这小子根本不知道害怕害羞……咱们不提他了,好好……"

王老师愈觉心里憋得慌,终于把自己要说的话说出来:"社仓,我打了小毛一个耳光,我来……"

何社仓腾地红了脸:"王老师,打了就打了嘛!我也常是赏他耳光吃。这孩子令人讨厌我知道。我在你的班上念了两年书,你可是没有重气呵过我……好了好了不提此事了。大家要么去参观参观我的鞋厂。"

何社仓领着三位教师去一楼的生产车间参观,房子里安着一排排专用缝纫机,轧制鞋帮,另一间屋子里是裁剪鞋帮的。夜班已经开始,雇来的农村姑娘一人一台机子,专心地轧着鞋帮头也不抬。

何小毛的母亲已弄好了菜,何社仓把三位老师重新领进会客室里,斟了酒,全是五星牌啤酒,而且再三说叨谦让的话,青岛牌啤酒刚刚喝完。然后把筷子一一送到三位老师手里,敦促他们吃呀喝呀。

王老师喝了两杯啤酒,不大会儿就红了脸,头也晕了,脚也轻了,他今天只是吃了一顿早餐,空荡荡的肚子经不住优质名牌啤酒的刺激,有点失控了。

何社仓大杯大杯饮着酒,发着慨叹:"我只有跟三位老师喝酒心里是坦诚的,哎哎哎!"

刘伟听不出其中的隐意,傻愣愣眨着眼。

何社仓说:"王老师,我现在有时还梦见在你跟前念书的情景……怪不怪?多少年了还是梦见!我小时候那么怕羞!我而今不怕羞了胆子大了。我那个小子小毛根本不知道害怕害羞!我倒是觉得小孩子害点羞更可爱……"

　　王老师似乎被电火花击中,猛地饮干杯中黄澄澄的啤酒,扔下筷子,大声响应附和着说:"对对对!何社仓,小孩子有点害羞更可爱!我讨厌小小年纪变得油头滑脑的小油条。"说着竟站了起来,左手拍了校长成斌一巴掌,右手在刘伟肩上重重拍了一下,然后瞅瞅这个,又瞅瞅那个,忽然鼻子一抽,两行老泪潸然而下,伸出哆哆嗦嗦的手,像是发表演说一样:"其实何止小孩子!难道在我,在你们,在我们学校,在我们整个社会生活里,不是应该保存一点可爱的害羞心理吗?"

　　三个人都有点愣,怀疑王老师可能醉了。

1988年6月27日于白鹿园

两个朋友

一

王育才和媳妇秋蝉的离婚案还在民事法庭赵法官的卷宗里悬着。这场旷日持久的案件连头带尾已经持续了五个年头。王育才和秋蝉以及双方的亲戚朋友都被这场官司拖得精疲力竭身心交瘁却又欲罢不能。

五年里王育才三次起诉,三次均被赵法官判为不予离婚。按照民事法庭现行的规矩,一经裁决为不予离婚后要再次起诉,必须有新的理由而且要在半年之后。理由总是可以找到的,唯有时间无法通融,再难熬也得熬过半年六个月一百八十多个日日夜夜。民事法庭还规定,离婚双方或一方如果不服判决进而提起上诉又被上级法院驳回维持原判,那么要再起诉除了更充分的理由之外,时间的规定要在一年之后。王育才第二次起诉就发生了这种情况,硬硬地熬了整整一年才得以第三次向民事法庭重提旧案。现在,他已经做好了第四次起诉的一切准备,主要当然是状子,另外花在排除亲戚朋友苦口婆心劝解上头的力气也比上三次更多。

　　王育才挟着装有离婚申诉的黑色皮包走进桑树镇民事法庭的小院时，正好碰见急匆匆去上厕所的赵法官。赵法官只是减慢了脚步而并不驻足说："老主顾又来了。"王育才苦笑一下说："我不来过不成日子。"随之装出大不咧咧的样子说："你要是烦了，干脆给我判个离婚算了，我也就再不麻缠你了。"赵法官已经走到小院墙角的厕所门口，一只手下意识地去解裤扣，回过头来笑笑："不烦不烦我不烦。我吃的就是这碗麻烦饭嘛！你才起诉了四回这不算个啥，经我手判的一个离婚案男方起诉了十一回，前后经过十七年。你这四五回只是一般纪录。"

　　王育才听了就哑了口，像是中了一位法咒无边的禅师点来的定身法，立在那儿僵住了手脚。

二

　　秋蝉用独轮小推车刚刚拉回一车苞谷秆子，满脸淌着汗，解开捆绑的皮绳，再把干透的苞谷秆子垒堆在场院里。邻居一位抱着奶娃的小媳妇半裸着胸脯，一边给孩子喂奶一边说："嫂子你而今还拉那苞谷秆子做啥？我要是你连麦子都不种了。"秋蝉笑笑，继续卸下车上的苞谷秆子。这种话她已经听得太多不屑解释。她去鸡场买小鸡，女人们甚或男人们见了也说："秋蝉你如今还买那些毛草子货做啥？"她去卖鸡蛋，人见了又说："秋蝉你而今咋还卖鸡蛋？你该吃鸡蛋才对哩！"她干啥人都说她不该干啥；应该吃好的，应该睡，应该逛，应该好吃好睡好逛好好享福。这其中不言自明的原因是她的男人而今挣了大钱了，钱多得乡党邻里无法猜清估准其数目，总而言之多得很。秋蝉何苦还要一篮一篮卖鸡蛋一车一车拉苞谷秆子呢？秋蝉虽然最清楚自己究竟存下多少货，绝对不像人们纷传得那么厉害，倒是确也攒下了万儿八千的存款。无论如何，她在感到虚名徒有的压力的同时也感到许多被人羡慕的愉悦。截至现在，她还不曾打算好吃好睡好逛。她继续精心养鸡继续咬紧牙关卖鸡蛋，继续拉苞谷秆子当柴烧既节省了买煤的开支又烧热了火炕。育才给她买下电褥子她锁在箱子里不用。对人说是怕触电怕睡不踏实。其实是怕花了电费。电费公家收二毛二，本村电管员收三毛五。电管员私抬电费而且理直气壮："而今小自一根针大至彩电哪一样价钱没翻几个斤斗？要说没涨价只剩下良心反倒掉价了。我管电电不涨价难道叫我喝风吃屁不成？"秋蝉就憋足劲拉苞谷秆子，省了煤又省了电，你涨得再贵总不抵我不用不买。

　　车上还剩下一抱苞谷秆子没有卸下来，她的大儿子小强骑着自行车放学回来，把一只黄皮信封塞到她手里。她看看落款竟是桑树镇民事法庭几个红字就不由得蹙紧了眉头，一道不祥的阴影立即弥漫过心头，她撕拆信封的手指紧张得发抖。信瓤是一页铅印的传讯通知，要她后日到桑树镇法庭过堂，她的男人王育才提出要和她离婚，已经申诉到桑树镇民事法庭了。

　　说是晴天霹雳一点也不过分。秋蝉看罢传讯通知，眼前一黑险乎栽倒，一股恶心的浊气从腹腔蹿起冲到喉咙口就堵在那里。她的儿子小强一手扶住车子一手搀住母亲，吓得惊叫起来。那个给娃子喂奶的小媳妇跑过来，一边搀扶她一边瞅着掉在地上的信皮和信瓤，再也不说嫂子不该拉苞谷秆子的玩笑话了。秋蝉已经没有力气卸下小推车上最后一抱苞谷秆子，强挣着走回家去，扑倒在炕上就号啕起来。她感到羞辱又感到委屈。她没有丝毫的精神准备，无法承受这晴天霹雳般的打击。她被最不幸的家庭灾难只一下就击昏了。她现在根本无法理清这突发的灾难的来龙去脉只觉得自己活到了尽头，照耀她的九十九个太阳和九十九个月亮全都在一瞬间熄灭了，眼前是永不复明的黑夜。她的脑子里一片昏天黑地一片混沌。她的胸腔里骤然聚满了恶气又排泄不出，整得她几次哭得闭气，亏得隔壁邻里的女人们用针尖戳她冰凉的手指扎她冒着冷汗的鼻根，她才还过阳气来。一霎时，这个令人羡慕的家庭的里屋和庭院，就弥漫起混乱和破败的灰暗气氛。

　　阿公和阿婆是在天麻麻黑的时候走进儿媳的小院的。老两口后晌上磨子，轰隆作响的磨面机房里没有闲人来传递消息。当阿公头发和衣服上扑着一层白茸茸的面粉推着面袋走回家时，立即就有好心的乡邻向他通报了儿媳秋蝉家里发生的变故，老汉顾不得掸去面粉就跑来了，女人颠着一双稀世的小脚也急火火赶来。阿婆倒是有主意："甭哭！秋蝉。他想离婚就离了？这事全由他了？他想离婚得先埋葬了我！过堂时你甭去叫我去，让他跟我说这婚咋个离法……"阿公坐在椅子上吸着烟，不劝也不叹。女人们纷纷离去后，阿公才说："你先甭慌，事情嘛总有个了了。明日我去把他叫回来，叫他先跟我说个张王李赵。"说到这儿，老汉才忽然想到，儿子育才住在什么地方自己根本不知道。他问儿媳，秋蝉也不知道。他的儿子在西安发了大财，他们却从来也没有被儿子邀去做客，临到有了急事需要找他时却弄不清儿子的单位和地址。这一瞬间婆媳和阿公三人几乎同时想到一个人——王益民。王益民是儿子育才的好朋友，育才的情况他知道得比做父母和妻子的要多得多。于是翁婆媳三人立即统一了举措：立即去找王益民。

王益民是本村小学校教导主任，晚上宿在学校里，王子杰老汉找到家里又找到学校，堵在心里的火气就再也无法忍住不发了："益民呀！你看育才这狗日的咋么就生出六指儿来了？好端端的安宁日子一下就给搅得云天雾障！你明日领我去寻他，我只说一句话叫他先杀了我再去离婚。法院传票后日过堂只有明日一天时间了，益民你无论咋说也得抽空请假领我去寻那个狗日的东西……"王益民也很震惊，只是远远不及子杰老汉那么强烈罢了。他其实早有预感或者说精神准备，今天发生的事实不过是对于以前的某种预感的证实而已。然而他还是自然地表现出一种震惊。他首先安慰盛怒不息的老伯，然后立即答应明天去找育才，无论育才干什么忙事紧事都非得拉他回来见父亲说清道明；再下来就劝老伯不要亲自去，一旦说得不好育才拉起硬弓不回家反而更糟……子杰老汉完全信任地听取了益民冷静入理的劝告，把至关重要的切肤切心的事交给益民去办理。

三

王益民第二天一早就出了校门。他做好了找人的准备所以骑自行车不乘公共汽车进城。初冬的田野已显示出冬天的肃杀和冷峻。一切变故的根源也许是从育才离开学校开始发生的。育才被一位高中同学拉去搞什么公司，他给乡政府写了停薪留职报告就去老同学兴办的一家公司做了会计。那年寒假，王育才半夜来敲他的门，说妻妹来了屋里住不开，要他学校办公室的钥匙。第二天他到学校去找他闲聊却已不见踪迹，钥匙也未留下来。他又找到育才家里，秋蝉睁大眼睛说不仅没有妹子来家更没有见育才的影子。王益民开始心生疑窦。他想见不着育才得不到钥匙又轮着他护校日子，于是就砸了锁子进了门。他看见满地都是带把儿的烟蒂以及糖纸糕点盒子和饮料罐子；揉皱的床单上有一坨污痕，那是男人的排遗物令人一见就恶心顿起；从地上尚未干涸的一堆痰迹判断，王育才昨晚还睡在这里。于是，他就完全肯定育才借他的房子干什么勾当了。直到这个春节王育才回到龟渡王村把钥匙交给他的时候，他不无生气地揶揄老同学说："这把钥匙留给你做纪念吧！锁子已经砸了扔了还要钥匙干什么？"王育才连连道歉，说他忘了交还钥匙，万万料想不到第二天就乘飞机去广州出了急差。王益民想戳穿这个急就的谎话却又碍于面子上拉不下来，只好以明白装糊涂听他大谈特谈广州的新潮新景。春节后新学期开始，一位老教师向王益民彻底揭开了发生在他的办公室里的秘密——

那天晚上轮着我和小刘老师护校。王主任你知道俺俩是老对手，下棋下到三点还落马不下来，我想拉屎就急匆匆往厕所跑。从厕所出来经过你的办公室门口时，我听见里面有打鼾声心里就奇了，王主任你啥时候悄没声儿睡到里头的？回到房子跟小刘老师一说，小刘老师说王主任也是个棋迷咋能不来观战悄悄就睡了呢？他拉着我去看个究竟，在门口窗根下听了半晌又听出一个女人睡梦中的一声呻唤。我吓得跑了，心想，王主任怎么跟老婆放着热炕不睡跑到学校来过夜？小刘老师又跑过来对我说："肯定不是王主任。咱们必须弄清楚谁睡在里头，这是护校的责任。"于是，我俩敲响了门板。好久才应了声。好久都没拉电灯。灯亮门开之后，万万想不到是王育才老师和一个女的。那女人你猜是谁？是吕红。我已经羞得难以和王育才老师说话。王育才老师到底是熟人，有点尴尬，可人家而今到底经见了大世面，比不得咱们这些四堵墙里圈定的"小教儿"孤陋寡闻，不开化，一会儿就没事人一样掏出把纸烟来让俺俩抽，大谈神谈他出门不是飞机就是软卧，一桌饭吃掉两千多块把老广都镇住了。俺俩穷"小教儿"倒给他吹得忘了自己干什么来了……

王益民先是叮嘱白发已现的老教师后来又叮嘱小刘老师到此为止，再不要扩大宣扬。他随之就为自己调换了办公房子。他在那间房子里莫名其妙地瞅着那天发现痰迹的地方出神，瞅着自己床单上那已经洗得绝无痕迹的地方，心里仍止不住恶心。他换了房子。他把那件床单撕成布条扎了拖把。他把被子洗了烫了仍觉得心里毛森森的，于是破费买了一条被罩把被子罩起来。自从老教师彻底揭开这桩秘事一直到他完成那一系列净化工作，心里总是叽咕着一句话：这人怎么就没羞了呢？

王益民和王育才自幼交好，从小学一直念到初中毕业，王益民被保送到师范学校而王育才考取了高中。王益民曾经后悔自己上了师范只能去教小学而失去了争取高等教育的机会，后来的生活演变却使他庆幸不已，一九七六年后他被分回本乡小学有工资有商品粮，王育才返乡回家当了农民。王育才的父亲新中国成立前当过两年保长列入专政对象，自然成了村子里最倒霉的青年。为王益民说媒提亲的人踏细了门槛，王育才家却门可罗雀无人光顾，直到王益民喜添贵子而王育才依然孑然一身。

王益民每每看见王育才低头耷脑的样子心里就十分难受。他越来越明确地意识到，如果他再不给他帮忙想办法，王育才一辈子就完蛋了。适逢王益民被提拔为教务主任有了说话的身份也有了说话的机会，他便大胆地向公社举荐王育才到自己的学校来当民办教师。公社竟然同意了。当他把这个喜讯告知王育才时，王育才却连连摇手说自己根本不适宜做老师。

看来不是谦虚，也不完全是背着保长父亲的政治压力，主要障碍来自王育才的内向性格。王育才怕羞。这个人已经长到二十大几仍然羞羞怯怯。他从来不在任何人面前抢说一句话。几个人围在一起闲谈，他总是悄悄默默站在外围或坐在人背后静静地听着，笑也是羞怯怯的样子。像他那样羞怯的神气别说男子汉很少有，在造反精神激励下的女学生女青年也无法与他相比。他的羞怯不是强装的而是真实的，课堂上猛乍被老师点名回答问题，他未站起先兀自脸红了，脸一红眼里就潮起一缕羞怯的雾气，说话也就磕磕巴巴了。从小学启蒙一直到高中毕业的漫长的读书生活中，他从一个纤细的少年变成了一个体魄强健的男子汉自然发生了许多重大变化，唯其害羞的样子有增无减。他在整个高中阶段的学习是他认识自己的重要阶段。他的数学和理化科目总是列全年级的前茅，他对这些学科的兴味愈来愈浓。他相信自己肯定会进入名牌大学。即使这样，他在被老师表扬被同学欣羡以至嫉妒时，仍然羞羞怯怯地抬不起头来。相比之下，那些学得好同时也骄傲到蛮横的学生与他就形成了截然不同的对比，同学和老师更喜欢他爱戴他亲近他，觉得王育才那根深蒂固的羞怯里蕴藏着迷人的色彩。

王益民和王育才自小玩耍长大，村子背后的山坡和村子前面的河川处处留着他们相依相伴的足迹。他们春天背着草笼提着草镰到坡沟到河岸去割青草，冬天里像大人们一样腰缠绳索肩扛钁头到山坡上去挖柴火。他们夏天在刺丛中搜捕绿色的蝈蝈秋天又兴味更足地逮捉蛐蛐，为此几乎踏平了山坡上的每一丛刺棵翻遍了村子里的每一堆砖石瓦砾。他们背着母亲多掺了白面的馍馍第一次走出偏僻的小村龟渡王村到桑树镇读中学的时候，几乎同时第一次意识到了友谊而且产生了继续加深这种友谊的要求。他们之间可以说完全平等完全信赖。他们能玩在一块说在一搭而不是其他。他们一个是一个的影子，一个是一个的寄托，他们之间如果有一个是异性，那么他们就完全可能是龟渡王村的梁祝而且会有一个最完美最浪漫的结局。王益民的母亲曾经对王育才的妈妈说过："他俩要是有一个生来时少带一件行李就好了。"他们俩谁也不明白那行李的真实含义，及至后来知道了其中的意味的时候，连王益民都有点羞了，王育才更是羞得连脖子都红了。

　　王益民曾经不止一次有意无意地思索过王育才的羞怯。育才的母亲敦厚朴实并不多见羞怯。他的父亲一九四九年前当过两年保长，新中国成立后自然就成了黑斑头儿。王益民对保长大叔四九年前一无记忆也一无印象，打有记忆起就只记得保长大叔那张讨好巴结的笑脸。他曾经十分讨厌那张笑脸，小孩子的王益民也能觉察到那笑脸里十有九分都是虚假的强装的，只有那脸上的笑容收敛散尽的时候才现出一分真实来。印象太深了，那令人讨厌的笑脸，这位体格雄壮的中年汉子见到任何人都是柔声细气讨好巴结的口吻和神色，哪怕不是龟渡王的干部而是一位红边烂眼的麻糊婆媳甚至是一个不懂饭香屁臭的小孩，他见了都会堆出一脸笑来，老远就与人打招呼，一天到晚都关心别人的生活起居似的问人家"吃了吗？"，那笑容好像孙悟空的金箍棒装在耳朵里随时都能顺手扯出来布满整个眉眼和嘴脸。可是在他们家里，保长大叔对他的妻子儿女却非但不见笑颜，从早到晚从春到冬永远是一副冷冰冰的严厉的脸孔，一家人悄悄默默地做事，悄悄默默地吃饭，悄悄默默地睡觉。很少有什么人到这个终年弥漫着肃穆冷清气氛的小院来串门。孩子们说话声高了，保长大叔就会冷冷地呵斥一声"张狂啥哩？"，孩子们全都惊慌地缩了脖子哑了声息。王益民很不习惯这种压抑的家庭气氛，总是站在王育才家院墙外学几声狗叫或鸟鸣，把育才勾引出来，那是他们约定的暗号。暗号不得不时常变换，防止保长大叔识出破绽来。

　　记得王育才被他推荐来学校上第一节课的时候，这个老三届誉满全校的高才生面对几十个刚刚进入戴帽中学班的乡村孩子，竟然比学生紧张十倍，满脸臊红地站在讲台上，两只手不知该放在讲桌上还是该贴紧裤缝，头上的汗粒由小聚大，纷纷滚落下来。他的羞怯和紧张被学校师生们传为笑话，校长不无担心地对王益民说："王主任，你推荐来的人纵然有一肚子蝴蝶，可飞不出来也是枉然！"王益民信心很足："没关系。疏通了堵塞喉咙的障碍，蝴蝶自然就飞出来了。关键的问题是，我们明知他肚子里有蝴蝶，总比那些满肚子稻草甚至连稻草也没吃下多少的人靠得住。"校长再不坚持什么。王育才由紧张到不大紧张再到完全不紧张，他的满腹经纶满肚子的蝴蝶就随心所欲恣意舞蹈，成为小学校戴帽中学班里的权威教师。许多只能教小学而硬着头皮提到中学班任教的教师，常常是先由王育才那里趸下货第二天再到课堂上热蒸现卖。王育才的人品极好，他很少是非，只埋头于备课授课，逢有劳动他也积极踏实，甚得领导师生的尊重。王益民也因此而放心。

　　大约不到一年时间，王育才陷入了初恋的情网。女方是一位刚刚从师范学校毕业的年轻姑娘，一分配到龟渡王村学校就安排到中学班任教。如果这位姑娘稍少一点虚荣心不要到中学班而是到小学班任教，那么后来的事情就不会发生，至少可以推迟发生。姑娘叫吕红，初中一年级尚未读完就发生了"文化大革命"，后来从乡村推荐到师范读了两年书其实有一年多的时间都是搞革命大批判,切实说仍然是初一水平充其量不会超过初二,如今要给初中班任教自然不可避免洋相百出破绽百出。她就去找王育才请教,先趸来再卖出去。王育才待人极平和,从来恪守待同志一视同仁,从来恪守不参与校内派系斗争的生活原则,更不会挑肥拣瘦瞅红蔑黑,他给吕红辅导讲解就像对其他老师一样耐心认真而绝不显示自己的能耐气儿。时日一长,吕红随着知识的增长感情也开始膨胀,为了报答他为自己补习而花费的时间,几乎本能地心甘情愿地代他洗扔在床下的脏衣服,她从家里来时带点好吃的东西也往往首先想到应该送给王育才。除了补习之外她和他开始谈一些无关教学的事甚至笑话,她待在王育才房子的时间越来越多,一当有空儿就想往那个房子跑。王育才虽然害羞但不是木头,他已远远超过晚婚年龄对男女之情更灼热却也更冷静。有一天晚上,吕红买了两斤月饼送到王育才屋子,说明晚是中秋之夜她提前向他谢恩。王育才一下子急了连连摇头说:"这算干什么?我怎敢图老师们的报答呢?革命同志互相学习互相提高,怎么能送月饼呢?"说着就把吕红往门外推。在即将推出门的一瞬,吕红忽然一扑跑进来,一下子抱住王育才的脖子就止不住哭起来了。王育才呆呆地垂着手,脖子被吕红搂得喘不过气,却没有勇气举起自己的双手拥抱对方。

这之后俩人就进入热恋。吕红的红红的丰腴的面颊和他的已现青色的腮帮久久厮磨,难分难解。这桩甚为美满的婚事却被吕红的父亲给彻底破坏了。吕红的父亲是村支书,已经听到一些风言,就找女儿吕红正儿八经训导:"爸是支书你相信不会给你搞封建婚姻。你自由恋爱爸坚决支持。你选下个王育才爸也觉得那小伙子不错。可是王育才他老子是伪保长专政对象。你已经是共产党员王育才连个团员也没当过。你已经是公办教师王育才是个民办，他老子要不是伪保长还有转为公办的希望。你跟育才结了婚以后咋办？将来有了孩子也就沾上了黑斑，爷爷是伪保长你看看还能有什么出息？婚姻是一辈子的事，你自个儿冷静想想去。"

吕红陷入了痛苦而终于做出了与父亲一致的选择。王育才很快由痛苦转变为懊悔。他悔愧万分地对王益民说："我真是个十足的混蛋！我怎么刚刚活出了一点眉眼就忘记自己的小名叫个啥嘛！要不是你帮助我而今还在队里淘稀粪哩！我怎么一下子就忘乎所以了？怎么敢跟村支书的女子恋……"这些话都出自肺腑，王育才很快又冷静下来，再三向吕红表白并不责怪她。于是俩人和平分手。到下一学期开始以后，吕红已经调到另一个小学去了，而且结了婚。之后不久，王育才也心平气和地完成了一桩重要的事，结婚了。王益民和他女人齐心协力把她的一个远房表妹介绍给育才，就是秋蝉。

王益民现在怀着沉重的使命和甚为急切的心情，骑车来到这座古城饭店的大门口，不禁被那堂皇的高大建筑物镇住了。天哪！那一根用大理石砌成的明柱，肯定把戴帽中学的全部家当都折掉了。

四

王育才拿出最好的香烟糖果糕点饮料招待王益民，又是随随便便的样子，正是那随便到漫不经意的样子才显出一种阔人阔气的气魄。那些好吃的好喝的好抽的高档次消费品对王育才已是家常便饭，而对王益民这样的小学教育主任就成为超级超常超前享受了。他对享受这些高档消费品感到的不是愉悦而是痛苦，那一罐铝皮饮料的价值就把他一天的工资全喝掉了。尽管花掉的是王育才的钱他仍然觉得太可惜了。王育才不等他开口就猜中了他来找他的事端，而且直言不讳地袒露了事情的全部真相："我要离婚。我要和吕红结婚。我和吕红的婚姻才是最符合道德的。我和秋蝉的婚姻是一种没有感情的死亡的婚姻。尽管我至今仍感谢你在我最困难的时候帮助我娶下一个女人，但我的感情无法从吕红身上移到秋蝉身上。我在做出离婚决定时首先想到的是你，其次才是我的父母，我知道离婚的结果首先伤害的是咱俩的友情，至于断绝父子关系我都没有什么包袱。你和俺爸俺妈骂我的话我都能猜到，但我还是决定离婚。"

王益民倒没有话说了。他一路上组织起说服王育才不该离婚的语言大军全部溃散了。王育才的坦率反倒感动了他。他知道王育才和吕红感情甚笃旧情难逝。他现在只能提出一些具体的困难来让王育才考虑："孩子怎么办？三个孩子正处于幼学阶段，既要人抚养更需要心灵上的温暖。你想想你离了婚争得了自己的幸福，其实把痛苦不是摆脱掉了而是转嫁到孩子身心上了。与其这样不如将就着权当为了孩子。"

提到孩子以后王育才就哑了口，只顾抽闷烟，随之就哭了："只有孩子是无辜的。对孩子来说我是十恶不赦的罪人。我在决定离婚的过程中百分之九十九的脑筋都伤在这上头。我只能从财力上保证他们求学读书，从生活上满足他们的一切需求。当然，如果秋蝉能明白一点，我会毫不吝啬地给孩子以父爱的，只是担心秋蝉不会给我这机会。没有办法，我与吕红已经不可分割了。她也和丈夫闹翻了。我无法回头也不想回头了。我已经觉得没有吕红一天都活不下去，父母以及老朋友你根本体味不来我的这种感情。我只希望你给秋蝉多做点解释工作，一来秋蝉是你的亲戚，二来这件事是你好心促成的。你就再不必管其他事了。"

王益民再无话可说。他感到劝解毫无作用，所以就不想多费唇舌。他想骂他又骂不出来。王育才而今比过去坦率了。王育才眼里的那种羞怯已经褪净，一种冷漠，一种淡泊，一种成熟的冷峻，一种经见了大世面后的遇事不惊的老练，所有这些神色把原有的那种根深蒂固的羞怯之色覆盖了或者说排除了。他抽着育才的高级香烟，一支值二毛五分钱，相当于一斤苞谷的市场价格。他一面当教育主任一面种责任田，大脑的一半装着龟渡王戴帽中学的全部教务，另一半装着肥料种子以及各种粮食蔬菜的市场价格。他已经充分感觉到王育才已经不是过去的保长狗崽子也不是龟渡王学校的"穷小教儿"了，无疑已经是当代社会中最活跃最气派最会生活的人了。他想，如果王育才不来这个公司而继续在龟渡王教书，那么他会怎么样呢？他会提出与秋蝉离婚与吕红追求真正的"符合道德的婚姻"吗？再退一步说他如果继续背着保长儿子的政治压力呢？想到这儿王益民又自责起来，这种想法本身就是不好的，好像他倒希望王育才继续当狗崽子似的。

记得吕红与别人订婚以后，王育才曾经懊悔不迭地痛骂自己是癞蛤蟆想吃天鹅肉。他劝了他安慰了他。他做到了一个朋友仁至义尽的义务。他亲自跑到秋蝉家，说服了秋蝉又说服了秋蝉的父母，说王育才是个绝对的好青年，保长父亲属保长父亲，王育才本人是最可靠的。直说得秋蝉父亲下了决心，说他完全相信了，权当秋蝉不是嫁给民办教师王育才而是嫁给农民王育才，只要人可靠就行了。王育才当时很感激他们夫妇，保长两口子更是感激不尽。王益民曾经因为他对朋友至诚的帮助而心地踏实。现在，他不仅不能说服王育才反而使自己陷入为难的境地，该怎么对秋蝉说话？怎么去见秋蝉的父母？

记得王育才和秋蝉结婚的时候，他去参加乡间的婚礼，王育才邀他做伴郎，他欣然应允，把秋蝉引回来。王育才在过了一周新婚生活之后，情不自禁地对王益民说："秋蝉不错。勤快俭省，脾性也好，正适合咱这样的家庭，人家这样清白的贫农女子能嫁到咱家，我已经够了。"王益民想把这话重新说给王育才听，想想又觉得没有必要，就告辞了。

临走时，王育才叮嘱他："益民哥，你甭费心了。我知道你是个好心人。你对我的恩情我永远不忘。你在我最困难的时候给了我最大的帮助。即使我要离婚，仍然感激你给我介绍下秋蝉。你的动机百分之百是好的。现在我求你再甭跑冤枉路了，无论俺爹俺妈或是秋蝉找你，你都推开甭管，让他们找我说话。"

王益民说："这事不用你叮嘱我也不再来了。你的事你自己处理吧！"

五

王益民回到龟渡王村时，王育才的父亲王子杰老汉在村口佯装割草，实际是等待王益民。王益民说了他找育才的经过，子杰老汉听得心里松不滋滋凉不唧唧软不哝哝，气急败坏地说："益民呀你怎么糊涂了？我叫你无论如何把那狗日的拉回来，你……"王益民苦笑一下说："好叔哩！那么个大活人儿，我怎么拉得回来？"而且做出一副无可奈何的神气。王子杰老汉问清了地址，迫不及待地当晚就搭末班车进城去了。

王子杰老汉一踏上豪华的古都饭店的廊沿几乎滑了一跤，那地板太光滑了。站在门口的一男一女两个侍者看着粗手笨脚的乡村老汉爬起来不搀不扶而且嗤笑着问找谁。王子杰老汉说他找儿子王育才。他得到放行，开始爬楼梯。他敲响了二楼十九号房间，看见门缝开处露出儿子的脸，气血呼啦一下冲到脑顶，及至他跨进门去看见长沙发上斜倚着一个女人，凭感觉老汉就知道那是吕红，一下子失去控制，一甩手就抽到儿子的脸上。那女人从沙发上跳起来，拉他的胳膊，叫着："大伯有话慢慢说……"子杰老汉嗅到一股浓郁的香气，"呸"地一口吐出去，骂道："婊子！"那女人一甩手走出门去。

　　子杰老汉已经完全失控。他一抢手，把茶几上的香烟饮料糖果全都扫荡到地上，杯子瓶子罐子在地板上乱滚。他又一把揪住儿子系在脖颈下的紫红领带，扯着拽着往门外拉。儿子育才被勒得直翻白眼，狼狈不堪地挣扎着，以求饶讨好的口气劝父亲坐下说话。子杰老汉说："回家说！这地方我不坐！这是什么地方？婊子院！"这当儿走过来两个服务员，威胁老汉说再不停手就打电话叫警察来，子杰老汉才坐下来。

　　子杰老汉坐下来仍然盛怒不息地嘲骂："我以为你在城里干什么体面工作，原来是逛窑子！瞅瞅楼上楼下站的跑的都是些啥货，脸上搽的嘴唇涂的耳朵上吊的都是啥？旧社会窑子院也没有这么厉害！你住在这儿能学好？你狗日的跟我回家种地去！"

　　王育才只是小声劝："爸你骂我尽管骂，你甭胡乱骂人家服务员……"

　　"×！啥×服务员！"王子杰不买账，"我当过保长，解放了共产党把我教育好了，没料到你小子倒学坏学瞎了。我当保长也没住过这么阔气的房子！你看你龟孙子穿洋服打领带装贼更像绺娃子！你今日不回家我就死在你面前。"

王育才已经没有任何招架之力。他佯装尿尿就走出房子躲进另一间屋子，让他的公司的同志去打发丧失了理智的父亲。同事叫来一辆出租汽车连拉带哄把子杰老汉送回近郊乡村龟渡王，王育才得以从尴尬中解脱。

解脱是暂时的。第二天，当王育才坐在桑树镇民事法庭里向赵法官申诉一条一条离婚理由的当儿，他父亲王子杰老汉正站在民事法庭大门口的街道上向赶集上街的男女揭露儿子离婚的内幕，针锋相对。王育才真诚地列出好几条足以说明他和秋蝉没有感情因而是不道德的婚姻的理由，赵法官冷静地甚至无动于衷地问了一句："既然没有丝毫的感情，那么三个孩子是怎样出来的？"一句话问得王育才张口结舌，虚汗交流。与此情此景形成强烈对比的王子杰老汉获得了完全的成功。他慷慨陈词，言真意切，一件件一桩桩历数自己在前多年顶着黑斑头儿的困难日月里，王育才的龟孙相可怜样儿，秋蝉怎么来到这个家，怎么贤惠，怎么勤俭，根本不多嫌这个倒霉的家庭，一下子把听他演说的男女感动了，一齐骂王育才忘恩负义不是个东西。王子杰老汉得到众人的呼应，更加来劲地斥责儿子的背叛行为，骂儿子是无情无义没有人性的畜生，是豺狼是混蛋是陈世美是杂种。人们纷纷议论，像王育才那样的儿子如今并不少见而像王子杰这样知情仗义的老子倒是少有的。消息从桑树镇反馈回龟渡王，子杰老汉的威望空前高涨。

王益民听到这一切时很平静。他是教育主任经常读书看报，一知半解当今社会潮流总的趋向是有利于王育才追求"真正的符合道德的婚姻"的，然而乡村人依然敬佩王子杰这种重情义的侠贤心肠。他无法确定自己站在哪一边去反对另一边，只觉得自己已无能为力只好任其自然发展。

王子杰老汉时常来找他，不断把这桩离婚案的进展情况汇报给他。"法官判了不准离。"王子杰得胜似的告诉他，"看那狗日的还要咋样？"过了半年，王子杰又神色紧张地说："益民，那狗日的又告到法院了。"随之又大惑不解地问："头回告了判下不准离就完了嘛，怎么还容得再告？没完没了了？"他显然不懂得关于离婚法律的特殊规定。过了半年老汉又得意地说："再告也是白告，赵法官还是判下个不准离婚。狗日的爱告尽管告，赵法官是个好法官，再告一百次也是白告。"这场离婚官司便旷日持久旷年持久地拖延下来，以至王子杰老汉自己也磨得发不起火来。对王益民报告案件进展时的口吻也像说别人的闲话一样："又告了……爱告告去！"

王益民甚至同情起王育才来。当离婚事件发生时他同情秋蝉是自然的事。现在他依然同情秋蝉也同情王育才。秋蝉虽然得到阿公阿婆的诚心相待全力袒护，毕竟代替不了丈夫。育才和吕红虽然感情呼应仍然摆脱不了偷偷摸摸的被动局面，理想的"符合道德的婚姻"好梦难圆。王益民的同情心产生不久，又被突如其来的一件事冲淡了，这就是吕红丈夫的来访。

吕红的丈夫是个工人，他给王益民第一眼的印象正与他的职业完全吻合。他很率直，衣服穿着很随便，上衣是一件新潮夹克，肩上和臂上以及胸部附加了许多带儿和扣儿，衬衣的领子在脖子里窝叠着；人长得粗壮，一颗硕大的头。他开宗明义说："我来找你是听说你既与王育才交好也认识吕红，希望你劝一劝王育才也劝一劝吕红。"他声明他之所以不愿意离婚并不是离了吕红就再找不到媳妇，完全是咽不下这口气，王育才太欺侮人了。他警告说他的工友哥儿们早已不能忍受暴发户欺侮已不吃香的工人阶级，要砸断暴发户王育才的狗腿，要把王育才的眼珠挖出来当泡儿踩，只是因为他觉得为了一个吕红臭婊子犯不着让哥儿们受牵连吃官司。

自称已不吃香的"工人阶级"向王益民诉述了他和吕红成亲的经过。那时候他在省建筑三公司当工人，有三个和他同时进厂的女工追求他，只是因为全是外省籍而遭到父亲反对。父母坚决要给他找一个本乡本土的媳妇，最不行也得是个陕西人，于是吕红大得父母的欢心。他也承认他父母喜欢吕红，见了一面就喜欢上了。他不知道吕红曾经与王育才有过恋爱史，后来知道了也宽容了她。问题在于已经有了一女一男两个孩子了，吕红仍然旧情萌发，把他闪到半路地里真是哭笑两难。他让王益民给王育才捎话过去：暴发户王育才欺侮已不吃香的工人阶级是没有好下场的。

王益民又为王育才深深地担心了。他整日提心吊胆，似乎随时都可能飞来一个王育才被打残的噩讯。他想提醒他警告他又见不着王育才。他又一次找到古都饭店二楼十九号，房子早已换主儿，再也打听不到王育才的下落了。他仍然忧心忡忡。

吕红的父亲接着来访。这位已退位的吕家村的老支书本该休养生息，安度晚年，却被女儿的婚变搅得焦头烂额。他一面痛斥女儿不检点的行为，一面又对自己过去在女儿婚事上的自作主张后悔不及。他说他完全是为了女儿吕红好而想不到弄了窝囊事。他说在当时的情况下，眼瞅着女儿与一个保长儿子结婚，不仅他做村支书的父亲通不过，亲戚朋友也没一个通得过。怎么也想不到而今世事会变成这样。老支书恳切地说："益民呀！你和叔认识也不是一天两天了，你就好心好意劝一下育才，甭瞎折腾了。都四十的人了，还能再活四十呀！四十岁的人为儿女活着，甭伤了儿女，俩人都有儿有女，折腾不起呀！只要他一收心，我收拾红红也好办了。人到事中迷，须得朋友点明要害……你权当为叔除去心病，好生劝一劝育才。"

王益民被感动了，他送走老支书，心情愈加沉重。我的天爷呀！育才要追求理想的"符合道德的婚姻"的背后，联结着多少人的焦虑忧愁的痛苦。只剩下吕红没有来找他了，所有与这桩离婚案有牵连的人都一次或多次找过他了。王子杰老汉不必说。王育才的母亲不必说。秋蝉自然也不必说。秋蝉的娘家父母找他使他十分难堪地无言以对。吕红的丈夫和吕红的父亲现在也都找过他了。两个家庭的几十个成员都被搅得吃饭不香睡觉不酣。他们都知道他和王育才是朋友，是可以解除他们苦恼的人。然而王益民却毫无办法，他根本说服不了王育才。

吕红最终也来找王益民了。这位女性的到来，才真正摇撼了王益民的心，使他大吃一惊大睁双眼惊骇不已……

六

又一个灵魂在王益民面前痛苦地颤抖。

当吕红走进龟渡王学校的大门的时候，那些认识她的老师和不认识她的新教师全都像看珍禽异兽一样瞪起了好奇的眼睛。她在龟渡王学校任教时和王育才的恋爱产生过轰动本校的效应。她停薪留职跟上王育才到某公司去挣大钱在全乡教职员中产生了轰动效应。她和王育才在某公司旧情复发的桃色事件的轰动效应扩及全县的教职工。她和王育才偷偷在教育主任王益民的房子做爱的事更使龟渡王的新老职员无人不晓。她现在敢于硬着头皮再次走进龟渡王学校的校园其实已谈不上勇气，王益民第一眼就发现这位女教师的神经有点不大正常。

吕红显然已不是当年在龟渡王学校任教时的吕红了。姑娘的特有的红色从脸上褪失净尽，脸色呈一种非自然的白色，那是过多施用脂粉的结果。无论什么现代化妆品都无法挽回已失去的青春。王益民首先感到的不是这些浅显的变化而是吕红的眼睛。吕红的眼睛里是绝望和恐惧，恰如一个人得知了自己的生死簿上的秘密。吕红一坐下就说："王老师，我是实在无路可走了才来求你，现在只有你能救我了……"

王益民搞不清何以这样，就问："怎么回事？吕红，你慢慢说。"他顺手闭了门。

"你的朋友王育才……是个野兽！"吕红咬着牙说，"是个吃人不吐骨头的豺狼！"

王益民惊奇地问："你怎么也骂他？"

"他把我害得好苦！"吕红说，"我一直觉察不出他对我设着圈套……"

王益民更迷惑不解："他怎么会对你设圈套？"

吕红这才告诉他，王育才和她私下里已说好约定：他和秋蝉离婚，她和丈夫离婚。现在，自己已和建筑工人的丈夫离了婚，王育才却突然从桑树镇民事法庭抽回了起诉，不离了……

王益民愈加迷惑："那为啥？"

"报复！报复报复报复！"吕红癫狂了似的喊，"他要报复我！恶毒的报复！"

"他怎么会报复你？"王益民问，"他和秋蝉的离婚案闹了四五年了，怎么会报复你？"

"全是假的！"吕红说，"他一次一次上诉，又一次一次托人暗里给赵法官塞钱，不要判决离婚。他一直把这场假戏演到我离婚才……"

"啊呀！我的天……"王益民半信半疑。

吕红哭了："我怎么办？我已离婚了。他在耍我。他记着旧仇。他说他才出了一口气。他说君子报仇十年不晚。他说我当初欺侮了他，我丈夫也欺侮了他，我父亲欺侮了他，全都是欺侮了他有个政治黑疤……现在全都报复了！"

"我信不下！"王益民说，"我信不下去！王育才真会这样歹毒？你们恋爱失败时，他亲口给我说'并不怪责'你吕红嘛！"

吕红苦笑着摇摇头："王老师，我唯一求你一件事，你去找找王育才，说我死了。他如果还记得我对他全是一片真心，如果还能原谅我当初的动摇，权当说的'势利眼'也行，我只有一丝希望了……"

王益民突然涌起一股强大的责任感，大声肯定说："吕红你千万别急，绝对不能走绝路，也千万不敢急出毛病来。我明天就去找王育才，你一定等我见了他以后咱们再面谈……"

王益民虽然热诚有余，心中却不免打鼓，如果真如吕红所述，他能扭转王育才吗？他已经比较切实地想另一条路，设法使吕红与那个建筑工人复婚。他说："万一不行，我去找你丈夫，争取和解……"

吕红冷笑一声："那样的路我还能走吗？那比死艰难十倍！"

未等第二天王益民去找王育才，王育才当晚打电话找王益民来了。

王益民一接上电话就迫不及待:"育才育才你说你现在在哪里?我有话要找你说。"

王育才却冷静地说:"我们永远不会再见面了我的好朋友。你不要再问我的住址,我们抓紧时间说几句话。"

王益民有点激动,一时找不到说话的头绪。

王育才问:"吕红是不是找你了?"

王益民答:"是的是的。到底怎么回事?"

王育才说:"吕红说给你的事是真的。我已经抽回了离婚诉状,但并不是说我要回龟渡王了。请你告诉父母和秋蝉以及孩子,请他们忘掉我,权当这世界上压根儿就没有过我。"

王益民急了:"这到底为什么?"

王育才说:"不要问'为什么'。我只告诉你,吕红已经离婚了,这是我的圈套。我要报复。我已经报复了。我和吕红恋爱失败时就等着这一天。这一天终于等到了。我当时太痛苦了,她和她父亲完全想不到被扔掉的女婿会是怎样的痛苦,我现在叫他们亲自感受一下。她的那个丈夫当时比我优越的唯一一条是家庭出身好,而吕红选择了他却舍弃了我。让他现在尝一尝此中滋味,也就理解当初我的苦处了……"

王益民实在忍不住了:"你是个毒虫!王育才——你是个歹毒的家伙!"

王育才说:"我曾经是个羞怯的青年……"

王益民说:"假的!你的羞怯是假装的!你的骨子里是歹毒残忍惨无人道!"

王育才却依然冷静:"朋友你说错了。我的羞怯是真实的。我的太多羞怯使我苦恼。我现在又因为那种羞怯丧失殆尽而惋惜。"

王益民骂："你害了多少人……"

王育才说："首先是这些人先伤害了我。"

王益民回转了口吻："育才，我们甭辩嘴了。我需要冷静，你更需要冷静，你无论如何告诉我你的住址，咱们见上一面，想想挽回残局的办法，一切还不是完全无望的。"

王育才说："不必了，我明天就要走了。"

王益民又急了："你到哪里去？我敢说世界上没有容你的地方！你的良心也宽容不得……"

王育才说："我要找一个恰恰能容我的地方。我已经不想再挣钱了。顺便告诉你，我所在的这个公司纯粹是个不摊本只赚钱或者说是光骗钱的公司。我对骗钱也觉得腻了。"

王益民："你到底要干什么？"

王育才："我要找一个能使我恢复羞怯的地方去。你想想，还不明白吗？"

王益民一时转不过弯："我想不来！你干脆回学校来吧？"

王育才轻轻叹口气："我已经不可能再回到讲台上去训导别人子弟了，那地方太神圣，我不配。我正在钻营的这种公司也不干了，越干我越无耻。我又不想自杀，我想在我恢复了人应有的那一点羞怯之后，再论死生之事吧！"

王益民沉默了。

失重

一

吴玉山老汉悄没声儿地哭了。

老汉蹲在院子围墙西角的猪圈门口的碌碡上,双手撑着花白头发的脑袋,泪水吧嗒吧嗒滴落到裤裆下面的青面碌碡上。

玉山老汉今日才瞅住了痛哭流泪的一个好机会。老伴到她妹子家去了,儿子和媳妇也出门去了,他可以舒心地哭一场,让多日来聚积在咽喉下面的苦水畅活地流泻出来了。想到矮矮的围墙两边的东邻和西邻,他控制住自己,不能号出声来,免得他们幸灾乐祸。

老汉太痛苦了,满眼汹涌而出的泪水和同样绵绵不断流出的鼻涕以及嘴角淌出的黏液搅和在一起,擦不干,抹不净,把一张皱纹巴巴的脸弄得十分肮脏,黏液从下巴颏上滴下来,滴在胸襟的棉袄上,也弄得湿乎乎一片,他已经无心顾及了。

两头即将出槽的大白猪,扭着笨重的身子,在圈里蹒跚,不时仰起头来，瞅着它们的主人，鼻腔里发出哼哼的响声。笨猪也通人性，他把它们从一尺长的毛崽养成这样两个庞然大物，有了感情了。可它们毕竟不能人言呀！

他老伴的妹妹的丈夫，他的"挑担"，被公安局逮了！

手铐！一双蓝铮铮的钢铁家伙，套在挑担的手腕上，寒光凛冽！挑担那一双又细又嫩的手腕，怎能招架得住那钢铁家伙的箍匝呢？听说那钢铁里头带有锯刺一般的钢刺铁牙，戴的人稍一拧扭，那锯刺就紧紧地往肉里扣呀！

玉山老汉抬起泪花模糊的老眼，就瞅见高高地耸立在小院里的二层阁楼。那被涂饰成天蓝色的门窗、天蓝色的钢棍围栏，也都嘲笑似的瞅着他。这座高高地耸立在两边低矮的庄稼院房屋之上的新式建筑，使邻人羡妒，使他自矜，多漂亮的楼房！现在对他嘲弄地瞪起眼睛了。

他突然心里一横，产生了一个十分恶毒的心计，他盼这阁楼突然坍塌，把他压死，他就再也不会痛苦了！

二

"挑担"姓郑，小名碎狗，官名建国，小河下沿郑寺村人。他和他先后娶走了小河北岸张家堡张老五的大姑娘和二姑娘，成了一副挑担。

姊妹俩只差一岁，个头长得相差无几，模样都俊，胖瘦几乎无差，乍看像一对双生。细看呢？妹妹比姐姐更水色一些。比较起来，吴玉山却更喜欢他娶的老大。他有种感觉，一种不易说清楚的感觉，居家过日子，老大更有心计些，也就更可靠一些。二姑娘的水色虽然浓一层，似乎性子太强，不好抚弄。

许是姊妹俩年龄相近，模样不分彼此，于是就形成谁也不服谁的局面。大姑娘能纺一把细线，织一手好布，二姑娘织出的花布和纺下的细线绝不比姐姐差一分成色。姊妹俩争强好胜，互不服气，少了一般姊妹之间大让小、小敬大的情分。这种微妙的关系，随着姊妹俩一前一后的出嫁，就延伸到吴玉山和郑碎狗两个男人和两个家庭的关系之间来了。

吴玉山家道小康，吃穿不愁；郑碎狗家亦属小康人家。谁料婚后一年，碎狗的二弟被抓壮丁，卖地交款，避了灾难，却没了水地。祸不单行，母亲猝然而殁，一个小康家庭急骤衰败为日愁三餐的穷汉。老父亲无力挽救，把兄弟三人分开，自奔前程，免得再遭壮丁之苦。

除了一身重债，郑碎狗再没分得什么有价值的家产，他在西安一家鞋铺当学徒，学习抹褙子的手艺，只管饱肚子，没有收入。二姑娘常常在揭不开锅时，夹着小口袋来找姐姐。大姑娘同情妹妹，一升米，三升面，常有周济。时日一长，也就有点厌烦，在把米面装入妹妹张开的口袋时，忍不住数落："日子泛长了，叫人把你周济到啥时候去？"妹妹一听，倒提起口袋，把装进去的米又倒出来，甩手走掉了，从此，再也没登过姐姐家的门槛。

吴玉山说："看看看，这下把妹子和妹夫得罪下了，既然周济人，就甭说难听话，还能落下个人情。"

妻子却不后悔："在娘家时，连一声姐也没叫过我，好逞能哩！这会儿认得我这个当姐的了！吃了人家的米面，还不领情，倒是我该向她低三下四去赔情？"

姊妹俩就这样绝了情。

吴玉山心里其实倒高兴，再不担心有人来要米讨面了。她是她的亲妹子，如果自己出面干预，妻子肯定不高兴，而妻子自己出面阻断了那个关系，倒好。实在说，挑担那一家，真是个填不满的穷坑……

星斗移转，世事大变。没过两年，全国解放。郑碎狗从小小的学徒一下子翻身立起，成了公家干部，穿一身四个兜的蓝布服装，年节时出现在老丈人家门楼里，和吴玉山面对面称兄道弟的时候，吴玉山一下子觉得自己脸上无光，矮了半截。老丈人再不"碎狗长""碎狗短"地奚落了，也不叫"老二"了，出前撵后叫着"建国"的名字。吴玉山很快明白，郑碎狗已经取下一个官名叫郑建国。

郑建国春风得意，满口泄出一串串新名词，叫老丈人和老农民吴玉山似懂非懂。他说新成立的市政府，已经调他当干部了。

二姑娘自然更是扬眉吐气，说话也嗲声嗲气，手也总是塞在裤兜里不往出拿，话中不断地冒出一些乡村女人难以理解的新名词，令老母亲和姐姐吃惊。自然，最尴尬的还是大姑娘，妹妹似乎早憋足了心劲，就等着这一天图得报复，那眼角总是不屑地瞟着姐姐，叫姐姐越看越不自在。

傍晚分手时，矛盾终于公开化了。二姑娘从裤兜里怏怏地摸出一沓票子，当着父母的面搁到桌子上，对姐姐和姐夫说："前两年受苦时，吃过姐家二斗三升面、八升小米，我都记着，现时，折价一次还清，我也去了心里的疙瘩。"

吴玉山愣住了，连连摆手，烧臊得脸孔赤红，像挨了一记耳光："这算说的哪儿的话……"

妻子煞白着脸，早已不能忍受，抓起票子，一把甩出去，满屋都是飞舞着的人民币。"你男人当官了，你当官太太了，俺不眼红！甭在我跟前摆阔耍烧包！我那二斗三升白面、八升小米，权当喂了狗咧！喂给了一条喂不熟的狗……"

姊妹俩当面骂了起来。

从此，姊妹俩绝了往来。遇人说起家道，吴玉山和妻子，谁也不要提起这个挑担和妹妹，他只是零零星星听说过，挑担在解放后的十几年里，官儿从小到大，不停地往上升，至于升成几品，他也搞不清。他本来就对城里政府的官职称谓模模糊糊，分不清高低。他和妻子已经有了两儿一女，虽然不易，却还保持着一个小康的状态。他人极忠厚平和，有一个中农成分，也不能在村子里当什么干部。他凭了勤谨和忠厚，人缘也好；无论谁在吴村当干部，他都是最可靠的社员，从不使奸捣蛋，人叫他"老好玉山"，他欣然领受，不管属褒属贬。一些技术性极严格的活路，譬如撒种，譬如培植稻秧，非他莫属。另有一些脏活累活，干部指派不动气壮声硬的贫下中农，往往就指派吴玉山去干。他不拨不挑，干了，干了也就挣下了大工分。无论技术性很强的农活或人人讨厌的脏活，都是生产队的高工分，别人也说不出意见，他的日子倒是混得严严窝窝。这样，两口子憋着气儿，从来也不去求妹妹和妹夫救助什么。

物换星移，江河改道，世事变迁——什么事都不会一成不变。

吴玉山被敲门声惊醒，再一听，确实有人敲门，一动脚，先蹭醒了睡在火炕另一头的老伴。老两口穿戴齐备，先后下炕，为了防备不测，玉山顺手捞起一根木棍，走出里屋，轻步走到街门口，由老伴先发问："谁呀？"

门外传进一声陌生而又颤惊的声音："是我，姐。"

"你是谁？"吴玉山摸不着头脑。

"我是建国。姐夫——"

老伴"哗啦"一声拉开门闩。

老两口拥着妹夫走过院子,进入里屋。电灯光亮里,才真正使吴玉山夫妇吃惊了,不由得同声惊叹出一声"妈呀"来。妹夫郑建国,脸上结着血痂,一条腿跛着,头发蓬乱,形容憔悴,衣服肮脏,邋遢不堪,真是三分像人七分像鬼了。

"我遭难了。"妹夫坐下来,咕咕咕喝下一碗水,才说了话,"我今黑要是逃不出来他们就把我打死了!"

无须再细问什么,老两口就知晓了七八成,乡城里外都在闹造反,妹夫在省城当官,大半也是逃不脱,老伴已洗手和面,他给妹夫打洗脸水。

妹夫在他家后院储存柴火的小房里藏下来。

他不无担心,完全深谙此种行为的可怕后果,但不能把妹夫撵出去送给那些要收拾他的人。老伴似乎已不计前嫌,尽其所有,用细面给他调养摧残得令人伤心的身子。担心是难免的,而当那些胳膊上戴着红袖章的人乘车追寻到吴玉山的门楼下来的时候,他却表现出一种异乎寻常的勇气。

"郑建国,我的挑担?不错,有这个阔亲戚。"吴玉山气呼呼地说着,骂了起来,"他当官为宦的时光,从来也没踏过我的门槛!我至今也不知人家腰有多粗,官有多大咯!人家看不上咱穷亲戚,咱也不想沾他的光。他这回成了反革命,与我何干?我是有光不沾,有害不受!你们到村里打听一下,看俺村谁见过俺一家和郑建国家有一回亲戚往来?"

郑建国从柴火堆下的红苕窖里爬出来,躲过了这一劫。他住下来了,随之又被姐夫和姐姐转移到他们的大女儿家。

灾难把相违近二十年的姊妹和挑担的关系恢复了，真是患难见得姊妹情。

三

似乎是对妹夫经受的灾难的补偿，起初官复原位，后来又升了，当着什么局长。

郑建国一出马上任，就把吴玉山的小儿子招为国家正式工人，后来在工厂恋下一个媳妇，小两口在居民楼上有一个虽不宽敞却也安乐的小窝，避免了两个儿子分家争论家产的矛盾，令村人羡妒莫及。

两年分田自耕自收，吴玉山真是如鱼得水，囤里攒下成吨小麦，折子上㩐下一笔小小的存款。庄稼人生活中有三件大事：娶媳妇盖房置田地，解放后只余下前两件了。吴玉山是个地道庄稼人，日夜思谋的大事，也不会超脱。不过土地虽分给他耕种，却规定不许买卖；女嫁了，大儿子也娶过媳妇了，唯一的心愿，就是在闲置多年的小院里撑起三间瓦房来。在盖置新屋的问题上，儿子和他没有异议，甚至显得比他更迫不及待。只是在房子的形式上意见不一，他要盖木料瓦屋，可以搭木板楼，楼上可以扎粮囤，放置杂物，实用一些。儿子却坚持要盖楼板平房，干净，漂亮，能堵死老鼠。父亲很和悦地同意了儿子的意见，因为房子毕竟是为儿子盖的呀。

儿子在西安一家工厂做合同工，吴玉山亲自张罗建筑材料。他找到邻村一家三户联营的水泥预制品厂子，三十来岁的厂长接见了他。

"楼板多少钱一块？"

"得看你用多大尺寸的。"

吴玉山掐一掐自家的地基，厂长替他换算成公制米尺的尺码，正适宜用长度三米三的楼板。

"三米三的楼板，啥价？"

"三十块。"

吴玉山倒吸一口气，窝在肚里，好贵的价钱！他掏出烟锅，点着火，开始盘算，一间用十二块，每块宽一尺八，只有两丈一尺六寸的深度，扎两个小铺，太窄了。用十五块楼板，房子有两丈七尺的宅深，刚好可以扎开两个宽敞的小间。十五块楼板一间，三间需得四十五块，需得一千三百五十块人民币，这账好算。

"这价还能'活动'不能？"吴玉山问。

"能嘛！怎么不能！"三十来岁的厂长仰着头，斜支着一条腿，掂着烟卷，大大咧咧地说，"谁把世事治死了？"

"咋样'活动'呢？"吴玉山探问。

"没个一定哇！"厂长掸掸烟灰，"三十块卖哩！二十块也卖哩！十块八块还卖哩！有时候一分不要白送人哩……"

吴玉山瞪起眼，警惕地瞅着这位中年农民，他一身不土不洋的装束，头发比城里人留得还长，说话二里二气，是不是在耍笑他老汉？是不是料就他掏不出买楼板的票子？他心里十分反感这位农民，厂子也不知办得咋样，不过能赚几个钱吧，看你神气得不知该咋样说话了！

"真的！"厂长大约看出他的疑惑，肯定地说，"你老汉要是能给我买来一吨平价钢材，我给你一块按二十块钱算账；你能买来两吨，我给你一块只算十块钱；你能买来三吨，我白送你四十五块楼板；你能再多买来，我给你找钱。咋样？你老汉这回不嫌贵了吧？也不必问我咋样'活动'价了！"

吴玉山还是不大明白这当中的秘密，低着头，抽闷烟，思谋这桩交易之间的关系。

"道理很简单，老汉。"厂长说，"平价钢材八百多块一吨，议价钢材一千二，黑市钢材一千七。我买不到平价货，连议价货也弄不到，按黑市货价折算，一块楼板就是三十块了。你能给我寻下一吨平价货，我就省下一半本钱。你能给我寻下三吨平价货，我权当是议价货，也节约一千多块成本，把你四十五块楼板的代价就折合进去了，所以我白送你。这下明白了吧？"

"噢！噢噢噢。"吴玉山明白过来，豁然开朗，怪道他敢白送给人楼板哩！

"你想想，老叔，看看你有哪个亲戚在政府，在工厂，或者有门道儿，能弄来平价货，议价也行哩！"厂长说，"我是不会亏你的。"

倒是厂长提醒了他，他想到了挑担。他又不便一时说破，显得迫不及待，而且还没把握性儿哩！他故意装出无可奈何的神气说："这么好的事……只可惜……咱粗笨庄稼人出门去，两眼乌黑，能认识哪位……卖钢材的公家人哩？"

"那你就掏三十块钱的价吧！"厂长说。

吴玉山站起，拍拍屁股上的尘土，慢吞吞走了。

回到家，吴玉山把这件事和老伴说了，老伴立即怂恿他去找她的亲妹夫。儿子恰好也回来了，同意母亲的意见，必须由父亲亲自出马。由儿子去找姨父，显得不够郑重，晚辈人嘛！女人去可能说不清楚，贻误大事。

第二天，吴玉山搭车进西安去了。

真是难以想象，郑建国和妻妹表现出动人的热诚，简直使他受不了了。他听着他们争相说着热诚关照他的热言炙语；争相给他递烟沏茶；软椅子已经够软和了，两口子还是把他拉到沙发上坐下来，更软；一连端到桌子上七八盘菜，还炒；三瓶酒打开了，还在柜子里往出取……

三吨钢材，区区小事，挑担把一张亲笔写的字条交给他，妻妹又给他的背兜里塞满了糕点、糖果、苹果和鸭梨，真是亲得不能再亲了。

他把那张字条递给厂长。

吴玉山看见，这位腰里像固定着一根钢棍的厂长弯下腰来了，那双喜欢望着天空的眼睛对着他嘻嘻地笑，而且轻声细语地开了口，肯定地说："老叔哎！你要是再能搞到三四吨平价货，我给你白送两层楼房的楼板。"

吴玉山摇摇头，弄两层？经济力量不行哟！

"两层楼板省多少？两千多！你只要买砖和窗门就行了。"厂长给他谋划，很诚恳，"一层平房，夏天热得撑不住哇！而今都时兴盖两层，够多气派！"

到挑担家走了一趟，拿了一张字条，就换下三间平房的楼板，一分不花。他无论如何弄不清这里头究竟使着什么神窍，而突然得到的好处却使他高兴，也使他有点不安。他的心里确实有点不踏实，因为这价值一千三百多块钱的楼板得来太容易了、太轻松了，这使一生习惯于以沉重的劳作和廉价的汗水换取极少报酬的老庄稼汉心里失去踏实感了。想想吧！他正月里逮两头猪崽，整整侍喂一年，长得好长到二百五六十斤，卖下二百元，已经高兴得什么似的，村人邻居都说他是"猪命"哩！现在，他乘公共车只花得一块多钱车费，就赚下三间平房的楼板的价值，这样赚钱发财，自然快得叫人不敢再往下想了！拾钱也得弯弯腰哩！

儿子似乎没有这种多余的复杂的负担，一听完父亲的叙说，毫不迟疑，提出要盖两层阁楼，和水泥预制品厂厂长不谋而合。儿子在外面做合同工，经见比父亲要多要广，他说外头（指城里）的人现在都是想着方儿挣钱、抓钱，说挣大钱的人其实并不出大力，而出大力的人其实只能挣小钱，言语之间，连父亲那种笨拙的挣钱办法——譬如养猪——也不无嘲笑的意味了。

吴玉山又进了一次城，找了一回建国，讨回一张字条……三间两层楼房的九十块楼板全有了。

隔了几天，天擦黑时，一辆半新的吉普车开到吴村来，停在吴玉山家门口，走下水泥预制品厂厂长，硬把吴玉山拉上车，一直开到城里去，一定要吴玉山给他引见郑局长。

其时，夜已黑定，家属住宅楼上一片灯火，泄出电视机和录音机杂混的音乐。厂长和另一位青年，把一台大彩电抬进建国的住房了，吴玉山引着路。

此后，水泥预制品厂厂长就直接和郑建国来往了，再没拉扯吴玉山去当媒介。他的儿子也辞了合同工，给水泥预制品厂当采购员了，和那个厂长十分亲密……

老汉似乎预感到，事情要坏，就坏在那里头。

四

吴玉山默默地淌了半天眼泪，心里松泛了，头却有点隐隐作痛，四肢软倦，心力和体力都十分疲惫，打不起精神。往昔里，薄雾迷蒙的早春清晨，他背一只破旧的竹条笼，走出村子，走过木板小桥，走进熙熙攘攘的桑树镇的猪羊市场的时候，心劲多高涨啊！为了逮到一头称心的仔猪而又能少出一块价钱，他耐心十足地和卖主磨牙。当他背着小猪崽又精神抖擞地走回自己门楼，把捆禁得麻木的小猪放进土圈的时候，一个伟大而鲜活的希望就在心里跃动了！艰难的生活反倒使他顽强地去争取，而过分轻易地摘取反倒使他失掉了那种生活的信心。他想过，如果凭他喂猪挣钱，到死也甭想撑起这样体面的楼房。现在，自家的两层楼房竖立在小院里，十分显眼，异常醒目，唯其他来得太容易、太轻易，使他没有经受这个果实奋斗过程中的艰苦，现在也就失掉了得到这个果实时的快乐，使人心里缺那么一点什么说不清的东西。

现在，当他意识到这种果实是以挑担郑建国手腕上那个冷冰冰的钢铁手铐换来的时候，吴玉山简直羞愧得无地自容了，无脸仰头欣赏那楼房漂亮的外观了，甚至失去对猪们的热情了。

掩闭着的街门嘎吱一响，老伴走进来了。

吴玉山噌地站起，观察老伴的脸色，灰塌塌的，准没好结果。她昨日就去城里妹妹家了，给那个被逮走了男人的妹妹劝慰和宽解，帮助料理家务，一个富裕安乐的家庭，完全乱套了。

"建国而今咋样？"他迫不及待追进屋里。

"还坐闷庭子哩！还没……定下啥……"老伴说，"可怜死了！全是给旁人帮忙，卖给了钢材木材，这下倒把自己的手压死了！"

吴玉山闷住头，不问了，他担心，挑担的麻达不会轻松卸掉。虽说有些人是翻脸不认人的角色，可水泥预制品厂厂长给他家抬的那台大彩电，却是他亲眼经见。傻子也能估摸，凡是晚上悄悄摸到妹夫家里去的那些人，谁会空手去呢？空手能弄来钢材吗？旁人不说，自己的儿子一下子被水泥预制品厂厂长拉去，赏以重薪，当采购员，凭什么呢？

"他姨……唉……"过了半天他才吭声，他想问，他姨怎样？怕是该哭成泪人了？临了却说不出口，他觉得自己对不住建国，也对不住娃他姨，弄得人家家里七零八散，自己却住洋楼……唉！

"他姨倒是脏腑硬！"老伴说。

"噢？"吴玉山猛乍一下抬起头。

"人家他姨到底是城里人，经得多了，见得广了，遇事不乱套套儿，心里难受当然也难受，全不像咱乡下人，遇见这号事，只是没头没脑地浪哭！人家他姨心数不乱，"老伴颇带着敬佩的口气说，"该寻谁就寻谁，叫他们现时站出来说话。我去了两天，只见了她一面，整日整夜在外头跑着，半夜回来了，天明又走了。我听她说了一句半句，找'打劲人'哩……"

"噢噢噢！"吴玉山点点头，心里也佩服起娃他姨来了，这号事要是搁在自个儿身上，老伴早都吓得成了没头的苍蝇——乱扑乱飞了。娃他姨有心计，撑得住。"对对对！哭顶啥哩？哭死又能顶啥哩？倒是娃他姨有主意。"

"那女子自小就有心数……"老伴以姐姐的身份说。

"怕是这多年经见得广……"吴玉山补充说，"在人家家里出出进进的人，哪个是笨佬儿？除了我！"

院里一阵脚步声，他听出来，是儿子友年。

友年走进门，身后跟着水泥预制品厂厂长。

吴玉山急忙立起，简直有点不堪等待之苦，急于要问儿子和厂长，那场官司打得怎么样？结局如何？

五

"案子还没结。现时，全看那些做证人的态度。"儿子说，"做证人要是一口咬定说没那回事，俺姨父就没有啥啥麻达了；做证人要是不……"他不说那种可以预料的糟糕结局了。

"法庭怎样问你俩？你俩怎样应答的？"吴玉山忙问。

"他法庭甭想从俺俩嘴里掏走一个有用的字！"厂长瞪起眼，轻轻地拍一巴掌桌子，"在郑局长出事之前，公安局来人寻我，我一口就回绝了，没有！咱没给郑局长一分钱的东西！而今是这话，没有！挑断牙筋还是没有！"

人怎样说假话？怎样把假话当真话说？就像水泥预制品厂厂长这样说。吴玉山瞧着厂长嘴硬牙硬的神气，虽然他替自己的亲戚包揽祸端，而心里却有点害怕，自己的儿子和这样的人共事，似乎潜伏着某种危险，然而他此刻还顾及不到这些。

"老叔哇！我跟你见头一面，就看出你是个实在人，讲信用。"厂长说，"我在俺村活了三十多岁，俺爸只教给我俩字的活人原则：义气。不讲义气的人，那就算不得人！郑局长给咱支援了钢材，咱的厂子才发展了，这是实情，我不昧良心的。咱的厂子办起来，买不下钢材，生产停顿了，工人工资开不出去，我急得想跳井！亏得你给我介绍认识了郑局长，才起死回生了！咱而今挣了钱，不瞒你说，今年真的挣下钱了，咱心里过意不去，给郑局长送一点东西，全是报恩哩！全是心甘情愿喀！现时，郑局长受难，咱挣下那些钱，也觉得寡味哩！要是放在那些小人身上，他才不管哩!只要自个儿日子过得舒坦!唉……谁要俺爸自小就教我讲义气哩……"

吴玉山老汉连连点头,这些话正投他的脾性。他一生老好,从不和人胡说八道,讲道理,重义气,最瞧不起那些红口白牙耍赖的小人。他在认识厂长至今的一二年时间里,对这个人印象说不上坏,总觉得和自己是两路人,说好听些,他是老式庄稼人,厂长是新式庄稼人,距离甚远。现在,他发现了这个厂长和自己相通的一点——"义气",觉得一下子可以通话了,接近了。

"厂长真是一条好汉!"儿子附和说,"人家法院人单独跟俺俩谈话,说厂长的贿赂行为,腐蚀了公家干部,把一些老干部都拉下水了。他不怕,比法院的人还口气硬,'谁腐蚀谁来?公家允许农民办工厂,咱农民感激不尽政府的好政策!可只号召办厂,不给材料,咋能办好?郑局长响应党的号召,扶持农民致富,分给咱一点钢材,咱的厂子才活了!咱心里过不去,给郑局长送点点心、烧酒,这是真的!再说啥彩电啦,票子啦,我敢拿头打赌!'一下子把法院的人堵住了!"

厂长听着,很神气地吐着烟圈。

"现在的情况是这样,郑局长的案子,关键有两宗事,一宗是南郊大塔区建筑公司的麻达,一宗是城里一家街道工厂的麻达。"厂长说,"俺俩跟姨姨商量好了,城里街道工厂的麻达,由她去找人解决。大塔建筑公司的麻达,我去通融。这两个疙瘩,只要能私下'消化'掉了,郑局长就没一点事了,日后出来还是局长!万一不行,'消化'掉一个,问题就缩小到一万以内了,也就没太大的事咧!"

吴玉山此刻才醒悟了,自己完全是个废物,大笨蛋一个。大家都在积极地替挑担"消积化食",拯救受难的人,自己却只会蹲在猪圈边上流眼泪,真是透顶的没出息!他现在明白了大体局势:公家要把建国打入牢狱,而许多人正在想法把他救出来,都在紧张地秘密地斗着心眼。想到要把建国打入大牢的人,他感到害怕,他自小就对法院有一种畏惧心理;想到厂长和娃他姨这一帮要拯救建国的人,他觉得他们厉害;而想到自己,不仅觉得自己无能无用,实实在在也是摸不着头绪,寻不见眼隙。他一时难得判断出来,究竟谁能斗过谁?

"法院还要找你哩!"儿子说,"这是让我捎回来的传票。"

吴玉山心一抖,瞅着儿子手里那张印着几行字的纸页,竟不敢伸出手接。年近六十,他一生没动过诉讼之事,而今要接受法院的传票了!

"你啥也甭说。"儿子说,"只说不知道。"

"装糊涂。"厂长说,"你说你是个笨庄稼人,啥也不晓,任他问啥,都说不知道,叫他们来问我!"

六

天色微明中,吴玉山老汉背着一只破烂不堪的布兜,兜里装着两块锅盔,上路了。他接受法院的传票,要去城里一家法院了。

浓霜蒙地,一片冬天的萧瑟景象,干冷干冷,不见鸟雀。

往昔里,这个时光该是他扛上家伙去田地上工干活,今天却去打官司。

"啥也甭说,只说不知道。"

"装糊涂。任他问啥,只装糊涂!"

儿子和厂长的话在心里回旋,在耳畔轰响。

昨日黑夜，辗转反侧，简直要把火炕踢腾塌了，还是难得入眠，不管怎样痛苦，他最终还是做出了抉择：装糊涂，这是唯一的办法。吴玉山没旁的本事，装起糊涂来，真像个黏黏糊糊的啥也不懂的糊涂佬儿。

　　他走着，脚下的土石公路蒙着霜花，虽然主意已定，料也万无一失，而脚步仍然感到沉重，提不起抖擞的精神来……

1986 年 1 月于白鹿园

康家小院

一

没有女人的家,空气似乎都是静止的。

康田生三十岁上死了女人。把那个在他家小厦屋里出出进进了五年,已经和简陋破烂的庄稼院融为一体的苦命人送进黄土,康田生觉得在这个虽然穷困却无比温暖的小院里,一天也待不下去了。他抱起亲爱的亡妻留给他的两岁的独生儿子勤娃,用粗糙的手掌抹一抹儿子头顶上的毛盖头发,出了门,沿着村子后面坡岭上的小路走上去了。他走进老丈人家的院子,把勤娃塞到表嫂怀里,鼓劲打破蒙结在喉头的又硬又涩的障碍:

"权当是你的……"

勤娃大哭大闹,抡胳膊蹬腿,要从舅妈的怀里挣脱出来。他赶紧转过身,出了门,梗着脖子没有回头;再看一眼,他可能就走不了。

走出丈人家所居住的腰岭村,下了一道塄坎,他双手撑住一棵合抱粗的杏树的黑色树干，呜的一声哭了。

只哭了一声，康田生就咬住了嘴唇，猛然爆发的那一声撕心裂肺的中年男人的粗壮的声音，戛然而止。他没有哭下去，迅即离开大杏树，抹去眼眶里的泪水，使劲咳嗽两声，沿着上岭来的那条小路走下去了。

三十年的生活经历，教给他忍耐，教给他倔强，独独没有教会他哭泣。小时候，饿了时哭，父亲用耳光给他止饥。和人家娃娃玩恼了，他占了便宜，父亲抽他耳光；他吃了亏，父亲照样抽他的耳光。他不会哭了，没有哭泣这个人类男女皆存的强烈的感情动作了。即使国民党河口联保所的柳木棍打断了两根，他的裤子和皮肉粘在一起，牙齿把嘴唇咬得血流到脖子里，可眼窝里始终不渗一滴眼泪。

下河湾里康家村的西头，在大大小小高高矮矮拥挤着的庄稼院中间，夹着康田生两间破旧的小厦房，后墙高，檐墙低，陡坡似的房顶上，掺接得稀疏的瓦片，在阴雨季节常常漏水。他和他的相依为命的妻子，夜里光着身子，把勤娃从炕的这一头挪到那一头，避免潮湿……现在，妻子已经躺在南坡下的黄土里头了，勤娃送到表兄嫂家去了，残破低矮的土围墙里的小院，空气似乎都凝结了、静止了，他踏进院子的脚步声居然在后院围墙上发出嗡嗡的回音。灶是冷的，锅是冰的，擀面杖依旧架在案板上方的木橛上……妻子头上顶着自己织成的棉线布巾（防止烧锅的柴灰落到乌黑的头发里），拉着风箱，锅盖的边沿有白色的水汽冒出来。他搂着儿子，蹲在灶锅前，装满一锅旱烟。妻子从灶门里点燃一根柴枝，笑着递到他手上时，勤娃却一把夺走了，逞能地把冒着烟火的柴枝按到爸爸的烟锅上。他吸着了，生烟叶子又苦又辣的气味呛得勤娃咳嗽起来，竟然哭了，恼了。他把一口烟又喷到妻子被火光映得忽明忽暗的脸上，呛得妻子也咳嗽，流泪，逗得勤娃又笑了……一条长凳，一张方桌，靠墙放着；两条缀着补丁的粗布被子，叠摞在炕头的苇席上，一切他和妻子共同使用过的家具和什物，此刻都映现着她忧郁而温存的眼睛。

连着抽完两袋旱烟，康田生站起来，勒紧腰里的蓝布带子，把烟袋别在后腰，从墙角提起打土坯的木把儿青石夯，扛上肩膀，再把木模挂到夯把儿上，走出厦屋，锁上门，走过小院，扣上木栅栏式的院墙门上的铁丝扣子，头也不回地走出康家村了。

第二天清晨，当熹微的晨光把坡岭、河川照亮的时光，康田生已经在一个陌生的村庄旁首的土壕里，提着青石夯，砸出轻重有致、节奏明快的响声了。

三十岁，这是庄稼汉子的什么年岁啊！康田生丢剥了长衫，只穿一件汗褂，膀阔腰粗，胳膊上栗红色的肌肉闪闪发光。他抡着几十斤重的石夯，捶击着装满木模的黄土，噼里啪啦，一串响声停歇，他轻轻端起一块光洁平整的土坯，扭着犍牛一样强壮的身体，把土坯垒到一起，返回身来，给手心喷上唾液，又提起石夯，捶啊捶起来……

他要续娶。没有女人的小院里的日月，怎么往下过呢！他才三十岁。三十岁的庄稼汉子，怕什么苦吃不得吗？

十四五年过去了，康田生终于没有续上弦。

他在小河两岸和南塬北岭的所在村庄里都承揽过打土坯的活计，从这家那家农户的男主人或女当家的手里，接过一枚一枚铜圆或麻钱，又整串整串地把这些麻钱和铜圆送交给联保所的官人手里，自己也搞不清哪一回缴的是壮丁捐，哪一回又缴的是军马草料款了。

他早出晚归，仍然忙于打土坯挣钱，又迫于给联保所缴款，十四五年竟然糊里糊涂地过去了。人老虽未太老，背驼亦未驼得太厉害。而变化最大的是，勤娃已经长得和他一般高了，只是没有他那么粗，那么壮。他已经不耐烦用小碗频频到锅里去舀饭，换上一只大人常用的粗瓷大碗了。也不知什么时候学的，勤娃已经会打土坯了。

康田生瞧着和自己齐肩并头的勤娃，顿然悟觉到：应该给儿子订媳妇了呢！

二

勤娃在舅家，舅舅把他送给村里学堂的老先生。老先生一顿板子，打得他把好容易认得的那几个字全飞走了。他不上学，舅舅和舅母哄他，不行；拖他，去了又跑了；不得不动用绳索捆拿，他一得空还是逃走了。

"生就的庄稼坯子！"听完表兄表嫂的叙述，康田生叹一口气，"真难为你们了。"

勤娃开始跟父亲做庄稼活。两三亩薄沙地，本来就不够年富力强的父亲干，农忙一过，他闲下来。他学木匠，记不住房梁屋架换算的尺码。似乎不是由他选择职业，而是职业选择他，他学会打土坯，却是顺手的事。

在乡村七十二行手艺人当中，打土坯是顶粗笨的人干的了，虽不能说没有一点技术，却主要是靠卖力气。勤娃用父亲那副光滑的柿树木质的模子，打了一摞（五百数）土坯，垒了茅房和猪圈，又连着打了几摞，把自家被风雨剥蚀得残破的围墙推倒重垒了。这样，勤娃打土坯出师了。

活路多的时候，父子俩一人一把石夯，一副木模，出门做活。活路少的时候，勤娃就让父亲留在屋里歇着，自己独个儿去了。

他的土坯打得好。方圆十里，人家一听说是老土坯客的儿子，就完全信赖地把他引到土壕里去了。

这一天，勤娃在吴庄给吴三家打完一摞土坯，农历四月的太阳刚下塬坡。他半后晌吃了晚饭，接过吴三递给他的一串麻钱，装进腰里，背起石夯和木模，告辞了。刚走出大门，吴三的女人迎面走来，一脸黑风煞气："土坯摞子倒咧！"

"啊？"吴三顿时瞪起眼睛，扯住他的夯把儿，"我把钱白花了，饭给你白吃了？你甭走！"

"认自个儿倒霉去！"勤娃甩开吴三拉拉扯扯的手说。按乡间虽不成文却成习律的规矩，一摞土坯打成，只要打土坯的人走出土壕，摞子倒了，工钱也得照付。勤娃今天给吴三家打这土坯时，就发觉土泡得太软了，后来想到四月天气热，土坯硬得快，也就不介意。初听到吴三婆娘报告这个倒霉事的时光，他咂了一下嘴，觉得心里不好受。可当他一见吴三变脸睁眼不认人的时候，他也来了硬的，"土坯不是倒在我的木模上……"

吴三和他婆娘交口骂起来。围观的吴庄的男女，把他推走了。骂归骂，心里不好受归不好受，乡规民约却是无法违背的。他回家了。

"狗东西不讲理！"勤娃坐在小厦屋的木凳上，给坐在门槛上的父亲叙述今天发生的事件，"他要是跟我好说，咱给他再打一摞，不要工钱！哼！他胡说乱道，我才不吃他那一套泼赖！"

康田生听完，没有吭声，接过儿子交到他手里来的给吴三打土坯挣下的麻钱,在手里攥着,半晌,才站起身,装到那只长方形的木匣里,那是亡妻娘家陪送的梳妆盒。他没有说话,躺下睡了。

勤娃也躺下睡了。父亲似乎就是那么个人,任你说什么,他不大开口。高兴了,笑一笑;生气了,咳一声。今天他既没笑,也没叹息。他就是那样。

勤娃听到父亲的叫声,睁开眼,天黑着,豆油灯光里,父亲已经把石夯扛到肩膀上了。他慌忙爬起,穿好衣裤,就去捞自己的那一套工具,大概父亲应承下远处什么村庄里的活儿了。

"你甭拿家具了。"父亲说,"你提夯,我供土。"

说罢,父亲扛着石夯出了门,勤娃跟在后头,锁上了门板。村庄里悄悄静静,一钩弯镰似的月牙儿悬浮在西塬上空,河滩里蛙声一片。

"爸,去哪个村?"

"你甭问,跟我走。"

勤娃就不再说话。马家村过了,西堡,朱家寨……天麻明,走进吴庄村巷了。父亲仍不停步,也不回头,从吴庄的大十字拐过去,站立在吴三门口了。勤娃一愣,正要给爸爸发火,吴三从门里走出来。

"老三,还在那个土壕打土坯吗?"

吴三一愣,没好气地说:"我还打呀?"

"你只说准,还是那个土壕不是?"

"我另寻下土坯匠了。"

勤娃早已忍耐不住(这样卑微下贱),他忽地转过身,走了。刚走开几步,膀子上的衣服被急急赶上前来的爸爸揪住了。一句话没说，父子俩来到勤娃昨日打土坯的大土壕。

"提夯！"康田生给木模里装饱了土，命令说。

勤娃大声哀叹着，提起石夯，跳到打土坯的青石台板上。刚刚从夜晚沉寂中苏醒过来的乡村田野上，响起了有节奏的青石夯捶击土坯的声音。

太阳从东塬顶上冒出来，勤娃口渴难忍。往昔里，太阳冒红时光，主人就会把茶水和又酥又软的发面锅盔送到土壕来。今日算干的什么窝囊事啊！

乡村人吃早饭的时光到了，土壕外边的土路上，踽踽走过从塬坡和河川劳动归来的庄稼汉，进入树荫浓密的吴庄村里去了。爷儿俩停住手，爸爸从口袋里取出自带的干馍，啃起来。勤娃嗓子眼里又干又涩，看看已经风干的黑面馍馍，动也没动，把头拧到一边，躲避着父亲的眼光，他怕看见爸爸那一双可怜的眼光。他第一次强烈地感到了出笨力者的屈辱和下贱，憎恨甘做下贱行为的父亲了。

农历四月相当炎热的太阳，沿着塬塄的平顶，从东朝西运行，挨着西塬坡顶的时光，五百数目为一摞的土坯整整齐齐垒在昨日倒坍掉的那一堆残迹旁边。父子俩收拾工具和脱掉扔在地上的衣衫，走出土壕了。

"给老三说，把土坯苫住，当心今黑有雨。"父亲在村口给一位老汉捎话，"我看今晚有雨哩。你看西河口那一层云台……"

"走走走走走！"勤娃走出老远，粗暴地呵斥父亲，"操那么些闲心做啥？"

勤娃回到家，一进门，掼下家具，就蹲在灶锅下，点燃了麦草，湿柴呛得鼻涕眼泪交流，风箱板甩打得噼啪乱响。他又饿又渴，虚火中烧。父亲没有吭声，默默地在案板上动手和面。要是父亲开口，他准备吵！这样窝窝囊囊活人，他受不了。

"康大哥！"

一声呼叫，门里探进一颗脑袋，勤娃回头一看，却是吴三，他一扭头，理也不理，照旧拉着风箱。父亲迎上前去了。

"康大哥！实在……唉！实在是……"吴三和父亲在桌前坐下来，"我今日没在屋，到亲戚家去了。回来才听说，你又打下一摞……"

"没啥……嘿嘿嘿……"父亲显然并不为吴三溢于言表的神色所动情，淡淡地应和着，"没啥。"

"你爷儿俩饿了一天，干渴了一天！"吴三越说越激动，"我跟娃他妈一说，就赶紧来看你。我要是不来，俺吴庄人都要骂我不通人性了。"

"噢噢噢……嗬嗬……"康田生似乎也动了情，"咱庄稼人，打一摞土坯也不容易，花钱……咱挣了人的麻钱，吃了人的熟食，给人打一堆烂货，咱心里也不安宁哩！"

"不说了，不说了。"吴三转过脸，"勤娃兄弟，你也甭记恨……老哥我一时失言……"

怪得很，窝聚在心胸里一整天的那些恶气和愤怨，一下子全都消失了，勤娃瞟一眼满脸憨笑着的吴三，不好意思地笑笑，表示自己也有过失。他低头烧锅，看来吴三是个急性子的热心人，好庄稼人！他把爸爸称老哥，把自己称兄弟，安顿的啥班辈儿嘛！反正，他是把自己往低处按。

"这是两把挂面。这是工钱。"吴三的声音。

"使不得！使不得！"父亲慌忙压住吴三的手。

"你爷儿俩一天没吃没喝……"

"不怎不怎……"

勤娃再也沉默不住,从灶锅间跳起来,帮着父亲压住吴三的手:"三叔……"

第二天,吴庄一位五十多岁的乡村女人走进勤娃家的小院,脸上带着神秘的又是掩藏着的喜悦,对康田生说,吴三托她来给勤娃提亲事,要把他们的二姑娘许给勤娃。乡村女人为了证实这一点,特别强调吴三托她办事时说的原话:"吴三说,咱一不图高房大院,二不图车马田地,咱图得康家父子为人实在,不会亏待咱娃的……"

按照乡间古老而认真的订婚的方式,换帖、送礼等等繁文缛节,这门亲事终于由那位乡村女人做媒撮合成功了。康田生把装在亡妻木匣里那一堆铜圆和麻钱,用红纸捆扎整齐,交给五十多岁的媒婆,心里踏实得再不能说了——太遂人愿了啊!

婚事刚定,壮丁派到勤娃头上。

"跑!"康田生说,"我打了一辈子土坯,给老蒋纳了一辈子壮丁款,现时又轮着你了!"

勤娃拧着眉,难受而又慌恐:"我跑了,你咋办?"

"你跑我也跑!"康田生说,"哪里混不下一口饭?只要扛上木模和石夯!"

勤娃逃走了。半年后,他回来了,对村里惶惶不安的庄稼人说,解放了!连日来听到南山方向的炮声,是追打国民党军队的解放军放的。他向人们证实说,他肩上扛回来的那袋洋面,是在河边的柳林里拾的,国军失败慌忙逃跑时撂下的……

三

　　日日夜夜在心里挂牵着的日子，正月初三，给勤娃婚娶的这一天，在紧迫的准备、焦急的期待中就要来到了。明天——正月初三，寂寞荒凉了整整十八年的康田生的小庄稼院里，就要有一个穿花衫衫、留长头发的女人了。他和他的儿子勤娃，无论从田野里劳动回来，抑或是到外村给人家打土坯归来，进门就有一碗热饭吃了。这个女人每天早晨起来，用长柄竹条扫帚扫院子，扫大门外的街道，院子永远再不会有一层厚厚的落叶和荒草野蒿了，狐狸和猫豹子再也不敢猖獗地光临了（有几次，康田生出外打土坯归来，在小院里发现过它们的爪迹和拉下的带着毛发的粪便，令人心寒哪！）。肯定说，过不了几年，这个小院里会有一个留着毛盖儿或小辫的娃娃出现，这才算是个家哩！在这样温暖的家庭里，康田生死了，心里坦坦然然，啥事也不必担忧啰！

　　乡亲们好！不用请，都拥来帮忙了。在小院里栽桩搭席棚的，借桌椅板凳的，出出进进，快活地忙着。平素，他和勤娃在外的时间多，在屋的时间少，和乡亲乡党们来往接触少。人说家有梧桐招凤凰，家有光棍招棍光，此话不然。他父子一对光棍，却极少有人来串门。他爷儿俩一不会耍牌掷骰子，二不会喝酒游闲。谁到这儿来，连一口热水也难得喝上。可是，当勤娃要办喜事的时候，乡党们还是热心地赶来帮忙料理。解放了，人都变得和气了，热心了，世道变得更有人情风味了。

　　今天是正月初二，丈人家的表兄表嫂吃罢早饭就来了。他们知道妹夫一个粗大男人，又没经过这样的大喜事，肯定忙乱得寻不着头绪，甚至连勤娃迎亲的穿戴也不懂得。勤娃自幼在他们屋里长大，他们和娘老子一般样儿。他们早早赶来为自己苦命早殁的妹妹的遗子料理婚事。

康田生倒觉得自己无事可干了。他哪里也插不上手，只是忙于应付别人的问询：斧头在哪儿放着？麻绳有没有？他自己此刻也不知斧头扔到什么鬼旮旯里去了。麻绳找出来的时光，是被老鼠咬成一堆的麻丝丝。问询的人笑笑，干脆什么也不问，需要用的家具，回自家屋里拿。

康田生闲得坐不住，心里也总是稳不住。老汉走出街门，没有走村子东边的大路，而是绕过村南坡梁，悄悄来到村东山坡间的一条腰带式的条田上。那块紧紧缠绕着山坡的条田里，长眠着他的亡妻，苦命人哪！

坟堆躺在上一台条田的塄根下，太阳晒不到，有一层表面变成黑色的积雪，马鞭草、苍耳、芨芨草、蒿子，枯干的枝叶仍然保护着坟堆。丛生的枳树枝条也已长得胳膊粗了，快二十年了呀！

康田生在条田边的麦苗上坐下来，面对亡妻的坟墓，嗫嚅了半天，说："我给你说，咱勤娃明日要娶亲了……"

他想告诉亲爱的亡妻，他受了多少磨难，才把他们的勤娃养育大了。他给人家打下的土坯，能绕西安城墙垒一匝。他流下的汗水，能浇灌一分稻子地。他在兵荒马乱、疫疠蔓生的乡村，把一个两岁离母的勤娃抓养成小伙子，够多艰难！他算对得住她，现在该当放心了……

他想告诉她，没有她的日月，多么难过。他打土坯归来的路上，不觉得是独独儿一个人，她就在他身旁走着，一双忧郁温存的眼睛盯着他。夜里，他梦见她，大声惊喜地呼叫，临醒来，炕上还是他一个人……

四野悄悄静静，太阳的余晖还残留在塬坡和蓝天相接的天空，暮霭已经从南塬和北岭朝河川围聚。河川的土路上，来来往往着新年佳节时月走亲访友姗姗归来的男女。

康田生坐着，其实再没说出什么来。这个和世界上任何有文化教养的人一样，有着丰富的内心感情活动的庄稼汉子，常年四季出笨力打土坯，不善于使用舌头表达心里的感情了。

再想想，康田生有一句话非说不可："你放心，现在世事好了，解放了⋯⋯"

他想告诉她，康家村发生了许多亘古闻所未闻的吓人的事。村里来了穿灰制服的官人，而且不叫官人叫干部，叫同志，还有不结发髻散披着头发的女干部。财东康老九家的房产、田地、牲畜和粮食，分给康家庄的穷人了。用柳木棍打过他屁股的联保所那一伙子恶人，三个被五花大绑着押到台子上，收了监。他和勤娃打土坯挣钱，挣一个落一个，再不用缴给联保所了⋯⋯

他叹息着：你要是活着，现时该多好啊！

康田生发觉鼻腔有异样的酸渍渍的感觉，不堪回想了，扬起头来。

扬起头来，康田生就瞅见了站在身旁的儿子勤娃，不知他来了多久了。

"我舅妈叫我来，给我妈⋯⋯烧纸。"勤娃说，"我给我爷和我婆已经烧过了，现在来给我妈⋯⋯"

唔！真是人到事中迷！晚辈人结婚的前一天后晌，要给逝去的祖先烧纸告祷，既是告知先祖的在天之灵，又是祈求祖先神灵佑护。他居然忘记了让勤娃来给他的生母烧纸，而自个儿却悄悄到这里来了。

勤娃在墓堆前跪下了，点着了一对小小的漆蜡，插在坟堆前的虚土里；又点燃了五根紫红色的香，香烟袅袅，在野草和枳树的枯枝间缭绕；阴纸也点燃了，火光扑闪着。

勤娃做完这一切，静静地等待阴纸烧完。他并不显得明显的难受，像办普通的一件事一样，虽然认真，却不动情。康田生心里立即蹿起一股憎恶的情绪，想想又原谅自己的儿子了。他两岁离娘，根本记不得娘是什么模样，娘——就是舅母！

康田生看着闪闪的蜡烛，缭绕的香烟，阴纸蹿起的火光，心里涌动着，不管儿子动情不动情，他想大声告慰黄泉之下的亡灵：世道变了。康家的烟火不会断绝了。康田生真正活人的日子开始啰！祖先诸神，尽皆放宽心啊！

四

勤娃脸上泛着红光，处处显得拘束，因为乡村里对未婚男女间接触的严格限制，直到今天，结婚的双方连看对方一眼的机会也没有过，使人生这件本来就带着神秘色彩的喜事，愈加增添了神秘的色彩。平常寡言少语甚至显得逆愣的勤娃，农历正月初三日，似乎一下子变得随和了，连那双老是像恨着什么人的眼睛，也闪射出一缕缕羞涩而又柔和的光芒。

长辈人用手拍打他剃得干干净净的脑袋，表示亲昵地祝贺；同辈兄弟们放肆地跟他开玩笑，说出酸溜溜的粗鲁话，他都一概羞涩地笑笑，不还嘴也不介意。

舅母叫他换上礼帽，黑色细布长袍，他顺情地把借来的礼帽，戴在终年光着而只有冬季包一条帕子的头上，黑细布长袍不合身，下摆直扫到脚面。无论借来的这身衣着怎么不合身，勤娃毕竟变成一副新郎的装扮了。

按照乡村流行下来的古老的结婚礼仪，勤娃的婚事进行得十分顺利。

勤娃完全晕头昏脑了。他被舅家表哥牵着，跟着花轿和呜哇呜哇的吹鼓手，走进吴庄，到吴三家去迎亲。吴三还算本顺，没有惯常轿到家门口时的讲价还价。当勤娃再跟着伴陪的表兄起身走出吴三家门的时候，唢呐和喇叭声中忽闪忽闪行进的轿子，已经走到村口了。那轿子里，装着从今往后就要和他过日月的媳妇。

回到康家村，女人和娃娃把他和蒙着脸的新媳妇一同拥进小小的厦屋，他一把揭去媳妇脸上蒙着的红布，就被小伙子们挤到门外去了，没有看清楚，只看见一副红扑扑的圆脸膛，他的心当时忽地猛跳一下，自己已经眼花了。

媳妇娶到屋了，现时就坐在小厦房里，那里不时传出小伙子和女人们嘻嘻哈哈的笑闹。所有亲戚友人，坐过午席，提上提盒笼儿告别上路了。一切顺顺当当。只是在晚间闹新房要新娘的时候，出了一点不快的风波。

勤娃和新娘被大伙拥在院子里，小伙子们围在他俩周围，女人们挤在外围，小院里被拥挤得水泄不通。新婚三天里不论大小，不管辈分，任何人有什么怪点子瞎招数，尽都可以提出来，要新娘新郎当众表演。这些不断翻新花样，几乎带有恶作剧的招数，不文明，甚至可以说野蛮，可是，乡村里自古流传不衰，家家如此，人人皆然。老人们知道，对于两个从来未见过面的男女，闹新房有一层不便道破的意思：启发挑逗两个陌生的男女之间的情欲。

勤娃还不是了知这层道理的年龄的人。人家要他给新娘子灌酒，他做了。人家要新娘子给他点烟，他接受了。人家叫他"糊顶棚"，他迟疑了。

勤娃知道，所谓"糊顶棚"，就是在舌尖上粘一块纸，再贴到媳妇的口腔上腭里。他看过别人家耍新娘时这么玩过，临到自己，他慌了。

有人打他的戴礼帽的头。谁把礼帽一把摘掉了，光头皮上不断挨打。哄哄闹闹的吼声，把小院吵得要抬起来了。有人把纸拿来了，有人扭他的胳膊了。他把纸粘在舌尖上，只挨到媳妇的嘴唇上……总算一回事了。

一个新花样又提出来："掏雀儿"。要勤娃把一条手帕从新娘的右边袖口塞进去，从左边袖筒拉出来。他觉得，这比"糊顶棚"好办多了。他刚动手，新娘眼里闪出一缕怨恨他的眼光。勤娃愣愣地想，这有什么关系呢？于是就有人夹住新娘的两条胳膊……勤娃的两只手在新娘胸前交接手帕的时候，他触到了乳房，脸上轰地一热，同时看见新娘羞得流出眼泪了。勤娃难受了，他此刻才意识到自己太傻了。

"掏着雀儿没？"

"雀大雀小啊？"

勤娃低下头，羞愧得抬不起头来，哄闹声似乎很遥远，他听不见了。

他猛地抬起头，掼下手帕，挤出人堆去了……

忽地一下，人们"哗"的一声走散了，拥挤着朝门外走了，小伙子们骂着，打着呼哨，院子里只留下新娘，呆呆地站在那里。

"啊呀，勤娃！你真傻！"舅母怨他，"闹新房耍媳妇，都是这样！你怎的就给众人个搅不起！"

"这娃娃！愣得很！"父亲也惶惶不安，"咱小家小户，怎敢得罪这么多乡党？人家来闹房，全是要哩嘛！你就当真起来？"

"去！快去！把乡党叫回来，赔情！"舅母说，"把酒提上去请！"

"算哩。"舅舅说，"夸不过三日，笑不过三日。只要往后待乡党好，没啥！明日，勤娃把酒提上，走一走，串串门，赔个情完事……"

勤娃进了自己的新房。父亲已经在小灶房里的火炕上安息了。舅舅和舅母也安睡了。小院的街门和后门早已关严，喧闹了一天的小院此刻显得异常静寂。

媳妇坐在炕沿上，低眉颔首，脸颊上红扑扑的，散乱的两绺鬓发垂吊在耳边，新绾起的发髻上，插着一支绿色的发针，做姑娘时被头发覆盖着的脖颈白皙而细腻。勤娃早已把闹房引起的不快情绪驱逐干净了。他不像舅母和父亲那样担心失掉乡党情谊，他要保护他的媳妇不受难堪，乡党情谊能比媳妇还要紧吗？屁！

他坐在椅子上，说什么呢？他找不到一个可以和她搭讪的话茬儿，而心里却想和她说说话。久久，他问："你……冷不？"

她头没抬，只摇一摇。

"饿不饿？"

她仍然摇摇头。

他又没词儿了。他想过去和她坐在一块，搂住她的肩膀，却没有勇气。

"你怎么……刚才就躁了呢？"

她仍然没有抬头。

"我……我看他们，太不像话！"他说，"怕你难受。"

"你……傻！"她抬起头来，爱抚地挖了他一眼，"你该当和他们……磨。你傻！"

他似乎一下子醒悟了。他在村里也看过别人家闹新房的场景，好多都是软磨硬拖，并不按别人出的瞎点子做的，滑过去了。他没有招架众人哄闹的能力……直杠人啊！"你傻！"新娘这样说他，他心里却觉得怪舒服的。男人跟女人怎样好呀？他猛地把媳妇搂到怀里。

"啊哟！"媳妇低低地一声叫，压抑着的痛苦。

他放开手，媳妇的左臂吊着，一动不动。他把她的胳臂握断了吗？天啊，她是泥捏的呢，还是他打土坯练出了超凡出众的臂力？他吓坏了。

"一拉一送。"媳妇把胳膊递给他，"我这胳膊有毛病，不要紧的，安上就好。拉啊——"

胳膊又安上了。他站在一边，不敢动了。

她却在他眉心戳了一指头："你……傻瓜……"

五

农历正月里的太阳，似乎比以往千百年来所有正月里的热量都要充足，照耀着秦岭山下南塬坡根的小小的康家村的每一座院落，勤娃家的小院——康家村里最阴冷荒凉的死角，如今也和康家村大大小小的庄稼院一样，沐浴在和煦温暖的早春的阳光下了。

新婚之夜过去了，微明中，勤娃没有贪恋温适的被窝，爬起来，动手去打扫茅厕和猪圈了。笼罩在两性间的所有神秘色彩化为泡影，消逝了。昨天结婚的冗繁的仪式中，自己的拘束和迷乱，现在想起来，甚至觉得好笑了。他把茅厕铲除干净，垫下干土，又跳进猪圈，把嗷嗷叫着的黑克郎赶到一边，把粪便挖起，堆到圈角，然后再盖上干黄土，这样使粪便窝制成上等肥料，不致让粪便的气息漫散到小院里去。

做着这一切，他的心里踏实极了。站在前院里，他顿时意识到：过去，父亲主宰着这间小院，而今天呢？他是这座庄稼院的当然支柱了。不能事事让父亲操持，而应该让父亲吃一碗省心饭啰！他的媳妇，舅母给起下一个新的名字叫玉贤，夫勤妻贤，组成一个和睦美满的农家。他要把屋外屋内一切繁重的劳动挑起来，让玉贤做缝补浆洗和锅碗瓢勺间的家事。他要把这个小院的日子过好，让他的玉贤活得舒心，让他的老父亲安度晚年，为老人和为妻子，他不怕出力吃苦，庄稼人凭啥过日月？一个字：勤！

他扛着铁锨，站在猪圈旁边，欣赏着那头体壮毛光的黑克郎，心里正在盘算，今日去丈人家回门，明天就该给小麦追施土粪了，把积攒下的粪土送到地里，该当解冻了，也是他扛上石夯打土坯的最好的时月了。

他回到院里，玉贤正在捉着稻黍笤帚扫院子，花袄，绿裤，头顶一块印花蓝帕子。他的心里好舒服啊，呆呆地看着这个已经并不陌生的女人扫地的优美动作。怪得很啊！她一进这小院，小院变得如此地温暖和生机勃勃。

"勤娃！"

听见父亲叫他，勤娃走进父亲住的屋子，舅舅和舅母都坐在当面，他问候过后，就等待他们有什么指教的话。

"勤娃，"父亲掭着烟袋，说，"你给人家娃说，早晨……甭来给我……倒尿盆……"

勤娃笑了。

"这是应该的。"舅母说,"你爸……"

"咱不讲究。咱穷家小院,讲究啥哩!"父亲说,"我自个儿倒了,倒畅快。我又不是瘫子……"

勤娃仍然笑笑,能说什么呢,爸是太好了。

太阳冒红了,他和玉贤相跟着,提着礼物,到丈人吴三家去回门。

走出康家村,田野里的麦苗渐渐变了色,温暖的阳光照耀着坡岭、河川,阴坡里成片成片的积雪只留下点点残迹,柳条上的叶苞日渐肥大了。

"玉贤——"

"哎——"

"给你……说句话……"

"你说呀!"

"咱爸说……"

"说啥呀?"她有点急,老公公对她到来的第一天有什么不好的印象吗?

"咱爸说……"

"说啥呀?你好难场!"

"咱爸说,你往后……甭给他……倒尿盆!"

"噢呀!"玉贤释然嘘出一口气,笑了,"怎哩?"

"不怎。"勤娃说,"他说他自个儿倒。"

"俺娘给俺叮嘱再三,要侍奉老人,早晨倒盆子,三顿饭端到老人手上,要双手递。要扫院扫屋,要……"玉贤说,"俺妈家法可严哩!"

193

"俺爸受苦一辈子,没受过人服侍。"勤娃说,"他倒不习惯别人服侍他。"

"咱爸好。"玉贤说。

两人朝前走着,可以看见吴庄村里高大的树木的光秃秃的枝梢了。

六

平静的和谐的生活开始了。院子里的榆树枝上,绣织着一串串翡翠般的榆钱,一只花喜鹊在枝间叫着。玉贤坐在东院根西斜的阳光里,纳着鞋底。后门关着,前门闭着,公公和丈夫,一人一把石夯,天不明就到什么村里打土坯去了,晚上才回来。她一个人在小院里,静得只能听见麻绳拉过布鞋鞋底的"哧哧"声。有点寂寞,她想和人说说闲话;不好,过门没几天的新媳妇,走东家串西家,那是会引起非议的。她就坐着,纳着,翻来覆去想着到这个新的家庭里的变化。感觉顶明显的,是阿公比亲生父亲的脾气好。父亲吴三,一见她有不顺眼的地方,就骂。阿公可是随和极了。他从来不要求儿媳妇对自己照顾和服侍,打土坯晚上回来,锅里端出什么就吃什么。平时在家,她请示阿公该做啥饭,宽面还是细面?干的还是汤的?阿公总是笑笑,说:"甭问了,你们爱吃啥做啥。"她在这个庄稼院里,似乎比在亲生娘老子跟前更畅快些。人说新媳妇难熬,给勤娃做媳妇,畅快哩!

勤娃也好,勤快,实诚,俭省,真正地道的好庄稼人。她相信在结婚前,母亲给她打听来的关于勤娃的人品,没有哄她。他早晨出门去,晚间回来,有时到十几里以外的村里去打土坯,仍然要赶回来。他在她的耳边说悄悄话:"要是屋里没有你,我才不想跑这冤枉路哩!"

昨天晚上发生的事,很不寻常。

勤娃打土坯回来,照例,把当日挣的钱交给老人。老人接住钱,放在桌上,叫勤娃把媳妇唤来。玉贤跟着勤娃来到阿公的住屋。

阿公坐在炕上,看一眼勤娃又看一眼玉贤,磕掉烟灰,说:"从今往后,勤娃挣下钱,甭给我交了,交给贤娃。"

老人不习惯叫玉贤,叫贤娃,倒像是叫自己的女儿一样的口吻。玉贤心里忽然感动了,连忙说:"爸,那不行!你老是一家之主……"

"一家人不说生分话。"老人诚恳地解释,"我五十多岁了,啥也不图,只图得和和气气,吃一碗热饭。这日月,是你们的日月,好了坏了,穷了富了,都是你们的。日子怎么过,家事怎样安排,你们要思量哩!勤娃前日说,想盖三间瓦房,好,就该有这个派势!三间房难也不难。爸一辈子打土坯挣下的钱,盖十间瓦房也用不完,临到而今还是这两间烂厦房。怎哩?挣得多,国军收税要款要得多。现时好了,咱爷儿俩闲时打土坯,不过三年,撑起三间瓦房!"

"爸,还是把钱搁到你跟前……"勤娃说。

"你俩都是明白娃嘛!爸要钱做啥?还不是给你攒着,干脆放你们箱子里,省得我操心。"老人把亡妻留下的那只梳妆匣儿,一家人的金库,一下子塞到勤娃怀里,作为权力的象征,毫不迟疑地移交给儿子了。"小子,日月过不好,甭怪你爸噢!"

勤娃流泪了,说:"爸,你迟早要用钱,你说话,上会,赶集……"

"嘿！不知道吗？"老人爽快地笑着，"爸一辈子只会打土坯，挣汗水钱，不会花钱。"

现在，那只装着爷儿俩打土坯挣来的钱的梳妆匣儿，锁在箱子里的角落里。玉贤觉得，这个家，真是自己的家了。她在娘家时，村里的媳妇们，要用一块钱，先得给女婿说，再得给阿公阿婆说，一家人常常为花钱闹仗。她刚过门两月，阿公一下子把财权交给她手上了，是老人过于老好呢？还是……

她看看太阳已经上了东墙墙头，小院里有点冷了，也该当去做晚饭了，勤娃和阿公晚间回来，都想喝一碗玉米糁糁暖胃肠的。

街门"吱"的一响，妇女主任金嫂探进头来。

"玉贤，政府号召妇女认字学习哩。乡上派先生来扫除文盲，办冬学，你上不上？"

玉贤早就听人说要办冬学扫除文盲的传言，今天证实了。她觉得新鲜，人要是能认识字，该多有意思哟。心里虽然这样想，嘴里却说："这事……我得问一下俺爸。"

"你爸不挡将，勤娃也不挡。"金嫂说话办事都是干脆利落，"人民政府的号召，哪个封建脑瓜敢拉后腿？"

"挡不挡也得给老人说一下。"玉贤矜持而又自谦地说，"咱不能把老人不当人敬。"

"好媳妇，真个好媳妇。"金嫂笑说，"我先给你报上名，谁要是拉后腿，你寻我！"

金嫂像旋风一样卷出门去了。

"好事嘛！认字念书，好事喀！"康田生老汉吃着儿媳双手递上前来的玉米糁糁，对站在桌边提出识字要求的玉贤说，"我不识字，勤娃小时也没念成书，有一个人会认字了，谁哄咱也哄不过了。"

阿公虽然不识字，并不像村里特别顽固的那些老汉封建。玉贤并不立刻表现出迫不及待的样子，故意装出对上冬学的冷漠，免得老人说她不安分在小庄稼院过生活了，心野了。"要上让他去上。我一个女人家，认不认得字，没关系……"

"啥话！新社会，把妇女往高看哩！"老公公大声说，"我和勤娃忙得不沾家，想学也学不成。"

她达到目的了，服侍阿公吃饭，给勤娃把饭温在锅里。勤娃得到天黑才能回来。春三月，正是翻了身的庄稼人修屋盖房的季节，打土坯的活儿稠，勤娃把远处村庄里的活儿干了，临近村庄的活儿，让老阿公去干。真的学会了读书识字，那该多有意思啊……

康田生喝着热乎乎的玉米糁糁，伴就着酸凉可口的酸黄菜，心里很满意。对新媳妇过门两三个月的实地观察，他庆幸给儿子娶下了一个好媳妇，知礼识体，勤勤快快，正是本分的庄稼人过日月所难得的内掌柜的。日常的细微观察中，他看出，媳妇比儿子更灵醒些。这样一个心性灵聪的女人，对于他的直性子勤娃，真是太好了。他心甘情愿地把财权过早地交给下辈人，那不言自明的含义是：你们的家当，你们的日月，你们鼓起劲来干吧！他爽快地同意儿媳去上冬学，也是出于这样的考虑，让聪明的玉贤学些文化，日后谁也甭想捣哄勤娃了。保证在他过世以后，勤娃有一个精明的管家。俗话说，男人是扒扒，管挣；女人是匣匣，管攒；不怕扒扒没刺儿，单怕匣匣没底儿。庄稼人过日月，不容易哩！

七

在一个陌生的村庄外边的土壕里,勤娃丢剥了棉衣,连长袖衫也脱掉了,在阳春三月的阳光下,提着二三十斤重的青石夯,一下重砸,又一下轻间,青石夯捶击潮湿的土坯的有节奏的响声,在黄土崖上发出回响。打土坯,这是乡村里最沉重的劳动项目之一。对于二十出头的康勤娃,那石夯在他手中,简直是一件轻巧自如的玩具。他打起土坯来,动作轻巧,节奏明快;打出的土坯,四棱饱满,平整而又结实。在他打土坯的土壕塄坎上,常常围蹲着一些春闲无事的农民,说着闲话,欣赏他打土坯的优美的动作。

勤娃整天笑眯眯,对打土坯的主人笑眯眯,对围观的庄稼人笑眯眯;不管主人管待他的饭食是好是糟,他一概笑眯眯。活儿干得出奇地好,生活上不讲究,人又和气好说话。他的活儿特别稠,常常是给这家还没打够数,那一家就来相约了。

他心里舒畅。在喝水歇息的时候,他常常奇怪地想,人有了媳妇,和没有媳妇的时光大不一样了。身上格外有劲,心里格外有劲,说话处事,似乎都觉得不该莽撞冒失了,该当和人和和气气。人生的许多道理,要亲身经历之后,才能自然地醒悟;没有亲身经历的时光,别人再说,总觉得蒙着一层纸。

打完土坯,他吃罢晚饭,抹一把嘴,起身告辞。

"明天还要打哩,隔七八里路,你甭跑冤枉路了。"主人诚心相劝,实意挽留,"咱家有住处。你苦累一天,早早歇下。"

"不咧!"他笑着谢绝,"七八里路,脚腿一伸就到了。你放心,明日不误时。"

他定了,心想:我睡在你家的冷炕上,有我屋的暖和被窝舒服吗?

他在河川土路上走着，夜色是迷人的，坡岭上的杏花，在蒙蒙月光里像一片白雪，夜风送来幽微的香味。人活着多么有意思！

"你吃饭。"玉贤招呼说。

"吃过了。"他说。

"今日怎么回来这样迟？"玉贤问。

他笑而不答，从贴身的衬衣口袋里掏出一摞纸币来，交到玉贤手上。

玉贤数一数，惊奇地问："这么多？"

"我两天打了三摞。"他自豪地笑着，"这下你明白我回来迟的原因了吧！"

"甭这么卖命！甭！"她爱怜地说，一般人一天打一摞（五百块），已经够累了，他却居然两天打了三摞，"当心挣下病！"

"没事。我跟耍一样。"他轻松地说。她愈心疼他，体贴他，他愈觉得劲头足了。"春天一过，没活儿了。再说，我是想早点撑起三间瓦房来。"

春季夜短，两口睡下了。

他忽然听到里屋传来父亲的咳嗽声，磕烟锅的声音。回来晚了，父亲已经躺下，他没有进里屋去。他问："你给咱爸烧炕了没？"

"天热了，爸不让烧了。"她说，"你怎么天天问？"

"我怕你忘了。"

"怎么能忘呢。"

"老人受了一辈子苦。"他说，"咱家没有屋里大人，你要多操心爸。"

"还用你再叮嘱吗？"玉贤说，"我想用钱给老人扯一件洋布衫子，六月天出门走亲戚，不能老穿着黑粗布……"

"该。你扯布去。"他心里十分感动。

静静的春夜，温暖的农家小院，和美的新婚夫妻。

"给你说件事。"玉贤说，"金嫂叫我上冬学哩。我不想去，女人家认那些字做啥！村长统计男人哩，叫你也上冬学，说是赶收麦大忙以前，要扫除青年文盲哩！"

"我能顾得坐在那儿认字吗？哈呀！好消闲呀！"他嘲笑地说，"要是一家非去一个人不可，你去吧。认俩字也好，认不下也没啥，权当应付差事哩！"

八

吴玉贤锁上围墙上的木栅栏门，走在康家村的街道里了。结婚进了勤娃家的小院，她很少到村子中间的稠人广众中走动过。地里的活儿，父子俩不够收拾，用不上她插手。缸里的水不等完，勤娃又担满了。她恪守着母亲临将她嫁出前的嘱咐：甭串门，少说是非话，女人家到一个村子，名声倒了，一辈子也挽不回来。在娘家长人哩，在婆家活人哩！

她到康家村两三个月来，渐渐已经获得了乖媳妇的评价。她走在仍然有些陌生的街道里，似乎觉得每一座新的或旧的门楼里，都有窥视自己的眼光。做媳妇难。她缓缓地大大方方地走过去，总不可避免拘谨；总算走到村庄中心的祠堂门前了，这是冬学的校址。门口三人一堆，五个一伙，围着姑娘和媳妇们，全是女人的世界。

她走进祠堂的黑漆剥落的大门了，勤娃给她介绍康家村人事状况的时候说，这是财东康老九家的祠堂，历来是财东迎接联保官人的地方。康家村的穷庄稼人路过门口，连正眼瞧一眼的勇气也没有。一旦被传喝进这里，就该倒霉了。这是一个神秘而阴森的所在，那些她至今记不住名字的康家村的老庄稼人，好多缴不起税款和丁捐，整夜整夜被反吊在院中那棵大槐树上……现在，男人和女人在这儿上冬学了，男人集中在晚上，女人集中在后晌。

祠堂里摆着几张方桌和条桌，这是临时从这家那家借来的。玉贤在最后边一张条桌前坐下了，听着妇女们叽叽喳喳说笑，她笑笑，并不插嘴。

金嫂和村长领着一位先生进来了。她从坐在前边的两位女人的肩头看过去，看见一位年轻小伙白净的脸膛，略略一惊，印象里乡村私塾里的先生，都是穿长袍戴礼帽的老头子，这却是个二十左右的年轻娃娃，新社会的先生是这样年轻！只听村长介绍说先生姓杨，并且叫妇女们以后一律称呼杨老师。

村长说他有事，告辞了。金嫂也在一张方桌边坐下来，杨老师讲课了。

玉贤坐在后面，她有一种难以克服的羞怯心理，不敢像左右那些女人扬着头，白眨白眨着眼睛仔细观看新来的老师的穿着举动，窃窃议论他的长相。她一眼就看见，这是一张很惹人喜欢的小白脸，五官端正，眼睛喜气，头上留着文明头发，有一绺老是扑到眼睛上头来，他一说话，就往后甩一甩，惹得少见多怪的乡村女人们哧哧地笑。玉贤只记得爷爷后脑勺上有一排齐刷刷的头发，父亲这一辈男人，一律是剃光头。文明人蓄留一头黑发，比剃得光光亮亮的头是好看多了。

老师讲话了，和和气气，嘴角和眼梢总带着微笑，讲着新社会妇女翻身平等的道理，没有文化是万万不行的，讲着就点起名字来了。

他在点名册上低头看一眼，扬头叫出一个名字，那被叫着的女人往往痴愣愣地坐着不应，经别人在她腰里捅一拳，她才不好意思地忸怩着站起——她们压根儿没听人叫过自己的名字，倒是听惯了"牛儿妈""六婶""八嫂"的称呼，自己也记不得自己的名字了——引起一阵哗笑。

在等待中，听到了一个陌生的而又柔声细气的男子的呼叫"吴玉贤"的声音，她的心忽地一跳，低着头站起来，旋即又坐下。

点过名之后，杨老师在黑板上写下"妇女解放，男女平等"八个字，转过身来领读的时候，那一双和气的眼睛越过祠堂里前排的女人的头顶，端直瞅到玉贤的脸上，对视的一瞬，她忽地一下心跳，迅即避开了。她承受不了那双眼光里令人说不出的感觉……教的什么字啊，她连一个也记不住！

不过十天，杨老师和康家村冬学妇女班上的女人们，已经熟悉得像一个村子的人一样了。除了教字认字，常常在课前课后坐在一起拉家常，说笑话，几个年龄稍大点的婶子，居然问起人家有媳妇没有，想给他拉亲做媒了。

杨老师笑笑，说他没有爱人，但拒绝任何人为他提媒。他大声给妇女们教歌，"妇女翻身"啦，"志愿军战歌"啦。课前讲一些远离康家村甚至外国的故事，苏联妇女怎样和男人一样上大学，在政府里当官，集体农庄搭伙儿做庄稼，简直跟天上的神话一样。

玉贤仍然远远地坐在后排的那张条桌旁，她不挤到杨老师当面去，顶多站在外围，默默地听着老师回答女人问长问短的话，笑也尽量不笑出声音来。她知道，除了自己年纪轻，又是个新媳妇这些原因以外，还有什么迷迷离离的一种感觉，都限制着她不能和其他女人一样畅快地和杨老师说话。

杨老师教认字完毕，就让妇女们自己在本本上练习写字，他在摆着课桌间的走道里转，给忘了某个字的读音的人个别教读，给把汉字笔画写错了的人纠正错处。玉贤怎么也不能把"翻身"的"翻"字写到一起，想问问杨老师，却没有开口的勇气。一次又一次，杨老师从她身边走过去了。

"这个字写错了。"

杨老师的声音在她旁边响起，随之俯下身来，抓住她捏着笔的手，把"翻"字重写了一遍。她的手被一双白皙而柔软的手紧紧攥着，机械地被动地移动着，那下颔擦着她耳朵旁边的鬓发，可以嗅着陌生男人的鼻息。

"看见了吗？这一笔不能连在一起！"

杨老师走开了，随之就在一个长得最丑的婆娘跟前弯下身，用同样的口气说："你把这字的一边写丢了，是卖给谁了吗？"

婆娘女子们哄笑起来，玉贤在这种笑声中，仿佛自己也从紧张的窘境里解脱了。

年轻的杨老师的可爱形象，闯进十八岁的新媳妇吴玉贤的心里来了……

她坐在小院里的槐树下，怀里抱着夹板纳鞋底，两只唧唧鸟儿在树枝间追逐，嬉戏。杨老师似乎就站在她的面前，嘤嘤地多情地笑着。他在黑板上写字的潇洒的姿势，说话那样入耳中听，中国和外国的事情知道得那么多，歌儿唱得好听极了，穿戴干净，态度和蔼，乡村里哪能见到这样高雅的年轻人呢！

相比之下，她的男人勤娃……唉，简直就显得暗淡无光了。结婚的时候，她虽然没有反感，也绝没有令人惊心动魄。他勤劳，诚实，俭省；可他也显得笨拙，粗鲁，生硬；女人爱听的几句体贴的话，他也不会说……唉，真如俗话说的，人比人，难活人哪！

新社会提倡婚姻自由，坚决反对买卖包办，这是杨老师在冬学祠堂里讲的话。她长了十八岁，现在才听到这样新鲜的话，先是吃惊，随之就有一种懊悔心情。嫁人出门，那自古都是父母给女儿办的。临到她知道婚姻自主的好政策的时候，已经是康勤娃的媳妇了。要是由自己去选择女婿的话，该多好哇……那她肯定要选择一个比勤娃更灵醒的人。可惜！可惜她已经结婚了，没有这样自由选择的可能了……

杨老师为啥要用那样的眼神看她呢？握着她的手帮她写"翻"字的印象是难忘的，似乎手背上至今仍然有余温。唔！昨日后响，杨老师教完课，要回桑树镇中心小学去，路过她家门口，探头朝里一望，她正在院子的柴火堆前扯麦秸，准备给公公做晚饭。杨老师一笑，在门口站住。她想礼让杨老师到屋里坐，却没有说出口。公公和勤娃不在家，把这样年轻的一个生人叫到屋里，会让左邻右舍的人说什么呢？她看见杨老师站住，断定是有事，就走到门口，招呼一声说："杨老师，你回去呀？""回呀。"杨老师畅快地应诺一声，在他的手提紧口布兜里翻着，一把拉出一个硬皮本子来，随之瞧瞧左右，就塞到她的怀里，说："给你用吧！"她一惊，刚想推辞，杨老师已经转身走了。那行动举止，就像他替别人给她捎来一件什么东西，即令旁人看见，也无可置疑。她不敢追上去退还，那样的话，结果可能更糟。她当即转过身，抱起柴火进屋去了。应该把本本还给人家，这样不明不白的东西，她怎么能拿到上冬学的祠堂里去写字呢？

他对她有意思，玉贤判断。康家村那么多女人去上冬学，他为啥独独送给她一个本本呢？他看她的眼神跟看别的妇女的眼神不一样。他帮她写字之后，立即又抓住那个长得最丑的媳妇的手写字，不过是做做样子，打个掩护罢了。

已经有了几个月婚后生活的十八岁的新媳妇吴玉贤，尽管刚刚开始会认会写自己的名字，可是分析杨老师的行为和心理，却是细致而又严密的。她又反问自己，人家杨老师那样高雅的人，怎么会对她一个粗笨的乡村女人有意思呢？况且，自己已经结过婚了……蠢想！纯粹是胡猜乱想。

肯定和否定都是困难的。她隐隐感到这种紊乱思想下所潜伏的危险性，就警告自己：不要胡乱猜想，自己已经是康家小院里的人了，怎么能想另一个男人呢？婚姻自由，杨老师嘴巴上讲得有劲，可在乡村里实行起来，不容易……

事情的发展，很快把农家小媳妇吴玉贤推向一个可怕而又欣喜的地步——

轮着玉贤家给杨老师管饭了。她的丈夫勤娃给二十里远的关家村应承下二十摞土坯，说他不能天天往回赶，路太远了。公公在邻近的村庄里打土坯，晚上才能回来。他早晨出门时，叮嘱说："把饭做好。人家公家同志，几年才能在咱屋吃一回饭，甭吝啬！"她尽家里有的，烙了发面锅饼，擀下了细长的面条。辣子用熟油浇了，葱花也用铁勺炒了，和盐面、酱醋一起摆在院中的小桌上。

杨老师走进来,笑笑,坐在院中的小桌旁边,环顾一眼简陋而又整洁的小院,问她屋里都有什么人,怎么一个也不见。她如实回答了公公和丈夫的去处,发觉杨老师顿时变得坦然了,眼里闪射出活泼的光彩,盯着她笑说:"那你就是掌柜的了。"她似乎接受不了那样明显地挑逗的眼光,低头走进灶房里,捞起勺子舀饭。这时候,她的心在夹袄下怦怦跳,无法平静下来。

她端着饭碗走到小院里,双手递到杨老师面前。杨老师急忙站起,双手接碗的时候,连同她的手指一起捏住了。她的脸一阵发热。抽回手来,惊觉地盯一眼虚掩着的木栅门,好在门口没有什么人走动。杨老师不在意地笑笑,似乎是无意间的过失;坐在小凳上,用筷子挑起细长的面条,大声夸奖她擀面的手艺真是太高了,他平生第一次吃到这样又薄又韧的细面。

"杨老师,你自个儿吃。俺到外屋,没人陪你。"玉贤说着,就转过身走去了。

"你把饭也端来,咱们一块吃。"杨老师说,"男女平等嘛!怕啥?"

"不……"玉贤停住脚,他居然说"咱们"……

"哈呀!咱们成天讲妇女要解放,还是把你从灶房里解放不出来。"杨老师感慨地说,"落后势力太严重了……"

她已经走进自己的小厦屋,从箱子的包袱里取出那天傍晚杨老师塞给她的硬皮本本,现在是归还它的最好时机了。她接受这样一件物品意味着什么呢?她走到杨老师跟前,把那光滑的硬皮本放到杨老师面前的小桌上,说:"俺用不上……"

"嗯……"杨老师一愣,扬起头看她,眼里现出一缕尴尬的神色，脸也红了，愧了，解释说，"我看你的作业本用完了……就买了这；你不……喜欢的话……"

"俺用不上。"玉贤看见杨老师尴尬的样子，意识到自己的行为太唐突了。她不想回答自己究竟喜欢不喜欢这只硬皮本本，只是把交还它的动机说成是用不上。"你们文化人……才当用。"

"哈呀！好咧好咧！"杨老师听罢，已经完全体察到一个自尊的农家女人的心理，脸上和眼里恢复了活泼的神态，"没有关系……"

玉贤走进小灶房，坐在木墩上，等待着杨老师吃完饭，她再去舀。在娘家的时候，屋里来了客人，总是由父亲和哥哥陪着吃饭，她和母亲待在灶房里，这是习惯，家家都是这样。

她坐着，心里忐忑不安，浑身感到压抑和紧张，当她越来越明晰地觉察出杨老师一系列举动的真实含意时，她倒有些怕了，警告自己：拿稳！可是，心里却慌得很，总是稳不住……

这当儿，小灶房里一暗。玉贤一抬头，杨老师走进小灶房窄小的门道，手里端着吃光喝净了面条的空碗，自己舀饭来了。

"咿呀！让客人自己舀饭，失礼了。"玉贤慌忙从灶锅下的木墩上站起，伸手接碗，"你去坐下，我给你送来。"

"新社会，不兴剥削人嘛！"杨老师抓着碗不放，笑着，盯着她的眼睛笑着，"自己动手，吃饱喝足。"

"使不得……让我舀……"

"行啦行啦……自己舀……"

两只手在争夺一只碗，拉来扯去。

玉贤的腰部被一只胳膊搂住了。"不……"声音太柔弱了，没有任何震慑力量，忽地一下涌到脸上来的热血，憋得她眼花了，想喊，却没有力气，也没有勇气，嘴唇很快也被紧紧地挤压得张不开了……她的一双戴着石镯的手，不由自主地钩到陌生男子的肩膀上……

九

又是一钩弯镰似的月牙儿。田野迷迷蒙蒙，灰白的土路，隐没在齐膝高的麦田里。远处秦岭的群峰现出黑幢幢的雄伟的轮廓。早来的布谷鸟的动情的叫声，在静寂的田地和村庄的上空倏然消失了。岭坡的沟畔上，偶尔传来两声难听的狐狸的叫声。

勤娃甩着手，在春夜温馨空气的包围中跨着步子。他谢绝了打土坯的主人诚心实意的挽留，吃罢夜饭，撂下饭碗，往家赶路了。他有说不出口的一句话，因为路远，三四天没有回家，他想见玉贤了。二十里平路，在小伙子脚下，算得什么艰难呢！屋里有新媳妇的热炕，主人家给他临时搭排的窝铺，那显得太冷清了。他走着，充满信心地划算着，自开春以来，已经打过近百摞土坯了，父亲交给玉贤掌管的那只小梳妆匣儿里，有一厚扎人民币了。这样干下去，只要一家三口人不生疮害病，三年时光，勤娃保准撑起三间大瓦屋来。那时光，父亲就绝对应该放下石夯，只管管家里和田里的轻活了，或者，替他们管管孩子……新社会不纳捐，不缴壮丁款，挣下钱，打下粮食全归自己，只要不怕吃苦，庄稼人的日月红火得快哩！

勤娃走进康家村熟悉的村巷，月牙儿沉落到山岭的背后去了，村庄笼罩在黑夜的幕帐之中了。惊动了谁家的狗，干吠了几声。

他站在自家小木栅栏门外，一把黑铁锁上凝结着湿溜溜的露水，钥匙在父亲的口袋里。他老人家大约刚刚睡下，要是起来开门，受了夜气感冒了，糟咧。不必惊动老人……勤娃一纵身，从矮矮的土围墙上，跳进自己的小院里了。

他轻轻地拍击着小厦屋门板上的铁闩。深更半夜叫门，不能重叩猛砸，当心吓惊了女人，勤娃心细着哩！

"来咧……"女人玉贤在窸窸窣窣穿衣服，好久，才开了门。

"怎么不点灯？"勤娃走进屋，随口说。

"省点……煤油……"玉贤颤颤地说。

"嗨呀！"勤娃笑了，"黑咕隆咚，省啥油嘛？"随之啪的一声划着了火柴。

屋里亮了。勤娃坐在炕边，嘘出一口气，他觉得累了。

"你还吃饭不？"玉贤坐在炕上，问。

"吃过了。"勤娃说，盯着玉贤的煞白的脸，惊得睁大眼睛，"你……病咧？"

"没……"玉贤低下头，"有些不舒服……"

他伸手摸摸她的额头，说："不见得烧……"

"不怎……"

他略为放心。脱鞋上炕的当儿，他一低头，脚地上有一双皮鞋。他一把抓起，问："这是谁的？"

玉贤躲避着他的眼睛，还未来得及回答，装衣服的红漆板柜的盖儿"哗"的一声自动掀起，冒出一个蓄留着文明头发的脑袋。

"啊……"

勤娃倒抽一口气，迅即明白了这间厦屋里发生过什么事情了。他一步冲到板柜跟前，揪住浓密的头发，把冬学教员从柜子里拉出来。啪——一记耳光，啪——又一记耳光，鼻血顿时把那张小白脸涂抹成猪肝了；咚——当胸一拳，咚——当胸再一拳，冬学教员软软地躺倒在脚地,连呻吟的声息都没有;勤娃又抬起脚来。

冬学教员挣扎着爬起来,"扑通"一声,双膝跪倒在勤娃脚下了。

勤娃已经失去控制,抬起脚,把刚刚跪倒的杨先生踢翻了。他转身从门后捞起一把劈柴的斧头,牙缝里迸出几个字来:"老子今黑放你的血!"

猛然,勤娃的后腰连同双臂,死死地被人从后边抱住了,他一回头,是父亲。

老土坯客听到厦房里不寻常的响动,惊惊吓吓地跑来了,不用问,老汉就看出发生了什么事了。他抱住儿子提着斧头的胳膊,一句话也不说,狠劲掰开勤娃的手指,把斧头抽出来,"咣当"一声扔到院子的角落里去了。他累得喘着气,把癫狂状态的儿子连拽带拖,拉出了厦房,推进自己住的小灶屋。

"你狗日杀了人,要犯法!"

"我豁上了!"

"你嚷嚷得隔壁两岸知道了,你有脸活在世上,我没脸活了!"老汉抓着儿子胸前敞开的衣襟,"你只图当时出气,日后咋收场哩!"

这是一声很结实也很厉害的警告。勤娃从本能的疯狂报复的情绪中恢复理智,愣愣地站住,不再往门外扑跳了。

"把狗日收拾一顿,放走!"老土坯匠说,"再甭高喉咙大嗓子吼叫!"

"我跟那婊子不得毕!"勤娃记起另一个来。

"那是后话!"

父子二人走到厦屋的时候,冬学教员已经不见踪影,玉贤也不见了。临街的木栅门敞开着,两人私奔了吗?勤娃窝火地"嗯"了一声,怨愤地瞅着父亲。他没有出足气,一下子跌坐在炕边上。

老汉转身走到前院,一眼瞅见,槐树上吊着一个人。他惊呼一声,一把把那软软的身子托起,揪断草绳,抱回厦屋,放到炕上。忽闪忽闪的煤油灯光下,照出玉贤一张被草绳勒聚得紫黑的脸,嘴角涌出一串串白色的泡沫,不省人事了。

勤娃看见,立时煞白了脸,唉的一声怨叹,跌倒在厦屋脚地,也昏死过去了。

"我的天哪……"康田生看着炕上和脚地的媳妇和儿子,不知该当咋办了,绝望地扑到儿子身上,泪水纵横了。

十

勤娃躺在炕上,瞪着眼珠,一声连一声出着粗气。父亲已经给打土坯的主人捎过话去,说儿子病了,让人家另寻人打土坯。

他没有病,只是烦躁,心胸里源源不断积聚起恶气,一声吁叹,放出来,又很快地积聚起来。

真正的病人现在强打起身子,倒不敢沾一沾炕边。玉贤头疼,恶心,走一步心就跳得噔噔噔。她用一条黑布帕子围着脖子,遮盖着被草绳勒出一圈血印的脖颈,默默地扫院,悄悄地在前院柴火堆前撕扯麦秸,默默地坐在灶锅前烧火拉风箱。

红润润的脸膛变得灰白,低眉耷眼地走到公公跟前,递上饭碗,声音从喉咙里挤不出来。她又端起一碗饭,送到勤娃跟前:"吃饭……"

勤娃翻过身,一拳把碗打翻了,破碎的碗片,细长的面条,汤汤水水在地上泼溅。

他恨她恨得咬牙，打她的耳光，撕扯她的头发。晚上，脱了衣服，他在她的身上乱打。打得好狠，那双自幼打土坯练得很有功力的胳膊，在她的身上留下一坨坨黑疤和红伤。他不心疼，觉得一阵疯狂的发泄之后，心里稍稍畅缓一些了。她不躲避，忍受着应该忍受的一切报复，这是应该的。她只是捂着脸，不要让那双铁锨一样硬邦的手给她脸上留下伤痕，身上任何地方，有衣服遮着，让他打好了。

康田生坐在自己的小屋里，听着前边厦屋里儿子抽打媳妇的响声，坐不住了，那每一声，就像敲在他的心口。他走出门，蹲在门前的小碌碡上，躲避那不堪卒听的响声。可是，一袋烟没有抽完，他又跳下碌碡，走进小院了，他不敢离远，万一闹出意外的事来就更怕人了。

春光是明媚的，阳光是灿烂的，房屋上空的榆树和椿树的叶子绿得发青，岭坡上的桃花又接着败落的杏花开得灿红了。而这个岭坡下的庄稼小院里，空气清冷，阳光惨淡，春风不止。

整整三天过去了。

儿子和媳妇都失了脸形，康田生本人也因焦虑和减食而虚火上升，眼睛又黏又红，像胶锅一样睁巴不开了。他愈加想到这个破裂的家庭里，自己所负的支撑者的责任了。怎么劝儿子，又怎么劝媳妇呢？他一看见儿子痛不欲生的脸相，自己已经难受得撑挂不住，哪里还有话说得出来呢？他知道儿子遇到的不幸在人生中有多重的分量。对于儿媳，那张他曾经十分喜欢的红润的脸膛，如今连正眼瞧一瞧的心情也没有，看了叫人恶心！老汉抽着烟，睁巴着黏糊糊的眼睛，寻思怎么办。对儿媳再恨再厌，他不能像儿子那样不顾后果地愣下去。他想和什么人讨讨对策，然而不能，即使村长也不能商量,这样的丑事,能说给人听吗?他终于想到了表兄和表嫂,那是自己的顶亲的亲戚,勤娃的养身父母,最可信赖的人了。

他仍然觉得不敢离开这个时刻都可能出事的家,让顺路上岭去的人把话捎给表兄,无论如何,要下岭来一趟,勤娃病了,病中想念舅舅……

十一

"就这。"康田生把家中发生的不幸从头至尾叙说一遍,盯着表兄的长眉毛下的明智的眼睛,问,"你说现时咋办呀?"

"好办。"表兄一扬头,"把勤娃叫来。"

勤娃走进来了,眼睛跌到坑里了,一见舅舅,扑到当面,"呜"的一声哭了。田生老汉把头拧到一边,不忍心看儿子丧魂落魄的颓废架势。

"头扬起来!甭哭!"舅父严厉地说,"二十岁的大人了,哭哭溜溜,啥样式嘛!"

"我……我不活了……"勤娃一见舅舅,心里的酸水就涌流不止,用拳头砸着自己的脑袋,"我……唉……"

舅父伸开手,啪啪,两记耳光,抽到勤娃鼻涕眼泪交流着的扭曲的脸上,厉声骂:"指望我来给你说好话吗?等着!"

勤娃哭不出来了,呆呆地低着头站着。

康田生吃惊了,瞅着表兄下巴上一撅一撅的花白胡须,没见过表兄这样厉害呀!他忙把勤娃拉开,按坐在小木墩上。

"你妈死得早,你爸咋样把你拉扯这大?亲戚友人为你操了多少心?你长得成人了,人高马大了,不说成家立业,倒想死!"

舅父训斥起来，"死还不容易吗？眼一闭，跳到河里就完了。值得吗？"

父子二人默声静息，不敢插言。

"那——算个屁事！"舅父把那件丑事根本不当一回事，"大将军也娶娼门之妻！我在河北财东家杂货铺当相公，掌柜的婆娘就和人私通，掌柜的招也不招，只忙着生意赚钱！咱一个乡村庄稼汉，比人家杂货铺掌柜还要脸吗？"

勤娃似乎一下子才醒悟，这样的丑事绝不是他康勤娃一个人遇到了，比他更体面的人也遇到了。他讷讷地说："我心里恶心……像吃了老鼠……"

"事情……当然不是好事。"舅父把话转回来，"这号丑事，张扬出去，于你有啥光彩？庄稼人，娶个媳妇容易吗？那不是一头牛，不听使唤，拉去街上卖了，换一头好使唤的回来。现时政府里提倡婚姻自由，允许离婚，你离了她，咋办？再娶吗？你一个后婚男人，哪儿有合适的寡妇等着你娶？即使有，你的钱在人家土壕里，一时三刻能挣来吗？啊？遇到事了，也该前后左右想想，二十岁的人啦，哭着腔儿要寻死，你算啥男子汉……"

"对对对！实实在在的话。"康田生老汉叹服表兄一席切身实际的道理，自愧自己这几天来也是糊涂混乱了，劝儿子说，"听着，你舅的话，对对的。"

"吃了饭，出去转一转，心眼就开畅了。"舅父说，"明天把石夯扛上，出去打土坯！舅不死，就是想看见你把瓦房撑起来。"

勤娃苦笑一下，这是他近日来露出的头一张笑脸，尽管勉强又苦楚，仍然使老父亲心里一亮啊！

"记住——"舅舅瞅瞅勤娃，又瞅一眼康田生，压低声音叮嘱,"再甭跟任何人提起这事。你祖祖辈辈子子孙孙都在康家村,门面敢倒吗?"

康田生连连点头。

"勤娃,"舅舅叫他的名字,悄声郑重地说,"在外人面前概不提起,在屋里可不敢松手!女人得下这号瞎毛病,头一回就要挖根!此病不除,后祸无穷!"

听着舅舅前后不大统一的话,勤娃这阵儿才真正感服了,睁着苦涩的眼睛,盯着舅父花白胡须包围中的薄嘴唇,等待说出什么拯救他拔出苦海的好法子来。

"你——再甭打她了。你打得失手,她寻了短见,咋办?再说,打得狠了,她记恨在心,往后怎样过日子?"舅父说,"你去找她娘家人,让她爹娘老子收拾她,治她的瞎毛病。省得……"

"嗯嗯嗯,好好好!"康田生老汉对于表兄的所有谈话都钦服,一生只会摔汗水出笨力的老土坯客,对于精明一世的表兄一直尊为开明的生活的指导者。"我当初想过这一招,又怕伤了亲戚间的和气……"

"他女子做下伤风败俗的事,他还敢嘴硬!"舅父说着,特别叮嘱勤娃,"这件事,不能松饶了她;可跟人家爹娘说话,话甭伤人……"

勤娃点点头,感激地盯着舅父,这个养育他长大,至今还为他的不幸费心劳神的长辈人,似乎比粗笨的亲生父亲更可亲近了。

舅父站起来,在门口朝前院喊:"玉贤——"

玉贤轻手轻脚走到舅父面前,低头站住,声音柔弱得像蚊子:"舅——你老儿……来咧!"

"快去给舅做饭。"他像什么事也不知道,也或者是什么都知道了而毫不介意，倚老卖老地说，"吃罢饭，你爸和勤娃还要劳动哩！"

十二

半缺的月亮挂在河湾柳林的上空，河滩稻田秧圃里，蛙声此起彼伏，更显出川道里夜晚的幽静。勤娃迈开大步，跳过一道道灌溉水渠，沿着河堤走着。他避开土路，专门选择了行人罕至的河滩，要是碰见熟人，问他夜晚出村做啥，可能要引起猜疑的。

他憋着一口闷气，想着见了丈人和丈母娘，该如何开口说出他们的女儿所做下的不体面的丑事？舅父教给他的处理此事的具体措施，似乎是一种束缚，按他的性儿，该是当着她家老人的面，狠狠骂一顿他们的女儿辱没了家风。他走进熟悉的吴庄村了。

这样的夜晚赶到亲戚家里去，本身就是一种不祥的征兆。丈人吴三，丈母娘和丈人家哥，一齐围住他，三双眼睛在他脸上转，搜寻和猜测着什么，几乎一齐开口问："屋里出了什么事？这么晚赶来，脸色也不好……"

勤娃看着老人担惊受怕的样子，心里忽地难受了。因为给吴三打土坯而订下了他的女儿，婚前婚后，两位老人对他这个女婿是很疼爱的。常常在他面前说，玉贤要是有不到处，你要管她，打她骂她都成。他们是正直的庄稼人，喜欢勤娃父子的勤劳和本分，很满意地把自己的小女儿嫁给他了。往常里，丈母娘时不时地用竹条笼提来自己做下的好吃食……现在，事情却弄到这样的地步，他们听了该会怎样伤心！

勤娃看着两位老人惊恐的眼色，说不出口了，路上在心里聚起的闷气，跑光了。他猛地双手抱住头，长长地哀叹一声，几乎哭了。

"有啥难处,说呀!"丈母娘急切地催促。

"唉——"勤娃又叹出一声,实在太难出口了。

丈人吴三坐在一边,不再催问。他从勤娃的神色和举动上,判断出了什么,就吩咐站在一边的儿子说:"你去,把你妹叫回来!"

丈人家哥走出门,他觉得话好说了,这才哽哽巴巴,把玉贤和冬学教员的事说了。丈母娘羞惭得骂起来,老丈人吴三却气得浑身颤抖,跌坐在椅子上,说不出话了。

"我回呀!"勤娃告辞,"女儿出门,怪不了老人。我不怪你二老,你们对我好……"

"甭走!"丈人拉住他,"等那不要脸的回来再说!"

勤娃坐下了。

"你狗日做下好事了!"吴三一看见走进门来的女儿,火暴性子就发作了,"你说……"

玉贤站在当面,勾着头,不吭声。

这种不吭声的行为本身,就证明了勤娃说出的那件丑事的可靠性。吴三火起,两个巴掌就把女儿打倒了。

"甭打!爸……"勤娃拉住丈人爸的胳膊。

"不争气的东西!"丈母娘在一旁狠着心骂,"在娘家时,我给你说的话,权当刮风……"

"狗日至死再甭进俺家的门!"丈人家哥骂。

玉贤没有同情者。在这样的家庭里,她不指望任何人会替她解脱。她的父母,都是要脸面的正经庄稼人。她做下辱没他们门庭的丑事,挨打受骂是当然的。她躺在地上,又挣扎站起。

"跪下！"吴三吼着。

玉贤太屈辱了，当着勤娃和父母哥哥的面，怎么跪得下去呢？这当儿，父亲吴三一脚把她踢倒，她的腿腕疼得站不起来了。

吴三从墙上取下一条皮绳，塞到勤娃手里："勤娃，你打……"

勤娃接住皮绳，毫不迟疑地重新挂到墙上的钉子上，劝慰吴三："算哩……"

丈母娘向勤娃暗暗投来受了感动的眼光。

吴三又取下皮绳，一扬手，抽得只穿件夹衣的玉贤在地上滚翻起来，惨痛而压抑的叫声颤抖着。

勤娃自己在打玉贤的时候，似乎只是被一股无法平息的恶火鼓动着。当他看着丈人挥舞皮绳的景象，他的心发抖了。看着别人打人，似乎比自己动手更觉得残忍。他抱住吴三的手。

"甭拉！让我把这丢人丧德的东西打死！"吴三愈加上火，扑跳得更凶，"你不要脸，我还要！"

勤娃猛然想到，他刚才不该留在这儿。丈人留他，就是要当着他的面，教训女儿，以便在女婿面前，用最结实的行为，洗刷父母的羞耻。他要是不在当面，吴三也许不至于这样手狠。他劝劝吴三，就硬性告别了。

十三

玉贤吹了昏黄的煤油灯，脱完衣服，就钻进被窝里了，她怕母亲看见她身上的不体面的伤痕。母亲似乎察觉了她的行为的用心，从炕的那一头爬起来，"嘣"的一声划着了火柴，煤油灯冒着一柱黑烟的黄焰，把屋子里照亮了。

母亲揭开她盖的被子，"哎哟"一声，就抱住她的浑身四处都疼痛的身子,哭了。她的身上、腿上,有勤娃的拳头留下的乌蓝青紫的瘀血凝固的伤迹,又摞上了父亲用皮绳刚刚抽打过的印痕,渗着血。她是母亲身上掉下来的肉,母亲心疼自己的骨肉,哭得很伤心。

玉贤没有想流眼泪的心情,疼是难以忍受的疼啊!凡是被拳头或皮绳抽击过的皮肉,一挨着褥子,就疼得想翻身,翻过去,那边仍然疼得不能支撑身体的重压。可她没有哭。那天晚上勤娃的突然敲门,她吓蒙了,此后所发生的一切,似乎是在梦中,直到她的阿公粗手笨脚地把一根生锈的大号钢针从鼻根下直插进牙缝,她才从另一个世界回到她觉得已经不那么令人留恋的庄稼小院。现在,母亲的胸部紧紧贴着她的肥实的臂膀,眼泪在她的脖根上流着。她不想再听母亲给她什么安慰。她想静静地躺着,静静地想想,她该怎么办。在和勤娃住了近半年的新房里,她不能冷静地想,时时提心那铁块一样硬的拳头砸过来,甚至在夜晚睡熟之际,他心里怄气,会突然跳起,揭开被子,把她从梦中打醒。现在,她的父亲吴三当着勤娃的面,打了,也骂了,给自己挽回脸面了。她应该承受的惩罚已经过去,她想静静地想一想,往后怎么办?

"唉……嗨嗨嗨嗨嗨……"母亲低声饮泣,胸脯颤动着。她生下这个女儿,用奶水把她养得长出了牙齿,就和大人一样啃嚼又硬又涩的玉米面馍馍了。她和吴三虽则都疼爱女儿,却没有惯养。自幼,她教女儿不要和男娃娃在一起耍;长大了,她教女儿做针线,讲女人所应遵从的一切乡俗和家风。一当她和吴三决定以三石麦子的礼价(当时顶小的价格),约定把女儿嫁给土坯客的儿子的时候,她开始教给女儿应该怎样服侍公婆,特别是没有婆婆的家里，应该怎样和阿公说话，端饭，倒尿盆，应该怎样服侍丈夫，应该怎样和隔壁邻居的长辈相处，甚至，平辈兄弟们少不了的玩笑和嬉闹，该当怎样对付……家内家外，内务外事，她都叮嘱到了，而且不止一次。"教女不到娘有错。"她教到了，玉贤也做到了。在玉贤婚后几次回娘家来，她都盘问过，很满意。从康家村的熟人那里打听来的消息，也充分证明土坯客家的新媳妇是一个贤惠的好媳妇。可是，怎么搞的，突然间冒出来了这样最糟不过的丑事……母亲流完了眼泪，就数落起来："你明明白白的灵醒娃嘛，怎的就自己往泥坑屎坑里跳？"

已经跳下去了，后悔顶啥用呢？玉贤躺在母亲身边，心里说，我死都死过一回了，现在还想用什么后悔药治病吗？

"你上冬学的事，为啥不给我说？"母亲追根盘底，"你个女人家，上学做啥？认得俩字，能顶饭吃，能当衣穿？人自古说，戏房学堂，教娃学瞎的地方……你上冬学上出好名堂来咧！"

她仍然不吭声。她需要自己想想，别人谁也不了解她的心情和处境。

"给你定亲的时光，我托你姨家大姑在康家村打听了，说勤娃父子都是好人。老汉老好，过不了十年八载，过世了，全是你和勤娃的家当。勤娃老实勤谨，家事还不是由你？这新社会，不怕孬人恶鬼，政府爱护老实庄稼人。你哪一样不满意？胡成精？"母亲开始从心疼女儿的口气转换为训诫了，"人嘛！图得模样好看，能当饭吃？我跟你爸过活的时候，总看他崩豆性子不顺心，一会儿躁了，一会儿笑了。咋样跟这号人过日月？时间长了，我揣摸出来，你爸人心好，又不胡乱耍赌纳宝，为穷日子卖命。我觉得这人好哩！娃家，你甭眼花，听妈说，妈经的世事……"

她不分辩，也不应诺，静静地躺着。

"在咱屋养上十天半月，高高兴兴回家去，给你阿公赔不是，给勤娃说说好话。"母亲说，"往后，安安生生过日子，一年过去，没事了。人心都是肉长的嘛！"

母亲不再说话，哀叹着，久久，才响起鼾息声。

玉贤轻轻爬起，移睡到炕的那一头。

屋里很黑，很静，风儿吹得后院里的树叶嚓嚓地响。

当她被蒙着眼脸抬到一个陌生的地方，被陌生的女人搀进一个陌生的新的住屋，揭去盖脸红布，她第一眼看见了将要和她过一辈子日月的陌生的男人。她心跳了，却没有激动。这是一个长得普普通通的男人，不好看也不难看，不过高也不过矮。几个月来的夫妻生活，她看出，他不灵也不傻。她对他不是十分满意，却也不伤心命苦。对给她找下这样的女婿的父母，不感激也不憎恶。他跟麦子地里一棵普通的麦子一样，不是零星地高出所有麦子的少数几棵，也不是夹在稠密的麦棵中间那少数的几枝矮穗。他像康家村和吴庄众多的乡村青年一样普普通通。她也将和那许多普普通通的青年的媳妇一样，和勤娃过生活。自古都是这样，长辈和平辈人都是这样定亲，这样撮合一起，这样在一个炕上睡觉，生孩子……

她第一眼看见杨老师的时候，心里就惊奇了。世上有穿戴得这样合体而又干净的男人！牙齿怎么那样白啊！知道的事情好多好多啊！完全不像乡村青年小伙们在一起，除了说庄稼经，就是说粗俗的男人和女人之间的酸话。杨老师留着文明头发的扁圆脑袋里，装着多少玉贤从来也没听说过的新鲜事啊！苏联用铁牛犁地，用机器割麦，蒸馍擀面都是机器，那是说笑话吗？烂嘴七婶当面笑问：生娃也用机器吗？杨老师就把那些能犁地能割麦的照片摊给大家看，并不计较七婶烂嘴说出的冒犯的话。他总是笑眯眯的，笑脸儿，笑眼儿，讲话时老带着笑，唱歌时也像在笑。

她对他没有邪心。她根本不敢想象这样高雅的文明人，怎么会对她一个乡村女人有"意思"呢？她第一次感受到他的不寻常的目光时，他捉着她的手写翻身的"翻"字时，她都没有敢往那件事上去想。直到他接饭碗时连她的手指一起捏住，她也只想到他是无意的。直到他一把搂住她的腰，她瞬息间就把这些事统一到一起了。她没有拒绝。因为突然到来的连想也不敢想的欢愉，使她几乎昏厥了。

"我爱你，妹妹……"

他说了这句话，就把嘴唇压到她的嘴唇上。那声音是那样动人的心，她颤抖着，本能地把自己戴着石镯的手钩到他的肩头上。

她从来没有听一个男人这样亲昵地把她叫妹妹，也没人说过"爱"这个字。勤娃只说过"我跟你好"这样的话，没有叫过她"妹妹"。勤娃抚摸她身体的手指那么生硬。杨老师啊……

她挨勤娃的拳头，咬牙忍受了。她是他的女人，他打她是应该的。父亲打她，也咬牙忍受了，她给他和母亲丢了脸，打她也是应该的。可是，她虽然浑身青痕红斑，却不能把自己再和勤娃连到一起。她为可亲的杨老师挨打，她没有眼泪可流。

她如果能和勤娃离婚，和杨老师结婚的话，她才不考虑丢脸不丢脸。婚姻法喊得乡村里到处都响了，宣传婚姻法的大体黑字写在庄稼院房屋的临街墙壁上，好些村子里都有被包办婚姻的男女离婚的事在传说。她和杨老师一旦正式结合，那么还怕谁笑话什么呢？如果不能和杨老师结婚，继续和勤娃当夫妻，那就一辈子要背着不能见人的黑锅了。

她得想办法和杨老师再见一面，把话说准，之后她就到乡政府去提出离婚。现在无法再上冬学了，和杨老师见一面太难了，但总得见一面。不然，她心里没准儿，怎么办呢？

在康家村要找到和杨老师见面的机会，是不可能的。在娘家，比在阿公和勤娃的监视下要自由得多。杨老师是行政村的中心小学教员，在桑树镇上，想个借口到镇上去，越早越好……

十四

爷儿俩半年来又第一次自造伙食了。老土坯客看着儿子蹲在灶锅前点火烧锅，沤出满屋满院的青烟，重手重脚绊磕得碗瓢水桶乒乓响，心里好难受。昨晚，他坐在炕头上。等见勤娃从丈人家告状回来，叙说了经过。他对吴三的仗义的行为很敬佩，心里又暗暗难过。相亲相敬的亲家，以后见了面，怎么说话呢？他痛恨这个外表看来腼腆、内里不实在的媳妇，给两个安生本分的庄稼院平生出一场祸事。他更恨那个总是见人笑着的杨先生。你狗日为人师表，嘴里讲什么男女平等、婚姻自由，难道就是让你自由地去霸占老实庄稼人的女人吗？他恨得咬牙！三五天来家庭剧烈的变化，给饱经孤苦的老土坯客的刺激太沉重了。他一生中命运不济，性情却硬得近乎麻木，对于一切不幸和打击，不哭也不哀叹。可是，当生活已经充满希望的时候，完全不应出现的祸事却出现了的时候，老汉简直气得饭量大减，几天之间，白发增多了。他恨那个给他们家庭带来灾难的白脸书生！后悔那天晚上拦阻勤娃太早了；虽然不敢打死，至少应该砸断狗日一条腿！

他活到五十多了，不图什么，只图得有吃有穿，儿辈可靠。可是，如今却成了这样不酸不甜的苦涩局面了。

勤娃烧好开水，把两个蒸馏得热透的馍馍送到老汉面前，老汉忽然想到自己在刚刚死了女人以后，不习惯地烧锅做饭的情景，难道儿子勤娃又要钻厨房拉一辈子"二尺五"了吗？啊啊！老汉看见儿子愁苦的面容，几乎流下泪来。

勤娃拿了一个馍馍，夹了辣椒，远远地蹲在门外的台阶上，有味没味地慢腾腾地嚼着。

他担心勤娃，比自己要紧。他迅即抑制住自己的感情波动，用五十多岁老人的理智和儿子说话：

"勤娃——"

"嗯！"勤娃应着。

"明天出门打土坯去。"老汉说，"她爸她妈指教过她了，算咧！只要日后好好过日月，算咧。"

"……"

"人嘛，错了要能改错，甭老记恨在心。"他劝慰，"咱的家当还要过。你舅的话是明理。"

勤娃没有吭声。老汉从屋里走出来，想告诉儿子，他已经给他在南围墙村应承下打土坯的活路了。这时村长走进门来，后面跟着一位穿制服的女干部，胸膛上两排大纽扣。

"老哥，这是县文教局程同志，想跟你拉一拉家常。"村长说，"你们谈，我走了。"

"我叫程素梅。"程同志笑着介绍自己，很大方地坐到老汉的炕边上，态度和蔼，和蔼得教见惯了旧社会官人们凶相的老土坯客反倒不知如何是好了。她说："我想来和你老儿坐坐。"

老汉心里开始在猜摸，程同志究竟找他来做啥？一般乡上县上的干部来了，总是和村长接手，和他一个只会打土坯的老汉有啥家常好拉的呢？

她问他家里都有什么人，分了几亩地，和谁家互助，老汉都答了。最后，程同志把弯儿绕到老汉最担心的那件事上来了，果然。

"没有啥！"老汉的嘴很有劲地回答，"杨先生教妇女识字有没有啥问题，咱不知道喀！咱一天掮上石夯打土坯，谁给管饭就给谁家卖力，咱没见过杨先生的面，光脸麻子都不知……"

"勤娃同志，你没听人说什么吗？"程干部转脸问，"甭怕。"

勤娃摇摇头。

"康大叔，你老儿心放开。"程同志说，"新社会，咱们把恶霸地主打倒了，穷人翻了身，可不能允许坏人再欺侮庄稼人，糟蹋党的名誉。咱们的干部，有纪律，不准胡作非为……"

这些话说得和老汉的心思刚刚吻合，他觉得这个清素淡雅的女干部完全是可以信赖的，可以倾诉自己一生的不幸和意料不到的祸事。可是，他的话出口的时候，完全是另外的意思：

"杨先生胡作非为不胡作非为，咱不知道嘛！他在哪里胡作来，在哪里非为来，你到那里去查问。咱不知情喀！"

老汉忽然瞧见，勤娃的脸憋得紫红，咬着嘴唇，担心儿子受不住程同志诚恳的劝导，一下子说出那件丑事，就糟了。新社会共产党的纪律虽然容不得杨先生的胡作非为，可自己一家的名声也就彻底臭了！他急中居然不顾礼仪，把儿子支使开：

"南围墙侯老七等你去打土坯。快去，再迟就要误工了。"

勤娃猛地站起，恨恨地瞅了父亲一眼，走出门去，撞得旧木板门咣啷一声响。

"这娃性子倔……"老汉不自然地掩饰说,盼他快点走。横在老汉心头的这一块伤疤,无论是恶意地撞击,抑或是好心地抚慰,都令人反感,任何触及都是难以忍受的痛苦。

"没关系。回头我再来。"程同志很耐心地说。

"甭来了。"老汉很不客气地拒绝,心里说,你一个穿戴和庄稼院女人明显不同的公家干部,三天五天往我屋跑,那还不等于告诉康家村人,康田生屋里出了啥事啊?老汉今天一见到她,心里的负担又添了一层,意识到这件丑事,尽管尽力掩盖,还是闹出去了,要不,县上的这位女干部怎么会来到他的小院呢?即使外面有风传,他们一家也要坚决捂住。"咱庄稼人忙。实在是……我跟勤娃,啥也不知道咯!"

程同志脸上明显现出失望的神色,失望归失望,却不见反感或厌恶。她是做党的干部纪律的监督工作的。严肃的职业使她年纪轻轻就已经养成严肃而又和蔼的禀性。此类问题在她的工作中,不是第一次,不说庄稼人吧,即是觉悟和文化都要高一级的工人和干部,在这样的丑事临头的心理矛盾中,往往也是同样首先顾及自己和儿女的名声,这样,就把造成他们家庭不幸的人掩蔽起来了。

十五

紧张的体力劳动,给心里痛苦痉挛着的庄稼汉勤娃以精神上极大的解脱。他走进侯七家打土坯的土壕,胳膊无力,腿脚懒散,浑身的劲儿叫不起来。侯七在一旁给木模装土,不断投来怀疑的不太满意的眼光。勤娃像受了侮辱——勤劳人的自尊。他暗暗骂自己一声，提起石夯，砸了下去，一切烦恼暂时都被连珠炮似的石夯撞击声冲散了。

劳动完了，烦恼的烟云又从四面八方朝他的心里围聚。吃罢晚饭，他怏怏地告诉侯七，自个儿有病了，另找别人来打土坯吧！侯七盯着面色郁闷的勤娃，没有强留。他扛着木模和石夯走出村来。

勤娃懒散地移着步子，第一次不那么急迫地往家赶了。赶回家去干什么呢？甭说玉贤不在家，即使在，那间小厦屋也没有温暖的诱惑力了。

浪去！勤娃鼓励自己，一年四季，除了种庄稼，农闲时出门打土坯，早晨匆匆去，晚上急忙回，挣那么几块钱，从来舍不得买一个糖疙瘩，一五一十全都交到她手里，让她积攒着，想撑三间瓦房……太可笑了！你为人家一分一文挣钱，人家却搂着野汉睡觉……去他妈的吧！

勤娃已经岔开通康家村的小路，走上官路了。

这样恼人的丑事，骂不能骂，说不敢说；和玉贤关系好不能好，断又断不了，这往后的日月怎么过？既然程同志赶到家里来查问，证明他的父亲和舅舅要他包住丑事的办法已经失败，索性一兜子倒出来，让公家治一治那个瞎熊教员，也能出口气，可是，他爸却一下把他支使开了。

勤娃开始厌恶父亲那一副总是窝窝囊囊的脸色和眼神。窝囊了一辈子，而今解放了，还是那么窝囊。他啥事都首先是害怕。不敢高声说话，不敢跟明显欺侮自己的人干仗，自幼就教勤娃学会忍耐，虽然不识字，还要说忍字是"心上能插刀刃"！他现在有些忍不住了！

沿着官路，踽踽走来，到了桑树镇了。

夜晚的乡村小镇，街道两边的铺店的门板全插得严严的，窗户上亮着灯光，街上行人稀少。勤娃终于找到了可以站一站的地方，那是客栈了。

门里的大梁上吊着一盏大马灯，屋里摆着脚客们的货包。大炕上，坐着或躺着一堆操着山里口音的肩挑脚客。

"啊呀！这是勤娃呀？"客栈掌柜丁串串吃惊地睁大着灵活的小眼睛，"来一碗牛肉泡，还是荤油臊子面？"

"二两酒。"勤娃说，"晚饭吃过了。再来一碟花生豆儿。"

"啊呀，勤娃兄弟！"丁串串愈加吃惊了，"好啊！我知道，这两年庄稼人翻身了，村村盖房的人多了，你打土坯挣钱的路数宽了！好啊！庄稼人不该老没出息，攒钱呀，聚宝呀！临死时一个麻钱、一页瓦片也带不到阴间！吃到肚里，香在嘴里，实实在在……掌柜的，给康家勤娃兄弟看酒……"

丁串串长得矮小、精瘦，声音却干脆响亮，说话像爆豆儿，没的旁人插言的缝隙。他唤出来的，是他的婆娘，一个胖墩墩的中年女人，同样笑容满面地把酒壶和花生摆到勤娃的面前了："还要啥，兄弟？"

"吃罢再说。"勤娃坐下来。

花生米是油炸的，金红，酥脆，吃到嘴里，比自家屋里的粗粮淡饭味儿好多了。酒也真是好东西，喝到口里，辣剌剌的，进入肚里以后，心里热乎乎的。接连灌了三大盅，勤娃觉得心里轻松多了。怪道有钱人喜时喝酒，闷时也喝酒！他觉得那股热劲从心里蹿起，进入脑袋了，什么野汉家汉，丑事不丑事，全都模糊了，也不显得那么重要了。

"再来二两！"勤娃的声音高扬起来，学着丁串串的声调，呼唤女掌柜，"掌柜的，买酒！"

女掌柜扭动着肥大的臀部，送上酒来，紧绷绷的胖脸上总是笑着。勤娃从腰里掏出一卷票子，抽出两张来，摔到桌上，好大的气派！女掌柜伸手接住钱，眼睛却直勾勾地盯着他把那一卷票子塞到腰里去。

"还有床位吗？"勤娃干脆捉住白瓷细脖酒壶，直接倒进喉咙，咂咂嘴，问着还站在旁边的女掌柜。

"有啊！"女掌柜满脸开花，"要通铺大炕？还是单间？兄弟倒是该住单间舒服。"

"好啊！我住单间。"勤娃满口大话，一壶酒又所剩不多了，支使女掌柜，"给我开门去！"

他妈的，我康勤娃也会享福嘛！酒也会喝，花生豆儿也会吃。往常里倒是太傻了哩！

"勤娃兄弟，床铺好了——"女掌柜在很深的宅院里头喊。

"来了——"勤娃手里攥着酒壶，朝院里走去。脚下有些飘，总是踩踏不稳，又撞到什么挡路的东西上头了，胳膊也不觉得疼。那些坐着或躺在通铺大炕上的山里脚客，在挤眉弄眼说什么，勤娃不屑一顾地撇撇嘴角。这些山地客，可怜巴巴地肩挑山货到山外来卖钱，只舍得花三毛票儿躺大炕，节省下钱来交给山里的婆娘。可他们的婆娘，说不定这阵也和谁家男人睡觉哩……

"在哪儿？"勤娃走进昏黑的狭窄的院道，看着一方一方相同的黑门板。

"在这儿。"女掌柜走到门口，"我给你铺好被子了。"

勤娃走到跟前，女掌柜站在窄小的门口，勤娃晃荡着膀臂进门的时候，胳膊碰到一堆软囊囊的东西，那大概是女掌柜的胸脯。

女掌柜并不介意，跟脚走进来："新被新床单，你看……"

勤娃一看，女掌柜穿着一件对门开襟的月白色衫子，交近农历四月的夜晚，已经很热，她半裸开胸脯上的纽扣，毫不在乎地站在当面。勤娃一笑："好大的奶子！"

"想吃不？"女掌柜嘻嘻一笑，一把扯开胸脯，露出两只猪尿泡一样肥大的奶头，"管你一顿吃得饱！"一下子搂住了勤娃。

勤娃本能地把脸贴到那张嬉笑着的脸上。

"瞎熊！"女掌柜又嘻嘻一笑，嗔声骂着，转过身，走出门去。

丁串串正好走到当面，站住脚。

"勤娃喝多了，在老嫂子跟前耍骚哩！"女掌柜说。丁串串哈哈一笑，忙他的事情去了。

勤娃往腰里一摸，啊，那一卷票子呢？啊呀！脑子里轰的一下，一瞬间的惊恐之后，他就完全麻木了，糊涂了。

"哈哈哈……啊哈哈哈哈！"勤娃从门里蹦出，站在院子里，"一把票子，几十块！只摸了一把奶！太划不来了……哈哈哈哈……"

他豁脚扬手，笑着喊着，从后院蹦到前房，又冲到门外。

"这瓜熊醉咧！"女掌柜也哈哈笑着说。

"大概屋里闹仗，生闷气。"男掌柜丁串串给那些山地脚客说，"这是方圆十多里有名的土坯客，一个麻钱舍不得花的人。今日一进门就不对窍嘛！大半是家事不和，看起来闹得很凶……"

丁串串说着，吩咐女掌柜："你去倒一碗醋来，给灌下去……"

十六

月亮半圆了，村外的田地里明亮亮的，似乎天总是没有黑严。玉贤匆匆沿着宽敞的官路走着，希望有一块云彩把月亮遮住，免得偶尔从官路上过往的熟人认出自己来。

经过一夜一天的独自闷想，她终于拿定主意：要找杨老师。在娘家屋比在勤娃家里稍微畅快些。一直到喝毕汤，帮母亲收拾了夜饭的锅灶，她才下定决心，今晚就去。

父亲一看见她就皱眉瞪眼，扔下碗就出门去了，母亲说到隔壁去借鞋样儿，她趁机出了门，至于回去以后怎样搪塞，她顾不得了。

桑树镇的西头，是行政村的中心小学，杨老师在那儿教书。月光下，一圈高高的土打围墙，没有大门，门里是一块宽大的操场，孤零零立起一副篮球架。操场边上长着软茸茸的青草。夜露已经潮起，她的脸面上有凉凉的感觉。

一排教室，又一排教室。这儿那儿有一间一间亮着的窗户，杨老师住在哪里呢？问一问人，会不会引起怀疑呢？黑夜里一个年轻女人来找男教员，会不会引起人们议论呢？

左近的一间房门开了，走出一位女教员，臂下夹着本本，绕下台阶过来了。她顾不得更多地考虑，走前两步，问："杨老师住哪里？"女教员指指右旁边一个亮着的窗户，就匆匆走了。

走过小院，踏上台阶，站在紧闭着的木门板外边，玉贤的心腾腾跳起来。她知道她的不大光明的行动潜藏着怎样不堪设想的危险结局，没有办法，她不走这一步是不行的。

她压一压自己的胸膛，稳稳神儿，轻轻敲响了门板。

"谁？"杨老师漫不经心的声音，"进。"

玉贤轻轻推开门，走进去，站在门口。杨老师坐在玻璃罩灯前，一下跳起来，三步两步走过来，把门闭上，压低声音问："你怎么这时候来了？"

他怎么吓成这样了呢？脸色都变了。

"见谁来没有？"杨老师惊疑不定地问。

"见一个女先生来。"玉贤说，"我问你的住处。"

"她没问你是谁吗？"

"问了。"

"你怎样说的？"

"我说……是我哥哥……"

"啊呀！瞎咧！人家都知道，我就没有妹妹嘛！"杨老师的眼睛里满是惊恐不安，"嗯！那么，要是再有人撞见问时，说是表妹，姨家妹妹……"

玉贤看见杨老师这样胆小，心里不舒服，反倒镇静了，问："杨老师，我明白，这会儿来你这儿不合适，我没办法了。我是来跟你商量，咱俩的事情咋办呀？"

"你说……咋办呢？"杨老师坐下来了。

"你要是能给我一句靠得住的话……"玉贤靠在一架手风琴上，盯着杨老师，认真地说，"我就和勤娃离婚！"

"那怎么行呢！"杨老师胡乱拨拉一把头上的文明头发，恐惧地说，"县上教育局，这几天正查我的问题哩！"

"我知道。"玉贤说，"今日后晌一位女干部找到我娘家，问我——"

"你咋样回答的？"杨老师打断她的话。

"我又不是碎娃，掂不来轻重……"

"噢！"杨老师稍微放心地吁叹一声，刚坐下，又急忙问，"不知到勤娃那里调查过没有？"

"问了。"玉贤说，"听她跟我说话的口气，他也没给她供出来……"

"好好好！"杨老师宽解地又舒一口气，眼里恢复了那种好看的光彩，走到她面前来，"真该感谢你了……好妹妹……"

"要是目下查得紧，咱先不要举动。"玉贤说，"过半年，这事情过去了，我再跟他离！"

"你今黑来，就是跟我商量这事吗？"

"我跟他离了，咱们经过政府领了结婚证，正式结婚了，那就不怕人说闲话了，政府也不会查问了。"玉贤说，"我想来想去，只有这条路。"

"使不得，使不得！"杨老师又变得惊慌地摇摇手，"那成什么话呢！"

"只要咱们一心一意过生活，你把工作搞好，谁说啥呢？"玉贤给他宽心，"笑，不过三日；骂，不过三天！"

"你……你这人死心眼！"杨老师烦躁地盯她一眼，转过头去说，"我不过……和你玩玩……"

"你说啥？"玉贤腾地红了脸，几乎不相信自己的耳朵，"这是你说的话？"

"玩一下，你却当真了。"杨老师仍然重复一句，没有转过头来，甚至以可笑的口吻说，"怎么能谈到结婚呢！"

玉贤的脑子里轰然一响，麻木了，她自己觉得已经站立不住，一句话也说不出来，嘴唇和牙齿紧紧咬在一起，舌头僵硬了。

"甭胡思乱想！回去和勤娃好好过日月！他打土坯你花钱，好日月嘛!"杨老师用十分明显的哄骗的口气说着,悄悄地告诉她,"我今年国庆就要结婚了,我爱人也是教员……"

他和她"不过是玩玩"!她成了什么人了?她至今身上背着丈夫勤娃和父亲吴三抽击过的青伤紫迹,难道就是仅仅想和他玩一玩吗?她硬着头皮,含着羞耻的心,顶过了县文教局女干部的查问,就是要把他包庇下来,再玩一玩吗?玉贤可能什么也没有想,却是清清楚楚看见那张曾经使她动心的小白脸,此刻变得十分丑陋和恶心了。

"我不会忘记你的好处,特别是你没有给调查人说出来……"杨老师这几句话是真诚的,"我……给你一点钱……你去买件衣衫……"

玉贤再也忍受不住这样的侮辱,一口带着咬破嘴唇的血水,喷吐到那张小白脸上,转身出了门……

十七

月亮正南,银光满地,田野悄悄静静。

玉贤坐在一棵大柳树下,缀满柳叶的柔软的枝条垂吊下来,在她头上和肩上摆拂。面前是一口装着木斗框架的水井,应该结束自己的生命了!一低头,一纵身,什么都不要想了!

也许明天早晨,菜园的主人套上牲畜车水的时候,立即就会发现她……十里八村的男人女人,就该有闲话好说了。啊啊!她将作为一个坏女人永远留在村民们的印象里……

她忽然想到了阿公,那个在她过门不到两月时光就把"金库"交给儿媳掌管的老人,小河一川能数出几个这样老好的老人呢!多少家庭里娶下媳妇,父子、兄弟、姑娌闹仗分家,不都是为着家产和金钱吗？她太对不住阿公了，如果能见一面，她会当面跪下，请求老人打她。那样，她死了，会轻松一些。

她想到勤娃了。他笨手笨脚，可搂起她的双臂是那样结实。他讷口拙舌，可说出的话没有一句是空的。他从外村打土坯回来，嘿嘿笑着，从粗布衫子的大口袋里头掏出钱来，很放心地交到她手上，看着她再装到阿公交给她的那只梳妆盒子里……

她对不起阿公和勤娃。她没脸面再盯一眼这样诚心实意待她的人。她应该立即跳进井里去！

她对不住阿公和勤娃。应该在离开阳世的时候，对自己已经觉悟到的错事悔过，补一补心，再死也不迟啊！

她站起来，冷漠地盯一眼透着月光的井水，离开了。她从田间的小路重新走上官路，从桑树镇上穿过去，直接回家，免得回到娘家，父亲没完没了地责问，死了也该是康家的鬼！

玉贤走到桑树镇上了，街上已经空无人迹。经过客栈门前的时候，门口围着一堆人，嘻嘻哈哈，哄哄闹闹。她不想转过头去，这个客栈，早听人说过，是个乌七八糟的地方，丁串串开栈挣钱，婆娘卖身子挣钱。

"哎呀！喝了醋就醒酒了！"

"灌！"

"把鼻子捏住！"

又是什么人喝醉了，玉贤走过去了。

"我——不——喝！"

玉贤听到被灌着醋的喝醉了的人的吼声，猛然刹住脚，怎么像是勤娃的声音呢？

"毒——药——"

这回听真切了，是勤娃。天哪！他怎么跑到这个鬼栈里来了呢？她的心紧紧地收缩下沉，意识到她害得勤娃变成什么人了！

玉贤折回身，跑到人堆前，拨开围观的人堆；从门里射出的马灯的亮光里，看见勤娃被一个人紧紧夹住，丁串串正给他嘴里灌醋。勤娃咬着牙，闭着眼，醋水洒了一脸一胸膛，满身泥土。玉贤一下扑上去，抱住勤娃，哭喊出来："我的你呀……"

丁串串和众人停住手，议论纷纷。

玉贤扯起衣襟，擦了勤娃的脸，抓住一只胳膊，架在她的脖子上，另一只手紧紧搂住勤娃的腰，几乎把那沉重的身躯背在身上，拽着拖着，离开丁家栈子，走上了官路……

1982年9月18日至11月3日写　改于灞桥

关于沙娜

　　这个作家是一位工作和生活都十分正常的作家。天明即起，洒扫清洗，早点自烹牛奶鸡蛋，外加一块馒头，然后坐下来写字或读书；没有废寝忘食，也没有彻夜长熬；不喝酒，更不吸烟；似乎也没有什么抢眼的卓尔不群的风度，读者从报刊上看见的照片，也正常普通，没有目极八荒的伟岸，没有双臂架椅纵论天下的派势，也没有手搓长发眉头紧锁誓与民族共死生的痛苦万状的景象。这个作家很平和，生活和工作平静的时候很平和，被生活和工作中的龌龊事狠狠地龌龊着的时候，依然很平和，把愤怒用平和表达出来的时候，就成为一种个性、一种风度。据说作家出身于一个古典文明很纯正的家庭，培养孩子的诸多戒律中有一条很难做到，不许喜怒无常情绪失控。这样的家庭和受这样律条训诫的孩子也不是绝无仅有，所以并不排除作家性情中的先天性因素。

　　作家现在骑着一辆自行车正在往回赶路，乳白色的水雾说不清是在消散还是朝峡谷里隐退，笼罩在雾帐下的村庄渐渐裸现出来。灰黑的瓦和粉白的墙，在庞大的树冠下在密如壁垒的竹林中时隐时现，时有一幢幢款式新颖的小洋楼从眼角掠过，有鹤立鸡群的感觉。作家的头发和眉毛上都凝结着细密的水珠，面颊也湿润润的。作家每天早晨醒来，不洗不梳，便踏上自行车骑出县城，来到纯粹属于农民生活的某个村庄某个岔口某条山沟的地方，有时候跑出去二三十华里，尚未铺垫柏油或水泥的坑坑洼洼的山野道路，既要求你紧握双把儿，还要你目不斜视心不二用，对轮下的路况做出选择，随机应变调动车头，稍微马虎就可能被石头撞翻，被窝进深坑，或绊倒在拖拉机碾出的七歪八扭的辙道里。作家的大脑和心脏在简单的专注里得到调节和休息，还有整个身体的锻炼。在这样的山地沟谷间的自然状态的村路上骑自行车，使足部、小腿和大腿的肌肉得到锻炼自不必说，腰部、双肩乃至整个身体每一个部位的肌肉、筋骨和血流，都在频频的小颠大簸中运动不息，心脏、肠胃等内脏都在颠簸里颠簸着。作家有意或无意地自我抚摸时，都明显地感觉到了双腿双臂腹部和臀部的肌肉重新紧凑起来重现弹性。作家骑车到某个择定的地段，扔下车子，在田间小埂上随意走走看看，或者在草地上做一点踢腿舒臂的轻微运动，然后再骑车返回日渐繁华日渐喧嚣的县城。作家两年前开始这套别出心裁的晨练项目的时候，县委书记正儿八经地对此事做出安排，让一位司机送作家到任何感兴趣的地方，晨练完了再送回来。作家不做解释，淡淡一笑说，那我就不去了。书记很诚恳地解释说，你的写作我不懂行也帮不上忙，但我得负责你的安全。山大沟深野兽出没，人也刁悍，万一出个差错谁也受不了。你是名牌作家，是稀有动物，是大熊猫是金丝猴是朱鹮。我的职责是保护，这是上边领导叮咛过了的。作家仍然淡淡地笑着，心里却想，自己在草地在田埂上伸胳膊踢腿，弯腰仰背撅屁股，让一个小伙子站在旁边是不可思议的。况且，骑着自行车所发生的身体各个部位的颠簸的美好感觉和奇妙的健身效果，统统没有了。作家说，忘了给你交底，我曾经在省武术队受过专业训练，三五个人近不得身，尽可以放心。

作家骑车驶进文化馆的院子，一眼瞅见自己的门外站着一位年轻女人，墨绿的裙子和粉红的短袖衫，就像在瓦沟和砖缝都透着千年古气的小院里浮现着的一朵清丽的荷花。作家来深入生活时，选择了文化馆作为栖息地，主要是空间里气氛的适宜。文化馆设在孔庙里，平房很多，虽然破旧，却不断修补，漏了修塌了补，画画的跳舞的唱戏的写作的和行政管理的干部们快活地生活在这里，和这些古老的平房一样古老的合抱粗的柏树下，每天早晨都有一层乌鸦粪，绝无仅有的一方和谐之地。

"秦书记——"

作家骑车到自己门前，刚跳下车，正打算招呼等候自己的女人，对方却先开口了。这个女人很漂亮，脸上和胳膊上裸露的皮肤很细腻白净，眉眼和脸上的气韵都很大气。这样的眉眼和这样的气韵，在纯粹的山民的宅院里是看不到的，也区别于县城街道上那些晃来荡去的天不怕地不怕只怕警察的女人。作家问："你找我？"

"对。秦书记。"

作家开锁，先让客人进门，自己再进去。作家让客人坐在沙发上，把一只沏上茶的纸杯放到客人面前的茶几上，也给自己那只瓷杯添上水坐下来。作家问："你找我有事？"

"对。秦书记。"

"你说吧，啥事？"

"我要当乡长。"

作家稍稍愣了一下，确是意料不到的事。作家眨了眨眼，专注地看着这个要当乡长的女人。女人确实很漂亮。在门口初看一眼是漂亮，现在坐在对面再看还是漂亮，粗粗儿扫过一眼很漂亮，专注地细看起来更漂亮。这个漂亮女人坦率而又平静地说她要当乡长，说过之后依然是坦率和平静。这样漂亮的眉眼里蕴藉着坦率和平静，就使漂亮有了气韵和质量，作家发觉自己已经喜欢上这个女人了，这样坦率地"跑官要官"的人，作家竟然喜欢上了。

"你在哪个单位工作？"

"三岔沟乡政府。"

"噢！我唯一没有去过的一个乡。"

"欢迎你去。太远了，路不好走。"

"我已经习惯山路了。"

"你去了，我陪你到下边去看看。"

"你说你要当乡长？"

"是。"

"你现在是副职吗？"

"不是，一般干部。"

"你在乡上分工做什么工作？"

"名义上是搞妇女工作，其实啥都干，啥事紧火了就干啥，哪儿戳下窟窿了就补哪儿。"

"你为什么一定要当乡长呢？"

"我觉得我能当乡长，我要是当上乡长一定是个好乡长，我肯定能当个好乡长。"

"你们乡上给县上推荐过你吗？"

"不推荐我还臭我。"

"为啥？"

"我回答不了，我也弄不明白。"

作家不好再问什么了，这个要当乡长的女人显然是不想直面回答，而不是回答不了，更不是弄不明白。她前面说的"还臭我"的话，实际已经是答案了。这里留下的令作家推测的可能性是多向的，这样短而又浅的交谈无法得出明晰的结论。作家便想松弛一下，岔开话题："你叫我老秦吧。别叫官名了。那个官衔是为我下乡方便，没有实际意义，作家兼职的官衔跟一般官衔有区别的。"

"你甭推，"女人说，"我知道你是兼职，我也知道你并不管县上的具体事，我只是让你给书记把我提一下。"

"我不推，我可以提建议的。"

"对，这就对，我就是想让你给书记把我推荐一下。我一个普通乡干部，要见县上领导，比见总书记还难。"

"我好坏也是个书记嘛！你连招呼都不打就来了……"

"你是兼职，你也说你是兼职喀！你要是真的当上管事的书记了，肯定也就一×样儿的难见了。"

"你的嘴好畅快哇！"

"你是说我说了个×字吗？而今字都被人嚼烂了。酒席上一个×字从头说到尾，讨论会上一说到×就生龙活虎了，男人不说×没人缘，女人不说×不可爱，领导不说×脱离群众……哎呀！你们作家不是整本整本写×的文章吗……"

"你这么漂亮又这么年轻,开口闭口就是×长×短地说话,也是为讨个好人缘呀?"

"反正我走到哪儿也躲不过个×字,我就说,他说我也说,他说我不说他就得意了,我也说了他反而得意不起来了。"

"噢!有这样的效果?"

"难道你没有遇到过?"

"遇到过,城里人比乡里人还喜欢说。"

"你也躲不过吧!躲不过你咋办?"

"跟你一样——也说。不过,没有你那样的效果,我如果掺和说了,他们就更兴奋更肆无忌惮了,恨不得把×皮子剥开说。"

"我还以为城里人文明不说哩!"

"一×样儿。"

随之是漂亮的女人爆发的笑声,她先是仰起头笑,笑得浑身颤抖,粉红色的鼓胀的胸脯悠悠地颤着,直到扭过身子趴在沙发一边的扶手上,半天直不起腰来。她已经笑得浑身瘫软,再也发不出笑声,却仍然抑制不住想笑,喉咙里就喷出"嘿……嘿……嘿"的声音,缓缓地抬起头来,断断续续地笑着说着:"秦……秦书记……你也……敢说×……哩……"

作家自己反而不笑,作家也没有生活在真空中闺阁里,在城市的文化人圈子里,以男女生殖器创作的或隐晦含蓄或直白粗浅的"段子",层出不穷花样翻新繁茂不衰。餐桌上传统的猜拳行令的娱乐方式早已消亡了,"黄段子"成为美酒佳肴的作料或者说进行曲,作家的耳朵早被×的进行曲磨出茧子了,作家说:"你一口一个×字我都没笑,我说了一回你就笑成这样。"

"你是……书记……还是……作家……嘛!"

漂亮的女人喝了口水，拢了拢头发，脸上就恢复平静了。"你看看，咱们也是说起×来就把正经事忘了哩。哦！秦书记，你就在书记面前推荐一下我。"

"我除了听你说了一通×，啥也不了解呀，你能不能给我说一下你的政绩，只说你。"

女人甩了一下头发，喝了口茶，开口了。

"我只说修水电站的事吧，我们乡最僻远了，电还不通。三任乡长都想修个小发电站，都没有修成，水电局不给钱。我给乡长说你把这事交给我吧。乡长说我们几个头儿齐上阵了都要不来钱，你能成？我说反正你们已经没诀可掐没猴可耍了，我来试试。不出两个月，我把钱要来了。现在，有电了。"

"你怎么要来的，上床？"

"看看看看看！你看看你看看！连你秦书记都这样说，难怪别人臭我哩！"

"我跟你说着玩哪！"

"我把钱要来了，却把我搞臭了。都说我把局长哄到床上才把钱要来了。人家编得有鼻子有眼儿，连细节和对话都活灵活现，比小说写得还曲折比黄片演得还露骨。秦书记你也是个女人，我就给你说一句最难听的……说局长见了我连老命都不要了，一夜弄了八回第九回休克了……你看看他们怎么臭我！"

"你应该让乡长出来说话。"

"现在谁能堵得住谁的嘴！反正又不违反'四项基本原则'。"

"那你还怎么在那儿工作？"

"我不管，管不了也就干脆不管。局长也惨了，他老婆跟他闹，我倒是替局长难受了，别人乱说是一回事，家里人闹就麻烦了。我就去找局长老婆，那老婆一见我鼻子都歪咧，我一手抓住她打过来的两个手腕，她连动都动不了。我真的学过拳道。我听说你也练过。我用另一只手指着她的鼻子：'论权论钱，数上你的老汉，论起×来，你看看我家小伙子。'我把我丈夫的相片支到她眼前让她看，我又说：'你老汉是个好老汉，少有的好老汉。你把这个好老汉的脸抹得五麻六道，你作孽！'我把她的手撂开，我走了。那老婆居然没动静。"

"嗬！我真刮目相看了。那么你说说，你怎么把钱要到的？"

"其实也是我遇上好机会了。前头三个乡长要不来，也该轮到我们乡了，再不给我们就没有说辞了。当然，我也陪局长和相关干部吃饭喝酒，酒席上，我发现局长也爱说爱听×的段子，我也就凑热闹说，局长爱听爱说，人家从来也不动手动脚，这是个好局长，现在可真应了一句俗话：'好人落下个赖名誉。'"

作家听到这里，很肯定地说："我给一把手推荐，我肯定会推荐。"后半句话她没有说出来，相信聪明的女干部会想到。果然，直言要当乡长的漂亮女人自己说出来了："至于人家提不提我当乡长，你也管不了，我只要你推荐一下。"

作家送女干部出门，突然记起来忘了问名字："你得把你的尊姓大名留下呀！"

她已经用脚拨开了自行车的车撑棍儿，回头笑笑："沙娜。挺洋的吧？"

"你现在回三岔沟？"

"还有拨款的尾数没到位，我去水电局催。"

那女人已经跨上自行车，旋即又跳下来，对作家说："我给你带了一袋蘑菇，新鲜的。"

作家一看，窗台上有一个白色塑料袋，扎着口，拎起来沉沉的。

"喂！书记，我是秦业。"

"噢！秦书记，什么事？你说。"

"这段时间县委不是正在调整中层和乡镇的领导班子吗？"

"是。有什么事你说。"

"我给你推荐一个人——"

"谁？"

"三岔沟乡的女干部沙娜。"

"这人——你甭说。"

"你认识呀？"

"我认识不认识你都甭说。"

"这人挺能干的……"

"这人你甭再提。"

"为什么？"

"甭问为什么。这人你甭说。"

"……"

作家秦业把电话机扣好，没有想到会是这样一个结果。她想到书记即使不满意，也会缓然处理，诸如通常所用的办法，让组织部先了解了解情况吧！唯独这样干脆利落的否定，显然不是她印象中的书记处事的习惯。作家不用回味，那不假任何思索没有丁点犹豫不留丝毫回旋余地断然拒绝的态度，起码证明一点，沙娜在书记的印象里是很糟糕的，连说都不能说连提都不宜提的，根本进入不到"考虑考虑"的层面。书记敢于这样断然表态，还证明了另一点，书记对沙娜很熟悉。在全县几百名干部中，单是各部局各乡镇的党政正副职领导干部，书记也未必能一一叫出名字，一般普通干部办事员就更马马虎虎了，然而却认识而且熟知沙娜，可见沙娜如果不是因为出类拔萃的漂亮而招人注意，肯定就是别的什么原因了。作家唯一能想到的还是沙娜提供给她的陪水电局长喝酒说×的事，也许……也许是没有底线的，也是没有意义的。

　　作家陷入一种少有的心绪麻乱的状态。她本来正在赶写一部中篇小说，这是山区风情系列中的一部。前头已经发表的几部反响颇好，已有出版社邀约结集出书，这无疑是令作家最惬意最舒心的事。她没有料到进入山乡以来的感觉如此敏锐，甚至某乡民的一句话都会激起创作冲动，她素来写城市里各色人物的生活纪事和人生沧桑。她生在一座北方古老的城市，长在这座城市也工作在这座城市，而且是这座城市中传统文化甚浓的家庭，除了夏收秋收到郊区农村帮助农业合作社收麦子掐谷穗等短暂的接触之外，最长的一次乡村生活经历是到农村搞"四清"运动，原定半年时间，结果因为"文革"开战而中途撤退了。她没有料到五十岁以后到陌生的山区乡村还会产生这样敏锐的感受和体验，一篇篇大大小小长长短短的小说、散文连续涌泻出来，真的是获得写作上的二度青春了吗……现在，漂亮的沙娜却把她搅乱了。她原打算给书记打个电话推荐一下，甚至不算推荐只是提说一下，至于适宜不适宜提拔，不仅不是她管的事，说穿了她自己也心里没谱儿，她仅仅只是看见了一张山区少见的漂亮的脸蛋，听了一番为修水电站要钱以及派生出来的风波，她自己也没有力主推荐的意思，只是提说一下。书记反复了三四次"这人你甭提说"的话，反而把自己心里弄得不安宁了,坐不下来也提不起钢笔了。

她喝罢自煮的牛奶,就锁定了分管水电工作的石副县长,拨通了电话。

"喂!我是秦业。"

"哎呀!秦大姐,我都想死你了。"

"甭作秀了——电话可是我打给你的。"

"兄弟不敢骚扰你呀!你给人民制造精神食粮哩!"

"贫!"

"嘿嘿嘿嘿嘿!老姐有何吩咐?"

"我想见一下大驾,有空儿没有?"

"这哪敢马虎,兄弟恭候。"

她之所以锁定石副县长,唯一的原因就是可以断定他了解沙娜。三岔沟乡修建成功小水电站,在县上也算得一个不大不小的基础设施建设工程,主管水电工作的县长不会不认识要回资金的沙娜。再说,石副县长是本地猴,从山里走出去念了书又分配回老家山区县工作,从乡里干到县里,又从县里下到乡里,再从乡里调回县里,几十年来上上下下往返调动,把县机关和下辖乡镇的旮旯犄角都踏踩过了,无异于一部活档案,不会不认识沙娜的。她便骑上自行车,想听听石副县长关于沙娜的印象。

"忙啥哩?"

"没忙啥。"

"看你桌上摊下这阵势。"

"哦!清理清理,及早清理一下。"

作家秦业听出"清理"一词中不寻常的语气,敏感地感到一种"交手"的意味,就开玩笑说:"高升?拍屁股要走?你可怎么擢得下那几个相好呢！"

"再多也不行！再多也不抵老姐一个。"

说罢便"哈哈"大笑，十分畅快地笑。秦业也笑，却是败下阵来的笑，也畅快。在现任的县委和政府的领导班子里，石副县长是她唯一可以肆无忌惮地开玩笑的一位，一是年龄相仿，都过五十了，超越了人生容易引起麻烦的年龄区段，自然还有个性，一个不足二十岁的中专毕业生，在这个县干到五十多岁也干到副县长这个位置上，没有才干没有政绩和没有精明乃至没有一点油滑都是不行的。他的年龄已不允许他继续待在副县长这个位置上，这是毫无疑义的，到哪个位置上去，秦业却不知底儿，现在，看阵势是有眉目了，她就问："去哪儿？敢告诉老姐吗？"

"对老姐我啥话都敢说，前几天跟我谈了话，到政协去。"

"当主席？"

"噢！"

"如何？"

"好哇，临终混个正县级，再晃荡几年，回家抱孙子，咱这人嘛，尽够了。"

"好，你倒是知足。"

"人得活个明白，人活得明白才活得自在。"

"挺富于生活哲理的。"

"你看看，县长刚挂上四十，书记还不到四十，让人家年轻人指挥咱一个半大老汉，甭说咱心里受活不受活，人家年轻人也别扭。"

"人明白了话就好说事也好办。我想向你打听一个人。"

"谁？"

"三岔沟乡的一个女干部,沙娜。"

"哦!"

"认识吗?"

"你,怎么问这人?"

"我,怎么不能问?"

"一般女人都不问这人。"

"你说什么?"

"女人一般都不问这人。"

"为什么?"

"我没有研究。"

"哎呀!女人一般不问她,那么问她的都是男人了?"

"基本如此。"

"什么原因?"

"我没有研究,只看见现象,现象就是这个样子,为什么是这个样子,我没研究。"

"问她的男人里头有没有你?老滑头!"

"哪儿轮得上我这老汉呢!"

"这话怎么闻着酸酸的?哈哈!"

"哈哈哈!"

秦业就不再坚持问下去,再问下去,就显得自己不明白了。然而又不甘心这样的结果,她也用石副县长半是正经半不正经的口吻说:"还没卸下县长的乌纱,说话已经像政协主席了。"

"哦?你说什么?"

"说话已经像政协的主席了。"

"县长怎么说话,政协主席又怎么说话?"

"县长就像你昨天那样说话，政协主席就像你今天这样说话。"

"有什么差异？老姐你甭损我！"

"我没研究。我只看到现象，现象就是你这个样子。有没有差异，为什么会有差异，我没有研究。哈哈哈！"

"哈！弄半天你把我装进我的话里了！老姐，你也够滑够损的！哈哈！"

…………

秦业骑上自行车往回走，县城的街道真可以用日新月异来形容，上回看见的杂货铺，现在已变成装饰一新的小超市了。洗头洗脚的门面似乎又添了好多家，总是标着温州的牌子，而门口招徕顾客的小姑娘却未退尽当地人的胎音。她又嗅到一缕幽幽的香味，只有烤红薯的香味才能诱发人的食欲，即使你刚刚吃过饭撂下碗筷，仍然会诱发你走到烘烤炉前掏出零钱来。她一眼就扫瞄到了左侧街角那只用大号汽油桶改装的烤红薯的火炉，一个穿戴颇利索的年轻人站在炉前，她便走过去。

她把两个烤红薯放在车前的筐兜里，自然地又想到吃红薯的风波。她刚到这个山区县不久，一位办公室的女干部来找她，传达领导指示，作为县委领导人，不宜在大街上啃烤红薯。秦业没有给女干部解释，她只是传达而已。这位女干部后来又来传达过一次，建议她最好不要穿旗袍上街。无须解释，同样是在群众眼里的党的领导者的形象问题。秦业后来知道，她的行为已经被编成"段子"，在餐桌茶社流传：县委秦副书记穿着开衩很高的旗袍，坐着当地农民开的"拐的"（三轮篷车），手里攥着烤红薯啃着，引得市民争相观赏，交通为之拥塞。她穿过旗袍上街，她也在街道上边走边啃过烤红薯，她从文化馆到县委开会或办事，乘坐过当地人称为"拐的"的带篷三轮车，车费仅仅一块或两块，图省事，而没有叫县委的轿车。人们把这真实发生过的三件事焊接在一起，就有点滑稽的意味了。她后来买了一辆自行车，她还是穿旗袍，各色裙装里她就喜欢旗袍。她仍然买烤红薯吃，只是忍着馋劲，回到屋子里吃。人们可以在餐桌上永不厌烦地说那些以男女生殖器官编出的极富智慧的"段子"，却不能容忍你在街道上啃烤红薯。秦业骑着自行车蹬进文化馆大门的时候，突然把"拐的"、旗袍、烤红薯与沙娜联系到一块。如果她不是个作家而是一个县或乡的干部，如果还有坐着"拐的"穿着旗袍啃着烤红薯的行为，能否提拔为一个乡长呢？这个联想仅仅在一瞬间发生，到她打开自己的门锁坐下来之后，似乎又把这个联想推置一边了。

秦业给自己新沏了一杯茶，秦业坐在沙发上啃着烤红薯，隔年的红薯烤熟后的味道更加绵软香甜。当地农民用什么方法居然能把去年秋天挖下的红薯储存到今年夏天，真是了不起的进步。沙娜肯定提拔不了乡长了，"这人你甭提说""女人一般都不问这人"这些话里的潜台词可以做多向猜测，而结果却是清楚的分明的。她对沙娜也就刚刚见过一面，只看见一张漂亮的脸蛋和甚为畅快的说话，唯一的政绩就是为三岔沟乡要到了建设小水电站的款子，仅凭这些，她也是无法心地踏实信心十足鼎力推荐沙娜的。

秦业随一个文化代表团出访欧洲，几近一月，再回到县上再推开古柏浓荫遮蔽下的文化馆的房门的时候，似乎从虚幻的世界终于踩踏到实处。她仍然没有忘记给自己买两块烤红薯，这红薯分明已是今年的新鲜红薯了，红薯远远没有长到它应该长成的个头儿，味道也是一种尚未成熟的绛生味儿。农民急于卖钱，早一天上市就抢一份好价钱。秦业咀嚼着这绛生的嫩红薯的时候，所有西餐无论法式的荷式的都被从胃腔里扫荡净尽了。

　　有人敲门。

　　通信员送来厚厚一沓传阅文件。

　　秦业一手拿着红薯啃着，一手翻检着文件。把那些必须要阅读的篇幅又比较长的上至中央下到省市县的文件先浏览一下标题，分拣出来，准备随后再读，她看到一份单页的干部任免的通知，她看到了沙娜的名字。

　　沙娜被任命为乡长了，沙娜不在三岔沟乡任乡长，而是调派到五里坡乡任乡长。

　　秦业的眼睛凝固在那页简短的文字上，沙娜两个字在纸页上舞蹈，沙字蹦起来娜字落下去，娜字弹起来沙字落下去，沙字娜字一起弹蹦起来又一起落下去又并头弹蹦起来了，那页白纸像杂技场上的弹床，秦业被那两个弹蹦着的字弄得眼睛都花了，头也有点眩晕，就把眼睛移开，发现拿在左手里的烤红薯已经攥成一把泥，从手指间从后掌下流出来……

2003 年 2 月 12 日于二府庄

朋友之交，
宜得删繁就简。

陈忠实的
短小说

能享福也能受罪，能人前也能人后，
能站起也能坨蹴得下，才活得坦然。

陈忠实的
短小说

陈忠实的
短小说

走累了就回来,别觉得没脸。

陈忠实的
短小说

自信平生无愧事，
死后方敢对青天。